ROTBUCH KRIMI

Zu diesem Buch: Der Londoner Privatdetektiv Nick Sharman hatte in letzter Zeit Pech. Deshalb kommt ihm der fette Job mit Kost und Logis in einem diskreten Westend-Luxushotel sehr gelegen.

Die mega-selling Rockband aus Los Angeles, *Pandora's Box*, hat dort Quartier genommen, um ihr neues Album aufzunehmen. Alles hängt davon ab, daß die Band den Termin schafft, nicht zuletzt einige Millionen Dollar. Plötzlich sind Bänder gelöscht, Equipment verschwindet, und auf den Lead-Gitarristen wird ein Mordanschlag verübt.

Polizisten können die Musiker als letztes im Hotel gebrauchen, deshalb engagieren sie Nick Sharman. Das Honorar ist bestechend, der Zimmerservice erfüllt *jeden* Wunsch, und die biestig-schöne Sängerin Ninotschka ist überaus entgegenkommend. Sharman wäre schön blöd, wenn er den Job ablehnte.

«Ein Chandler der mittleren Periode, gefiltert durch den frühen Len Deighton, mit einem Schauplatz, der sofort als zeitgenössisches London zu erkennen ist.»
Charles Shaar Murray

MARK TIMLIN

SHOOTING STARS

Ein Nick-Sharman-Thriller

Aus dem Englischen
von Ulrich Hoffmann

Rotbuch Verlag

Für die, die ich liebe.

1. Auflage 1994

Originaltitel: Zip Gun Boogie

Lektorat: Gabriele Dietze
Umschlagmotiv von Henning Wagenbreth
Gesamtherstellung von der
Druckerei Wagner in Nördlingen
Printed in Germany.
ISBN 3–88022–0349–1

1

Dienstag morgen, 11.55. Nichts zu tun. Die Zeitung hatte ich schon gelesen, und nun saß ich in meinem Büro herum und überlegte, ob ich Mittag essen gehen sollte oder nicht. Das Telefon klingelte. Ich nahm ab. »Nick Sharman«, sagte ich.

»Ich hab' vor ein paar Wochen mit Mark McBain gesprochen«, verkündete eine männliche Stimme. Englischer Akzent, aber mit starkem amerikanischen Einschlag, was auf eine Herkunft mitten aus dem Atlantik hindeutete.

»Er hat Sie erwähnt«, fuhr die Stimme fort.

»Hat er?« fragte ich. »Wie geht's ihm?«

»Gut. Sie haben ihm vor 'ner Zeit geholfen.«

Eine Feststellung, keine Frage.

»Stimmt.«

»Ich habe ihn heute morgen angerufen, und wir haben noch was beredet.«

»A-ha?« sagte ich und hoffte, daß er bald zur Sache käme.

»Ich sagte, daß ich Sie anrufen würde. Er läßt schön grüßen.«

»Klingt nach McBain.«

»Er sagt, Sie sollten ihn mal anrufen.«

»Werd ich tun.«

»Haben Sie seine Nummer in L. A.?«

»Ja«, sagte ich.

Mein Anrufer schwieg.

»Ich vermute, Sie haben mich nicht nur deswegen angerufen?«

»Weswegen?«

»Um mir Grüße von McBain auszurichten.«

»Nein.«

»Und warum dann?«

»Ich frage mich, ob Sie uns helfen könnten.«

»Wer ist ›uns‹?« fragte ich.

»*Pandora's Box.*«

»Haben Sie nicht dieses Album gemacht?«

»Stimmt«, sagte die Stimme. »Wir hatten *dieses* Album.«

Das Album, von dem wir sprachen, hieß *Regrets* und war, bis Michael Jackson mit *Thriller* daherkam, das bestverkaufte Album der Rockgeschichte. »Was für eine Art von Hilfe brauchen Sie denn?« fragte ich.

»Ich glaube, gestern hat jemand versucht, ein Bandmitglied umzubringen.«

»Tatsächlich? Ich habe gar nichts darüber in der Zeitung gelesen.«

»Es stand nicht in der Zeitung.«

»Und mit wem habe ich die Ehre?«

»Mein Name ist Roger Lomax. Ich kümmere mich um die Band.«

»Sie sind der Manager?«

»Sie haben keinen Manager. Bloß ein dutzend Anwälte, ein Rudel Steuerberater und mich. So macht man das heutzutage. Helfen Sie uns?«

»Ich wüßte nicht, was ich tun könnte.«

»Herausfinden, wer ihn umbringen wollte.«

»Was sagte die Polizei?«

»Keine Polizei.«

»Warum nicht?«

Eine lange Pause. »Ich kann am Telefon nicht darüber reden. Ich würde gerne mit Ihnen persönlich sprechen. Ich versichere Ihnen, Sie werden nicht draufzahlen müssen. Können wir uns heute nachmittag treffen?«

Ich hatte sowieso nichts zu tun. »Klar«, sagte ich. »Wo?«

»Wir wohnen im *Jones Hotel* in Knightsbridge. Kennen Sie das?«

Ich kannte es nicht, aber ich bin Detektiv. »Ich werd's schon finden.«

»Kommen Sie mit dem Wagen?«

»Ja.«

»Wenn Sie mir das Autokennzeichen nennen, sorge ich dafür, daß es keine Probleme beim Parken gibt.«

Ich gab ihm das Kennzeichen durch.

»Sie parken hinter dem Haus«, sagte er. «Folgen Sie einfach den Schildern und melden Sie sich beim Parkwächter. Ist Ihnen drei Uhr recht?«

»Klar.«

»Wir sehen uns«, sagte er und legte auf.

Ich legte ebenfalls auf und ging was essen.

2

Das Hotel lag in einer idyllischen Straße in Knightsbridge. Es gibt immer noch welche davon, daß man nur wisse, wo. Es sah aus, als hätte man einen ganzen Block großer, Stadtvillen zu einer einzigen Anlage zusammengefaßt. Es hatte ein nagelneues, grünes Ziegeldach, die Fassade war erneuert worden, und die Farbe leuchtete in der Sonne. Um 14.45 fuhr ich langsam am Eingang vorbei. Neben der Drehtüre, zu der man vom Bürgersteig aus über eine kleine Steintreppe gelangen konnte, stand ein Typ in brauner Uniform und mit Goldlitzenkäppi. Ich fuhr weiter, bis ich ein beleuchtetes Schild entdeckte: HOTEL PARKPLATZ, mit einem Pfeil darauf, der auf eine kleine überdachte Gasse wies, die direkt durch das Hotel hindurchlief und früher vermutlich der Lastenanlieferung gedient hatte. Doppelte schmiedeeiserne Gitter öffneten sich und machten mir den Weg frei.

Ich bog langsam in den weißgewaschenen Tunnel ein. Das blubbernde Auspuffgeräusch des Jaguars hallte von den Wänden wider. Der Tunnel endete auf einem Kopfsteinpflasterweg, der parallel zur Rückseite des Hotels verlief. Ein neues Schild schickte mich nach links. Ich fuhr zwischen der rußigen Rückseite des Hotels, mit schwarzgestrichenen Feuerleitern und allerhand Wasserrohren, und einem halben Dutzend Schickimicki-Häuser, die früher Ställe gewesen zu sein schienen und jetzt *pied-à-terre* mit buntbemalten Türen und grünglänzenden Topfpflanzen davor waren.

Ich bremste vor einer Metallschranke, die einen Stacheldrahtzaun unterbrach. Links neben der Schranke stand ein halbverglastes Häuschen. Darin saß ein Schwarzer in brauner Uniform, komplett mit goldlitzenverzierter Mütze. Er lehnte an der hinteren Wand und sah gelangweilt aus. Draußen standen zwei große, weiße Kerle in Straßenanzügen. Einer von ihnen hielt ein Clipboard. Der mit dem Board sagte etwas zu einem anderen mit einem tragbaren Telefon und kam dann durch den schmalen Spalt zwischen Schranke und Zaun zu mir herüber. Ich kurbelte das Fahrerfenster ganz herunter. An seinem Aufschlag steckte ein Namensschildchen. Unter das krachbunte Logo der »Premiere Security« hatte jemand mit Schreibmaschine »Jack« geschrieben.

»Kann ich Ihnen helfen, Sir?«

»Ich möchte zur Roger Lomax.«

»Ihr Name, bitte?«

»Sharman. Nick Sharman.«

Jack warf einen Blick auf das Clipboard. »Haben Sie einen Ausweis bei sich, Sir?«

Ich gab ihm meinen Führerschein. Er las ihn, ohne die Lippen zu bewegen, und gab ihn mir dann zurück. Er konsultierte erneut den Zettel auf seinem Clipboard und ging um den Wagen herum, um die Nummernschilder zu überprüfen.

»Danke, Mr. Sharman«, sagte er. »Fahren Sie einfach geradeaus, über den Hof und die Rampe hinunter. Parken Sie bitte auf Level eins. Gehen Sie durch die Feuertür. Jemand wird Sie zu Mr. Lomax bringen.«

»Vielen Dank.«

Er gab dem Schwarzen ein Zeichen, woraufhin der einen Knopf drückte und die Schranke sich hob. Ich fuhr langsam an, der Wagen holperte über die Erhebung zwischen Kopfstein und Beton, glitt über den Hof, durch eine zwei Wagen breite Einfahrt und hinein in einen neonbeleuchteten Tunnel, der steil nach unten führte. Der Tunnel wurde durch eine kleine Erhebung in der Mitte der Fahrbahn geteilt. Auf meiner Seite zeigten große weiße Pfeile abwärts, auf der anderen Seite war es umgekehrt. Ich ließ den Jaguar rollen, bis die Schräge aufhörte und auf einem Schild stand: LEVEL EINS. Ich entdeckte einen freien Stellplatz und parkte.

Ich stellte den Motor ab. Alles, was ich noch hören konnte, war mein eigenes Blut, das durch meinen Kopf pumpte, und das Ticken des abkühlenden Motors. Ich öffnete die Wagentüre und kletterte in kühle Luft hinaus, die nach Öl und Benzin roch. Über einer graugestrichenen Tür, ungefähr fünfzehn Meter von meinem Parkplatz entfernt, leuchtete ein orangenes AUSGANG-Schild. Ich schloß den Wagen ab, stopfte die Schlüssel in meine Tasche und beäugte die sechs Wagen, die neben meinem standen. Sechs weiße Porsche 911-SE Cabriolets, jedes mit einem beigen Verdeck. Wunderschön. Fast eine halbe Million Eier in Autos stand hier herum. Und die Nummernschilder lauteten PB 1 bis 6. Kein schlechtes Leben, dachte ich: Rockstar. Andererseits hätte ich für die Dinger auf keinen Fall meinen Jaguar E-Type hergegeben, so alt er auch war.

Ich stand einfach da und betrachtete die Autos, als die Türe unter dem Leuchtschild aufflog und zwei Männer und eine Frau in die Garage kamen. Einer der Männer war klein, Mitte vierzig, trug Jeans und Jeanshemd, abgelatschte Baseballschuhe, eine Daunenweste und eine blaue Baseballkappe, auf deren Stirnseite in gelb »NY« gedruckt war. Weißgraues, dünnes Haar wucherte unter der Kappe hervor und hing bis auf seine Schultern. Der Mann neben ihm trug einen Anzug wie die Jungs am Garagentor. Er sah auch aus wie sie, allerdings hatte er kein Namensschildchen. Die Frau war groß und blond, vielleicht dreißig Jahre alt, und sah im Kunstlicht gar nicht schlecht aus. Sie trug ein kurzes, paillettenbesetztes, rotes Abendkleid, obwohl es dafür noch etwas früh war. Es hatte vorn und hinten tiefe Ausschnitte und legte Quadratmeilen braungebrannter Haut frei. Der Typ in Jeans latschte direkt auf meinen Wagen zu. »Klasse Motor«, sagte er. Englischer Akzent mit amerikanischem Einschlag, genau wie Roger Lomax. »Wollen Sie den verkaufen?«

»Nein.«

»Mann, Sie müssen. Ich geb Ihnen zwanzigtausend.«

»Nein.«

»Was soll das heißen: nein?« Er hörte sich an wie jemand, der gewohnt ist, daß seine Wünsche in Erfüllung gehen. »Dreißig.«

»Nein«, wiederholte ich.

»Sag's ihm, Pat«, sagte der Jeans-Typ zu seinem Kumpel.

»Sein Begleiter zuckte mit den Achseln. Ich bildete mir ein, seine Muskeln knirschen zu hören.

»Seine Sache«, sagte er. »Ist sein Wagen.«

»Fünfzig Mille«, sagte der Mann in Jeans.

Das war zu weit über dem Zeitwert, um noch als Scherz gelten zu können. »Nein«, sagte ich. »Und ich bin leider in Eile. Danke für das Angebot.« Ich machte einen Bogen um das Trio und öffnete die Tür. Zwei weitere Kerle standen im Flur. Diesmal lag das tragbare Telefon auf einem Stuhl neben dem Lift. Der kleinere der beiden Männer hatte ein Clipboard in der Hand. Auf seinem Namensschild stand: »Ronnie«.

»Sir?« fragte er.

»Nick Sharman für Roger Lomax. Ich habe einen Termin um drei.«

Ronnie mußte nicht mal auf das Clipboard gucken. Es hatte sich offenbar schon rumgesprochen.

»Selbstverständlich, Mr. Sharman«, sagte er. »Sind Sie bewaffnet?«

»Nein«, antwortete ich. Die Wahrheit.

»Haben Sie etwas dagegen, wenn ich das überprüfe?«

Ich hatte, aber ich würde an den beiden nicht vorbeikommen, ohne mich abklopfen zu lassen.

»Okay«, sagte ich. »Nur zu.«

Der größere der beiden, ein ziemlich großer Kerl, glauben Sie mir, auf dessen Namensschild »Big Phil« stand, um wirklich keinerlei Zweifel daran aufkommen zu lassen, klopfte mich schnell und gründlich ab. Er schüttelte den Kopf. »Vielen Dank, Mr. Sharman«, sagte Ronnie. »Mein Kollege wird Sie begleiten.«

So nennen sie die also heutzutage.

Big Phil drückte auf den Knopf vom Fahrstuhl. Die Tür öffnete sich sofort. »Hier entlang«, sagte er und deutete in den Fahrstuhl. Er war vor kurzem gereinigt und mit einem Spray parfümiert worden. Anders als die meisten Parkhaus-Lifte, die ich kannte. Mein Begleiter drückte auf den Knopf mit der 1, und der Lift sauste himmelwärts. Er starrte auf einen Fleck fünfzig Zentimeter unterhalb der Oberkante der Fahrstuhltüre. Ich stand neben ihm und starrte auf die Fleischrolle zwischen seinem Haaransatz und seinem Kragen. Ich kann auch den Harten markieren. Wir schwiegen beide.

Eine Glocke erklang, und die Türen des Fahrstuhls öffneten sich wie angekündigt zum ersten Stock. Big Phil trat zur Seite, um mich zuerst aussteigen zu lassen. Ich betrat eine Empfangshalle mit Deckengewölbe, geschmackvoll eingerichtet mit etwas, das wie Chippendale aussehen sollte, es aber vermutlich nicht war. Die Wände und die Decke waren in dunklem Pink gestrichen, und den Boden bedeckte ein dicker Teppich in einem ähnlichen Farbton. Er hätte sogar Maschinengewehrsalven gedämpft. Big Phil führte mich zu einer Doppeltür, über der ein diskretes Schild leuchtete: BAR.

»Mr. Lomax wartet drinnen auf Sie«, sagte er und stieß die Türen für mich auf. Ich ging hinein, aber er kam nicht nach. In der Bar war es dunkel. Das einzige Licht strahlte von der Bar selbst, einer leuchtenden Oase, herüber. Dahinter standen zwei Barkeeper, die sich leise unterhielten und bereits glänzende Gläser blank wienerten. Aus verborgenen Lautsprechern tröpfelte so leise Vivaldi, daß man es kaum hören konnte. Ich fand schon immer, daß jeder die Dudelmusik kriegt, die er verdient. Ich marschierte durch die Dunkelheit zur Bar. »Mr. Lomax?« sagte ich, mit deutlich hörbarem Fragezeichen.

Der größere der beiden Barkeeper sagte: »Auf der ersten Ebene, Sir, an Tisch eins.« Er wies mir mit einer Hand den Weg. Ich drehte mich um und wartete, bis sich meine Augen an das Zwielicht gewöhnt hatten. Das Umfeld der Bar war groß und leer. Am Rand waren abgeschirmte Sitzecken zu erkennen. An einem Ende des Raums führte eine kleine Holztreppe zu etwas, das wie eine breite Bühne aussah. Dahinter lagen noch drei Nischen mit Tischen und Bänken. In der rechten flammte plötzlich ein Licht auf. Wer immer dort saß, zündete sich eine Zigarette an. Ich ging davon aus, daß es Roger Lomax war, und spazierte über eine weitere teure Teppichrolle in wesentlich dunklerem Farbton die Treppe hinauf und hinüber zu der kleinen Nische. Zwei dunkle Augen glitzerten im Schein der Zigarette, während sie mich beobachteten.

»Roger Lomax?« fragte ich.

»Nick Sharman?«

»Ja.«

»Guten Tag, und vielen Dank für Ihr Kommen. Setzen Sie sich.« Wenn er nicht telefonierte, war sein mittelatlantischer Akzent ausgeprägter; er raspelte durch meine Gehörgänge.

Ich setzte mich. Es war stockdunkel, abgesehen vom Glimmen seiner Zigarette. Er mußte Gedanken lesen können: »Soll ich etwas Licht machen?« fragte er.

»Warum nicht?«

Er drehte sich zur Seite und fand an der Rückwand der Nische einen Schalter. Eine einzelne Glühbirne hinter einem gläsernen Schirm leuchtete auf. »Besser so?«

»Ja«, sagte ich.

Er lümmelte quer über drei Plätze mir gegenüber, den Rükken an der Wand. So wie er ›saß‹, konnte ich nicht erkennen, ob er groß oder klein war. Ich schätzte ihn auf 30 oder 35 Jahre; er hatte dicke, lange, schwarze Haare, die er sich ständig mit großen, starken Händen aus dem Gesicht wischte. Am Mittelfinger seiner rechten Hand steckte ein extravaganter Silberring mit einem Türkis. Selbst in diesem Dämmerlicht sah er braungebrannt und fit aus. Er trug ein schwarzes Hemd und ein schwarzes Jackett, das mit schwarzen Pailletten verziert war, die das Licht reflektierten. Vor ihm gruppierten sich ein suppenschüsselgroßes Glas, das mit einer blassen Flüssigkeit gefüllt war, zwei Schachteln Marlboro Light, ein Streichholzheftchen vom Hotel, ein Aschenbecher und eine braunschimmernde Mappe mit dem Namen des Hotels in Goldschrift. Der Aschenbecher quoll schon über.

»Möchten Sie etwas trinken?« fragte er.

»Gern.«

»Was möchten Sie?«

Ich zeigte auf sein Glas. »Was ist das?«

»Daiquiri.«

»In Ordnung.«

Ich hatte nichts bemerkt, der Barmann hingegen schon. Er mußte Adleraugen haben. Binnen Sekunden stand er bei uns. »Mr. Lomax?«

»Noch zwei davon«, sagte Roger Lomax und deutete auf sein Glas. »Und machen Sie ruhig gleich einen Krug. Es könnte ein langer Nachmittag werden.«

Der Barkeeper tauschte den vollen Aschenbecher gegen einen leeren aus, nickte und entschwand.

»Hatten Sie Probleme, reinzukommen?«

»Nein. Es war sehr ... effizient.«

»Schön.«

»Sie sind gut abgesichert hier.«

»Nach dem, was Trash zugestoßen ist, dachte ich, das wäre nicht schlecht.«

»Trash?« fragte ich.

»Danny. Danny Shapiro. Wir nennen ihn Trash. Er war Müllmann in New York. Fast jeder in der Band und der Crew hat einen Spitznamen. Das ist unser kleines Spielchen. Jedenfalls habe ich nach dem Vorfall die Firma angerufen, die unsere europäische Tour-Security macht. Sie vermietet diese Kerle kiloweise.«

»Sie sind sehr höflich«, sagte ich.

»Sie werden gut dafür bezahlt. Aber sie können auch anders.«

»Kann ich mir vorstellen. Haben die anderen Gäste keine Einwände?«

Roger Lomax lächelte. «Es gibt keine anderen Gäste. Wir haben das gesamte Hotel für zwei Monate gemietet.«

Nun ja. Ich war beeindruckt. »Sie haben gern etwas Bewegungsfreiheit?«

»Nicht unbedingt. Dies ist gar kein so großer Laden. Es gibt nur 36 Zimmer hier, und davon benutzen wir ohnehin 25. Wir haben immer gern ein paar Ausweichräume für Notfälle. Die braucht man immer mal für neue Freunde oder Fans. Wir übernachten jedesmal hier, wenn wir in London sind. Das Management ist sehr verständnisvoll, und das Personal ist schnell und diskret.«

Als wollte er es beweisen, tauchte in diesem Moment der Barkeeper mit zwei großen Gläsern auf einem silbernen Tablett auf. Er stellte sie vor uns auf den Tisch und verschwand wortlos. »Ich ahne, was Sie meinen«, sagte ich.

»Das ist noch gar nichts, glauben Sie mir.« Ich glaubte ihm, fragte aber nicht weiter nach. »Das hier ist ein Rock'n'Roll-Hotel«, fuhr er fort. »Eines der oberen Preisklasse, stimmt, aber durch und durch Rock'n'Roll. Es gehört jemandem, der das Busineß kennt und selbst mal mit von der Partie war. Der Manager muß seine Entscheidungen also nicht vor irgendeiner albernen Eigentümerversammlung rechtfertigen. Die Leute hier sind darauf vorbereitet, über allerhand hinwegzusehen und jederzeit Speisen und Getränke zu servieren. Die Bar ist geöffnet, bis der letzte geht. Sie haben nichts gegen Besuch auf den Zimmern. Es gibt einen Tennisplatz, ein Olympia-Schwimmbecken, ein Fitneßcenter und Billardzimmer im Keller. Sie streichen sogar neu, wenn jemandem die Farbe seines Zimmers nicht gefällt. Das hat natürlich seinen Preis. Einen sehr hohen Preis. Und wenn Sie nicht zahlen, kriegen Sie nie wieder ein Zimmer.«

»Umsonst ist nur der Tod.«

»Wie wahr. Aber wir können hierher kommen, die Zugbrücke hochziehen und unsere Party feiern; wissen Sie, was ich meine?«

»Nicht genau.«

»Sie werden es herausfinden.«

»Wenn ich den Job annehme.«

»Warum sollten Sie das nicht tun?«

»Soweit sind wir noch nicht: Wie kommen Sie darauf, daß man einen Ihrer Musiker umbringen wollte? Was genau ist passiert?«

»Das bleibt unter uns, okay?«

»Selbstverständlich.«

»Er hat schlechtes Koks genommen.«

»Schlecht. Wie schlecht?« fragte ich.

»Sehr. Es war überhaupt kein Coke. Es war Heroin. Er ist zusammengebrochen. Überdosis.«

»Hmmm.«

»Verstehen Sie jetzt, wie ich auf Mord komme?«

Ich nickte. »Wann ist das passiert?«

»Gestern nacht. Genauer gesagt, heute morgen. Drei Uhr. Wir holten den Hotelarzt. Er hat Trash ins Cromwell-Krankenhaus verfrachtet. Sie haben ihn wieder hingekriegt. Ganz knapp. Er ist noch dort, bewacht. Er wird ein paar Tage bleiben und dann weiterarbeiten.«

»Woher kam der Stoff?«

»Weiß er nicht.«

»Wieso nicht?«

»Er ist ein totaler Kokser. Bis zum Anschlag. Er hat das Zeug überall gebunkert. Der Typ würde in Babywindeln Schnee verstecken, wenn er 'n Baby hätte.«

»Wissen Sie, wer im Hotel war, als es passierte?« fragte ich.

»Ich habe hier eine Liste mit den Gästen und eine Belegungsliste der Zimmer.« Er klopfte auf die braune Mappe, die vor ihm lag.

»Danach habe ich nicht gefragt«, sagte ich. »Wissen Sie genau, wer heute morgen hier war? Wer bei Shapiro war? Was die anderen gerade taten?«

»Das ist schwierig. Wir hatten eine Party.«

»Irgend jemand muß doch wissen, wer hier war.«

»Die Leute kamen und gingen. Sie wissen, wie das ist.«

»Ja, ich weiß, wie es ist. Aber was zum Teufel wollen Sie dann von mir?«

»Sie sollen herausfinden, was passiert ist.«

»Vielleicht ein Unfall?«

»Es war nicht der erste.«

»Ach?«

»Nein. Ein paar Bänder im Studio wurden gelöscht. Eine Menge Arbeit ist im Arsch, und ein Haufen Geld. Und sonst – Kleinkram, irgendwas fehlt, irgendwas ist kaputt. Nicht viel, aber...«

»Es könnte Zufall sein.«

»Es *könnte*. Finden Sie heraus, ob es wirklich Zufall ist. Fragen Sie herum.«

»Vielleicht wollen die Leute mir gar nichts erzählen? Ich habe keinen offiziellen Status. Rufen Sie die Polizei an, noch ist es nicht zu spät. Die klopfen Ihnen vielleicht ein bißchen auf die Finger, weil Sie sich erst jetzt melden – na und? Sie haben bestimmt schon Schlimmeres erlebt. Und die meisten Leute beantworten die Fragen der Polizei.«

»Keine Polizei.«

»Das haben Sie schon mal gesagt. Warum nicht?«

»Als ich mit McBain über Sie gesprochen habe, sagte er, Sie seien nicht blöd.«

»Bin ich auch nicht.«

»Dann fangen Sie an. Das letzte, was ich will, sind herumschnüffelnde Bullen. Wir haben hier eine prima Geldfabrik. Die Band macht eine Menge Kohle, eine Wahnsinnsmenge. Wir haben weniger als einen Monat Zeit, um das neue Album fertigzustellen. Die Vertreter der Plattenfirma haben es bereits an die Läden verkauft. Die Anzeigen sind geschaltet. Noch wichtiger: Die Woche, in der es erscheinen soll, ist eine Woche, in der sonst keine wichtige Platte rauskommt. Es ist der optimale Termin, um von null auf eins einzusteigen, weltweit, in der ersten Woche. Eine Menge Interviews werden erscheinen. Mann, ein paar von diesen Hochglanzdingern haben sechs Monate Vorlauf. Die Interviews werden erscheinen, und ich möchte nicht, daß die Platte dann nicht in den Läden steht. Zwei TV-Dokumentationen werden in der Woche der Veröffentlichung laufen, eine hier und eine in den Staaten. Die PR-Maschine hat angefangen zu mahlen, und wenn sie erst mal läuft, kann man sie kaum mehr stoppen. Wenn wir den Termin nicht halten können, ist das nicht der Weltuntergang, aber wir verschenken ein paar Millionen verkaufte Einheiten weltweit. Wir *brauchen* diese Verkäufe nicht, aber wir *wollen* sie.«

Er fuhr fort: »Vor einem Monat wurde die Mutter von Keith Pandora krank, sehr krank, vermutlich wird sie sterben. Sie kann sich nicht mehr rühren, und er bestand darauf, zu ihr zu kommen. Sie ist seine einzige Mutter, und er wollte in ihrer Nähe sein, bloß für den Fall. Zufälligerweise spielen wir in zwei Monaten fünf Shows im Wembley.« Er klopfte begeistert auf die Tischplatte. »Das ist der Anfang der Welt-Tournee, für die sie monatelang unterwegs sein werden. Bis zur und lange nach der Veröffentlichung des Albums. Also ist die Zeit knapp. Wir haben unsere Studiotermine in L. A. abgesagt, Studiozeit in London gekauft, was so kurzfristig nicht einfach ist, glauben Sie mir, und haben uns hier für zwei Monate eingemietet. Wir hatten sowieso schon eine Reservierung für die Zeit, in der wir im Wembley spielen. Wahrscheinlich wäre es billiger, den Laden zu kaufen, bei den Preisen.« Er schüttelte sich bei dem Gedanken. »Sie haben keine Vorstellung, was uns die Verzögerungen der Arbeit an diesem Album kosten.« Er sah mich mit einem so ehrlichen Hundeblick an, daß ich ihm beinahe glaubte, daß ihn das beunruhigte. Beinahe.

»Ich habe also eine Bühne in Shepperton gemietet für die Liveproben, und die wichtigsten Mitglieder unserer Crew einfliegen lassen. Der Rest kommt rechtzeitig für die Auftritte, und vielleicht engagiere ich hier noch ein paar zusätzliche Helfer. Unsere Anwälte und Buchhalter sind auch hier, sie haben Suiten im dritten Stock. Genaugenommen ist *Pandora's Box* also komplett aus Los Angeles nach London gezogen.«

Er sah mich nachdenklich an und sagte: »Sehen Sie, ich kenne diese Leute. Sie sind anders. Ich kenne die Drinks und Drogen ihrer Wahl. Ich weiß, wen sie bumsen und wen sie gerne bumsen würden. Ich weiß sogar, welche Tampon-Marke die Girls am liebsten mögen; ich mußte sie oft genug besorgen. Das ist unsere Welt. Es ist eine abgeschlossene Welt, und wir kümmern uns um unseren eigenen Kram. Legalen Kram und nicht so legalen Kram. Wir können uns 'ne Menge leisten. Unsere Anwälte kennen das schon. Aber ich brauche keine

Horde Londoner Cops, die hier herumtrampelt. Das hemmt den kreativen Fluß.«

»Genau wie es der Mord an einem Bandmitglied täte.«

»Exakt«, sagte er ohne jede Spur von Ironie. »Wir brauchen jemanden, der etwas von unserem Busineß versteht.«

»Das tue ich aber nicht.«

»McBain sieht das anders. Er sagt, Sie sind cool. Ich kenne ihn schon lange, und wenn er das sagt, ist das okay für mich. Also: Übernehmen Sie den Job?«

Ich antwortete nicht. »Ein Mordanschlag ist eine ernste Sache«, sagte ich.

»Hören Sie, Nick, ich bin nicht mal sicher, daß es ein Mordversuch war. Vielleicht hat Trash was durcheinander gekriegt. Das passiert. Aber ich schwöre, ich weiß nichts davon, daß er jemals Heroin genommen hat. Vielleicht hielt das jemand für komisch, und es ist nach hinten losgegangen. Ich will einfach nur wissen, was los war. Wir können uns vielleicht eine Menge leisten, aber wir sind nicht unverwundbar. Drei Bandmitglieder und die meisten von der Crew sind Amerikaner. Ich möchte nicht, daß irgendwer verhaftet und ausgewiesen wird. Das würde die Fertigstellung des Albums behindern, und damit auch meine Karriere. Tun Sie mir einen Gefallen, Nick, steigen Sie ein. Hier ist eine Liste mit allen, die hier wohnen. Ich habe mit ihnen gesprochen und sie auf Sie vorbereitet. Die meisten sind bereit, mit Ihnen zu reden. Die Sache mit Trash sitzt ihnen in den Knochen, auch wenn sie so tun, als wäre alles okay.«

»Ist er so wichtig?«

»Im Moment schon. Es fehlt nur noch ein Track für das Album, und den hat er geschrieben, er singt ihn und er spielt die Gitarren darauf. Baß- und Drum-Tracks haben wir am Wochenende aufgenommen. Wir brauchen ihn für den Gesang und die Lead-Gitarre. Die Zeit läuft uns davon. Und ohne ihn können wir nicht weitermachen.«

»Sie haben noch einen Monat Zeit.«

»Einen Monat für einen Track ist nichts für diese Band. Beim Album nach *Regrets* haben sie drei Jahre für die Aufnahme gebraucht, und da waren nur neun Songs drauf. Glauben Sie mir: Ein Monat heißt Arbeit unter Hochdruck.»

Dann schwieg er. Ich schwieg auch. Ich nippte an meinem Drink und zündete mir eine Zigarette an. »Was genau ist eigentlich Ihre Aufgabe?« fragte ich schließlich.

»Ich habe mich schon gewundert, daß Sie nicht fragen. Ich bin der Mann hinter den Kulissen. Ich kümmere mich um die Geldfabrik. Ich kümmere mich darum, daß alles läuft, und wenn etwas schiefgeht, schmiere ich die richtigen Leute, damit es wieder in Ordnung kommt.«

»Geht denn viel schief? Ich habe den Eindruck, Sie sind ein ganz vorausschauender Mensch.«

»Machen Sie Witze? Gucken Sie doch nur, in welcher Scheiße wir jetzt wieder stecken. Bei meinem Job geht immer alles schief. Das ist das einzige, worauf man sich verlassen kann. Ich bin schon seit zwanzig Jahren in diesem Busineß. Ich habe als Laufjunge für Jack Berry im ›Marquee‹ angefangen. Ich hab beim Reading-Festival gejobbt und dann bei *Family* als Backline-Roadie angeheuert.«

»Als was?«

»Ich habe mich um die Bühnenverstärker und die Aggregate gekümmert. Ich bin zweimal mit ihnen in die Staaten gefahren – und dort geblieben. Ich habe als Plugger für Capitol Records gearbeitet. Was heißt, daß ich Kohle und Koks an die Jungs vom Westcoast-Radio verteilt habe, damit sie unsere Platten spielten. Dann wechselte ich im selben Job zu Atlantic. Und dann wurde ich befördert: Sonderaufgaben.«

Ich sah ihn an.

»Fragen Sie nicht«, sagte er. »Ich habe eine Tour von *Zeppelin* mitgemacht, bevor Bonzo starb, dann war ich Tourmanager von Elton John, und als er '81 aufhörte zu touren, hab ich bei *The Box* angeheuert. Seitdem bin ich dabei.«

»Sie kommen aus London?«

»Mitten aus dem Herzen. East End durch und durch ... zumindest war ich das. Vor ein paar Wochen war ich zum ersten Mal seit Jahren wieder da. Shit, Mann, die haben den Stadtteil völlig ruiniert. Es war nie besonders toll, aber jetzt ...«

»Die Zeiten ändern sich«, sagte ich. »Genau wie die Regierungen. Aber ich hatte Sie für einen Tory gehalten, bei all dem hier.« Ich deutete in Richtung Bar.

»Amerikanischer Staatsbürger. Beinharter Demokrat. Noch ein Grund, warum ich etwas gegen Ausweisungen habe. Ich könnte der erste sein.«

»Klingt, als hätten Sie ein gutes Leben.«

»Habe ich. Ich werde hervorragend bezahlt. Und ich habe ein ungewöhnlich hohes Spesenkonto, was bedeutet, daß ich mein Gehalt nicht anzutasten brauche. Ich bin allein zeichnungsberechtigt für ein Bankkonto mit so viel Geld drauf, daß Ihnen die Tränen in die Augen treten. Ich habe alle wichtigen Kreditkarten, jede Rechnung wird bezahlt, und ich muß keine Quittungen vorlegen. Ich habe ein Appartement in Beverly Hills und kaufe auf dem Rodeo Drive ein. Ich habe eine wunderschöne Frau, die in dem Appartement lebt und die ich seit Monaten nicht gesehen habe und für weitere sechs oder sieben Monate nicht sehen werde. Wahrscheinlich fickt sie alle und jeden. Ich tue das jedenfalls. Ich habe achtzehn Autos. Ich fliege erster Klasse. Ich wette, in ein paar Jahren stinkt nicht mal mehr meine Scheiße. Für einen Jungen aus Plaistow, der, bis er fünfzehn wurde, niemals in einem Haus mit Innentoilette gelebt hat, ist das nicht schlecht, finde ich.«

»Wirklich nicht schlecht, also warum sind Sie so schlecht drauf?«

»Tut mir leid, Nick, manchmal red ich nur Scheiß. Zuviele davon.« Er klopfte gegen sein Glas.

«Kenn ich«, sagte ich. Das war die Wahrheit.

»Hören Sie, ich habe eine Suite für Sie«, sagte er. »Sehr nett eingerichtet, im zweiten Stock, Eckzimmer, mit Blick auf den Park.«

»Wird mir die Farbe gefallen?«

»Ich hoffe. Heißt das, Sie machen den Job?«

»Ich weiß nicht.«

In diesem Moment öffnete sich die Tür zur Bar und eine Frau kam herein. Sie ging zu den Barkeepern und sagte etwas. Einer beugte sich nach unten, und gedämpfte Lampen an

Decke und Wänden flammten auf. Es war keine Lasershow, aber wenigstens konnte man jetzt wieder nachzählen, ob man noch alle Finger an der Hand hatte.

Ich sah Lomax an. »Ist das nicht Ninotchka?«

Er nickte. »Genau die.«

Ich betrachtete die Frau. Sie sah aus der Ferne nach nichts aus, aber sie war ein *bona* fide 22-Karat-Rockstar. Von den Erfolgen mit *Pandora's Box* abgesehen, hatte sie mehrere Solo-Alben veröffentlicht, die alle in die Charts eingestiegen waren. Außerdem hatte sie drei Top-Ten-Singles gehabt. Sie war in zwei Filmen aufgetreten, einer davon war für den Oscar nominiert worden, und sicherlich hatte sie genug Stars gevögelt, um eine Doppelseite im *Guinness Buch der Rekorde* zu bekommen.

Der Barkeeper mixte ihr einen Drink, und nachdem er ihr das Glas zugeschoben hatte, schlenderte sie zu uns herüber. Sie trug ein Lederkleid mit einem kurzen Jäckchen und einem langen Rock, unter dem ein Petticoat hervorlugte. Das Oberteil war nicht zugeknöpft. Sie trug ein seidenes Mieder mit viel Spitze, und nichts darunter, so wie ihre Nippel sich abzeichneten und beim Gehen zitterten wie zwei winzige kleine Pistolen. Ihr hochhackigen Schnürstiefel paßten perfekt zur Farbe des Kleides. Sie trug einen Haufen Klunkerkram. Ungefähr fünfzig silberne Armreifen an jedem Handgelenk, silberne Ringe an jedem Finger, darunter einen, wie ihn Roger Lomax trug. Um ihren Hals lag eine silberne Kette mit Türkisen dran, und an einem Ohrläppchen hing ein extravaganter Silber-Ohrring mit blauen Federn, über fünfzehn Zentimeter lang. Ihr Haar war staubig-blond und zurückgebunden, nur um die Ohren ringelten sich ein paar Strähnen. Sie war goldbraun, und ihr Hauch von Lippenstift betonte das angenehm.

»Mußt du immer im Dunkeln sitzen, Roger?« fragte sie. »Ich wette, du warst in einem früheren Leben Vampir.« Sie hatte einen starken amerikanischen Akzent und betonte ihn fürs Publikum – mich.

»Ninotchka, das ist Nick Sharman«, sagte Roger Lomax. »Ein alter Kumpel von Mark McBain.«

»Wow, wie haben Sie das denn hingekriegt. McBain ist so schwer festzunageln wie eine Rauchwolke«, sagte sie und strahlte mit ungefähr zehntausend Watt kalifornischer Mädchenhaftigkeit.

»Ich hab's hingekriegt«, sagte ich und hielt ihr meine Hand hin. Ihre Klunkern klapperten, als sie sie schüttelte. Ihr Griff war fest und trocken.

»Nick Sharman, das ist Ninotchka«, beendete Roger Lomax die Vorstellungszeremonie.

Was sollte ich sagen? ›Ich habe Ihre Titten im *Playboy* bewundert. Ich hab Sie schweißgebadet mit einem Blödmann rumfummeln sehen, in Ihrem letzten Video. Ich kenne Ihren Arsch aus dem Kino, als Sie so taten, als ob Sie Jack Nicholson vögeln.‹ Ich sagte nichts davon. »Wie geht's?« war alles, was ich sagte.

»Ihr Engländer seid so höflich«, entgegnete sie. »Am Anfang.« Sie starrte Roger an. Ich hatte das Gefühl, die beiden hätten noch eine offene Rechnung, und ich wollte nichts darüber wissen.

Aus der Nähe, selbst im Halbdunkel der Bar, konnte man sehen, daß Ninotchka schon lange dabei war. Saufen zehrt, Leben auf der Überholspur zehrt. Aber es stand ihr gut. Außerdem machte sie den Eindruck, als habe sie wichtigere Probleme.

Sie setzte sich und nahm eine von Lomax' Zigaretten. »Was tun Sie, Nick?« wollte sie wissen.

»Er ist privater Bulle«, antwortete Lomax für mich. »Ich habe ihn gebeten, die Sache mit Trash zu klären.«

»Sie sehen nicht gerade nach Dick Tracy aus.«

»Bin ich auch nicht«, sagte ich ruhig.

»Wollen Sie mir ein paar Fragen stellen?«

»Vielleicht. Ich habe mich noch nicht entschieden, ob ich den Job annehme oder nicht.« Aber ich war gerade dabei, es zu tun.

»Wollen Sie heute mit mir Essen gehen?« fragte sie.

So ein Angebot kriegt man von so einer Frau nur einmal im Leben. »Ja, klar«, sagte ich und verhaspelte mich beinahe.

»Ich bin in der Mayfair Suite. Holen Sie mich um sieben ab. Ich bin zu hungrig für ein Dinner um acht.« Dann fing sie an, *The Lady is a Tramp* zu summen, trank aus, stand auf und ging.

Ich sah Lomax an, und Lomax sah mich an, und ich hatte das Gefühl, was er sah, gefiel ihm nicht. »Scheint so, als hätten Sie sich entschieden.«

»Scheint so.«

»Ich wäre sehr vorsichtig, wenn ich Sie wäre, Nick. Sie sind genau ihr Typ, das weiß ich. Ich werde Ihnen sagen, was passieren wird. Sie wird ihnen ihre volle Aufmerksamkeit schenken und alle anderen ignorieren. Sie wird nur noch mit Ihnen und durch Sie sprechen. Sie wird Sie um Rat fragen und sich danach richten. Sie werden ihre Klamotten und ihre nächste Single aussuchen. Sie wird Ihnen die komplette Gaultier-Sommerkollektion spendieren. Sie werden über dem Boden schweben. Und dann wird Sie ihnen von hinten in die Knie treten. Sie wird Ihren Schwanz abschneiden, mit Senf bestreichen, in ein Sandwich packen und zu Mittag essen. Sie wird Sie kastrieren, und Sie werden ihr vermutlich aus lauter Liebe noch das Skalpell reichen.«

»Klingt wie die Stimme der Erfahrung.«

»Das können Sie mir glauben! Ich weiß, welche Tampons sie am liebsten mag. Ich geb Ihnen einen guten Rat, Nick. So wie mir jemand einen guten Rat hätte geben sollen.«

»Ich werde daran denken.«

»Das werden Sie nicht.«

Er hatte unrecht. Ich würde. Ich war zu alt und häßlich, um in diese Falle zu tappen – dachte ich zumindest. »Wenn ich hierbleiben soll, muß ich jetzt los und ein paar Sachen holen«, sagte ich, ohne mich um seinen Einwand zu kümmern.

»Nicht nötig. Ich habe mich um alles gekümmert. Im Foyer ist ein ausgezeichneter Herrenausstatter. Der besorgt Ihnen alles, was Sie brauchen. Ich habe mir die Freiheit genommen, ein Konto auf Ihren Namen zu eröffnen.«

Das war eine Form von Freiheit, mit der ich leben konnte.

»Die Band wird sich um Ihre Rechnung kümmern«, fuhr er fort.

Das wird immer besser, dachte ich.

»Rasierzeug und aller möglicher anderer Krempel ist auf Ihrem Zimmer. Wenn Sie noch etwas brauchen, *irgend etwas*, rufen Sie einfach an der Rezeption an.«

»Okay«, sagte ich. »Sie haben mich an der Angel.« Obwohl es eigentlich nicht er war, der mich an der Angel hatte.

»Bleibt nur noch die Frage Ihres Honorars. McBain hat sich dazu nicht genauer geäußert.«

»Ich glaube nicht, daß McBain mich bezahlt hat«, sagte ich trocken.

»*Wir* bezahlen. Was ist Ihr Satz?«

»Zweihundert am Tag.« So wie er aussah, schien er das regelmäßig für seine Maniküre auszugeben.

Er holte ein dickes Scheckbuch und einen Füller aus der Innentasche seiner Jacke. Er schrieb einen Scheck aus und unterschrieb ihn schwungvoll. Er schob ihn mir herüber, und ich betrachtete ihn. Vierzehnhundert Pfund.

»Eine Woche im voraus«, sagte er. Das hätte ich gerade noch selbst ausrechnen können. »Ich weiß nicht, wie lange so was normalerweise dauert.«

»Ich auch nicht.«

»Wenn Sie mehr brauchen, sagen Sie Bescheid.«

»Mach ich«, sagte ich, faltete den Scheck und steckte ihn in meine Hemdtasche. «Da wir jetzt im selben Boot sitzen, erzählen Sie mir am besten was über die Band.«

»Was denn?«

»Wer mitspielt.«

»Das wissen Sie nicht?« Er klang verblüfft.

»Eigentlich nicht. Ich meine, ich kenne sie, ich kenne das Album und ich habe einen Haufen Songs von ihnen im Radio gehört. Aber sie sind nicht ganz mein Stil. Ein bißchen zu mainstreamig, wenn Sie wissen, was ich meine.«

»Ich weiß *genau*, was Sie meinen«, sagte er.

»Und von Ninotchka abgesehen, würde ich keinen von ihnen auf der Straße erkennen.«

Er schüttelte beeindruckt den Kopf. »Ich habe die neuesten Bios hier rein gelegt«, sagte er und klopfte wieder auf die Mappe.

»Erzählen Sie mir was«, sagte ich. »Wenn ich lesen will, was die PR-Leute mich wissen lassen wollen, kann ich mir eine Zeitung kaufen.«

»Okay, ich erzähl Ihnen die wichtigsten Sachen. Mehr wenn nötig, in Ordnung?«

Ich nickte.

»Ninotchka kennen Sie nun schon. Sie ist Leadsängerin. Schreibt eine Menge Songs. Hits. Spielt Gitarre. Nicht besonders gut.«

Hinterfotzig, dachte ich.

»Wir waren ein Paar. Das hätten Sie sowieso rausgefunden. Sie war auch mal mit Pandora zusammen, und mit ein paar Typen, die mittlerweile verschwunden sind. Toningenieure, Roadies, Beleuchter, sogar T-Shirt-Händler.« Das erzählte er mir sichtbar gerne. »Dann ist da Pandora selbst. Er ist Engländer. Hat die Band zusammen mit Tony Box '86 gegründet. Seitdem ist viel Wasser unter den Brücken durchgeflossen. Er spielt Keyboard und singt. Er war, äh, mindestens viermal verheiratet. Man verliert die Übersicht. Im Moment steckt er gerade zwischen zwei Ehen. Tony Box, einziges weiteres Gründungsmitglied. Auch Engländer. Lead-Gitarre. Zweimal verheiratet. Seine zweite Frau ist auch hier. Sie heißt Barby – raten Sie mal, warum. Trash spielt zweite Lead-Gitarre. Er schreibt Songs und singt. Brillant. Ich wüßte nicht, was wir ohne ihn täten. Baby Boy Valin – er ist Drummer, was gibt es da zu sagen? Total verrückt. Kommt aus L. A. War in tausend Bands. Shorty Long am Baß. Netter Kerl. Scratch singt und macht manchmal Percussion. Sie kommt aus England, ist aber '71 oder '72 rübergegangen. War mal mit Keith verheiratet.«

»Klingt interessant.«

»Kann es auch sein. Manchmal müssen wir Stacheldraht auf der Bühne spannen, damit diese Arschlöcher sich nicht gegenseitig umbringen.«

Er hielt inne, als ihm klar wurde, was er da gesagt hatte.

»Freudscher Versprecher«, sagte ich.

Er ging nicht darauf ein. »Dann sind da noch zwei Background-Sängerinnen. Es sollte noch eine dritte geben, das sieht besser aus, aber die beiden machen ihre Sache ganz gut. Offiziell heißen sie *The Twilights.* Inoffiziell *Die Fickmaschinen.* Das war's. Sie werden sie alle kennenlernen. Da ist schon der erste.«

Ich sah zur Tür. Ein großer, dürrer Mann mit langen Lokken kam in Begleitung von zwei jungen – sehr jungen – Mädchen herein. Sie waren klapperdürr, hatten winzige Brüstchen und gleiche, herzförmige Gesichter. Obwohl die eine blondes und die andere schwarzes Haar hatte, war klar, daß sie Schwestern waren. Sie trugen zueinander passende Minikleider, dunkle Strumpfhosen und hochhackige schwarze Schuhe. Sie waren beide dick geschminkt, aber das betonte das Kindliche ihrer Gesichter eher, als es zu kaschieren.

»Wer ist das?«

»Erkennen Sie ihn nicht? Das ist Keith Pandora. Der Hauptmann. Der Zar.«

»Warum nennen Sie ihn so?«

»Weil er die Band leitet wie das Zarenreich.«

»Sind das seine Kinder?«

»Lassen Sie ihn das bloß nicht hören! Er fickt sie.«

»Aber das sind Babys.«

»Glauben Sie das nicht. Ihre Körper sind jung, aber im Kopf sind sie tausend Jahre alt.«

»Wie alt?«

»Die blonde ist 14, die brünette 13.«

»Und die fickt er?«

»Empört Sie das?«

»Ich habe selbst eine Tochter, nicht viel jünger als die zwei. Wenn er die anfassen würde, würde ich ihm seinen dürren Hals brechen.«

»Okay, Nick, ich verstehe. Aber können Sie das Thema in seiner Gegenwart meiden?«

Ich sagte nichts.

»Ihre Mutter ist mit ihnen hier, wenn Sie das beruhigt.«

»Nicht besonders.«

»Sie haben eine Suite in Ihrer Nähe.«

»Was für eine Mutter ist das, um Gottes Willen?«

»Ein altes Groupie. Sie behauptet, das eine Kind sei von Keith Moon, das andere von Iggy Pop.«

»Na prima.«

Keith Pandora plazierte die beiden Mädchen an einem Tisch und kam zu uns herüber. »Hi, Keith«, sagte Roger Lomax.

»Hi«, sagte Pandora und sah mich an.

»Das ist Nick Sharman.«

»Ich hab von Ihnen gehört«, sagte Pandora. »Willkommen an Bord.«

Ich nickte.

Aus der Nähe sah man sein Alter. Sein Haar war noch voll, aber in sein Gesicht hatten sich tiefe Falten eingegraben, und unter der Bräune war er blaß. Seine Verlebtheit stand ihm eher gut, er hatte volle Lippen und eine große Hakennase. Er trug das, was er für Rockstar-Schick hielt: eine schwarze Motorradjacke, eine Nummer zu klein, über einem Cowboyhemd aus weißer Seide, mit weiß auf den Kragen gestickten Pfeifenköpfen und Pfeilspitzen. Enge, ausgewaschene Jeans und schwarze Stiefel. »Kümmert Dodge sich um Sie?«

»Dodge?«

»Roger the Dodger«, sagte Pandora und zeigte grinsend seine gelben Zähne. »Roger, der Windhund. Der beste im ganzen Biz. Hab ich nicht recht, Dodge?«

»Wenn du es sagst.«

»Ich werd Ihnen eines Tages verraten, wie er zu dem Namen kam, Nick«, sagte Pandora. »Im Moment hab ich zu tun.« Er grinste, und ich dachte darüber nach, ob ich mich besser fühlen würde, wenn ich ihm eine reinhaute und seine fetten Lippen auf die gelben Stummel klatschte. »Da bin ich aber gespannt«, sagte ich und wußte nicht, ob ich die Story oder den Schlag meinte.

»Man sieht sich.« Pandora wirbelte auf seinen Cowboystiefelhacken herum und ging.

»Sie sollten Ihre Begeisterung nicht so offen zeigen«, sagte Lomax. »Sie hätten ihn damit ja beinahe überrollt.«

»Ich *arbeite* für die Band. Ich muß sie nicht mögen«, sagte ich. »Das merken Sie sich am besten gleich.«

Er hob beschwichtigend beide Hände. »Okay, okay, ich hab's kapiert.«

Die Tür flog auf, und der kleine Kerl in Ganzkörperjeans, den ich in der Garage getroffen hatte, platzte mit seiner Gang herein. Sie kamen auf die Nische zu, in der Lomax und ich saßen. Der Jeans-Typ fiel fast über den Tisch und sagte zu Roger: »Hi, Dodge, gehst du heute in die Stadt?«

»Nein«, sagte Lomax. »Ich bleib hier.«

Der Mann in Jeans setzte sich neben mich. »Hallo«, sagte er freundlich. »Wer sind Sie? Arbeiten Sie hier?«

Ich sah Lomax an. »Nein«, sagte er. »Das ist Nick Sharman. Er ist Detektiv, Privatdetektiv. Er wird sich unserer Probleme annehmen.«

»Das werden Sie also«, sagte der Kerl in Jeans.

»Nick, das sind Tony und seine Frau Barby.« Die Frau in dem roten Glitzerkleid lächelte mich an. »Und Pat, der sie herumfährt und sich ums Geschäft kümmert.« Der Riese nickte mir zu.

»Wir haben uns bereits kennengelernt.«

»Wirklich?«, fragte Box.

»In der Garage. Sie wollten meinen Wagen kaufen.«

Tony Box sah mich interessiert an. »Wirklich«, sagte er wieder. »Wollte ich? Haben Sie ihn mir verkauft?«

»Nein.«

»Gut. Ich habe schon genug Autos, und ich hab sowieso keine Kohle. Ich brauch 'nen Drink, Dodge.«

Lomax machte wieder ein unsichtbares Zeichen und beamte den Barkeeper zu uns herüber. »Was darf es sein?« fragte er.

»Jack Daniels«, sagte Tony Box. »Eine Flasche für mich. Einen großen Brandy für meine Frau, Perrier für den Fahrer und was immer ihr beide da trinkt.« Er sah mich an und blies mir seine Whisky-Fahne ins Gesicht. Hätte ich ein Feuerzeug bereitgehalten, ich hätte seinen Atem abfackeln können.

»Was ist es für einer?« fragte er mich.

»Wie bitte?«

»Ihr Wagen.«

»'72er E-Type, V-12 hard top.«

»Schöner Wagen. Vielleicht kauf ich ihn doch noch.«

»Super«, sagte ich.

Ich sah Roger Lomax an. Er sprach mit mir, als sei Tony Box nicht im selben Raum. Langsam fragte ich mich, ob er überhaupt in der selben Galaxie war. »Er vergißt alles«, sagte er sanft. »Außer seinen Refrains und seinem Kontostand.«

Von dem Zynismus dieses Typen konnte ich mir noch eine Scheibe abschneiden. Tony Box und Begleitung hatten nichts mitbekommen.

Lomax zuckte mit den Achseln und grinste; seine Zähne blitzten im Licht. Er verabschiedete sich bei Tonys Frau wie ein perfekter Gentleman. »Wir sehen uns später, Nick, ich weiß ja, daß Sie in bester Gesellschaft sind«, sagte er. »Ich muß jetzt meine Runde drehen.« Und dann marschierte er über den Teppich, als wäre das stärkste, was er getrunken hatte, ein Magermilch-Kakao gewesen.

Als er aufstand, erfuhr ich, daß er über einsachtzig groß war. Er sah aus wie Machiavelli persönlich, als er durch die Bar ging und jeden Tisch persönlich inspizierte.

Ich würde auf ihn achtgeben müssen.

3

Ich saß da, ließ die drei in meiner Nische reden und sah Lomax hinterher, der zu Keith Pandoras Tisch schlenderte und sich dort niederließ. So wie die beiden in meine Richtung starrten, schienen sie über mich zu reden. Die Mädels plauderten miteinander und schienen die Welt vergessen zu haben.

Die Tür zur Bar ging dauernd auf und zu, und immer mehr Menschen kamen herein. Alle möglichen jungen und nicht mehr ganz so jungen Männer und Frauen wollten etwas trinken. Eine Gruppe fiel mir besonders auf. Drei Typen, Mitte bis Ende zwanzig. Zwei waren groß und kräftig, einer dünn und klein. Sie trugen identische Seidenjacken zu sauberen Jeans und albernen Cowboystiefeln mit schiefen Hacken und hochgebogenen Spitzen. Die Jacken waren leuchtend violett mit weißen Aufschlägen. Auf den Rücken war in schwarz mit weißer Umrandung *Pandora's Box* gestickt. Sie mußten zur Road-Crew gehören. Die beiden Schränke erinnerten mich an jemanden, den ich gekannt hatte.

Die drei unterhielten sich laut und in amerikanischem Slang, als sie herein kamen. Sie begrüßten Lomax und Pandora. Die Mädels ignorierten sie. Sie glotzten in meine Richtung. Die beiden größeren gingen zur Bar, während der kleine zu unserer Nische herüberkam. »Hi, Tony«, begrüßte der Roadie seinen Boß Box. »Hi, Prinzessin«, sagte er zu Box' Frau, »Pat« zum Fahrer.

»Hallo, alter Freund«, sagte Tony Box und sah ihn erstaunt an, als hätte er ihn nie zuvor gesehen. Ich fing an, mich zu fragen, wieviel Finger man brauchte, um daran seine Gehirnzellen abzuzählen. Er goß sein Glas wieder halbvoll mit JD und nahm einen großen Schluck, als wollte er mir beweisen, daß er sich vor nichts und niemandem fürchte. Die anderen nickten. Keiner stellte mich vor. »Bist du der Bulle?« fragte der Roadie mich.

Ich nickte.

»Trinken wir was.«

In diesem Moment kehrt Lomax zurück. »Später, Chippy«, sagte er. »Ich zeig ihm jetzt sein Zimmer.«

»Nächstes Mal«, sagte Chippy zu mir.

»Klar«, sagte ich. »Kann's kaum erwarten.«

Lomax holte einen Schlüssel mit einem Anhänger aus der Tasche. »Ihr Schlüssel. Ich zeig Ihnen den Weg.«

Ich entschuldigte mich bei Tony Box, verabschiedete mich von seiner Frau und Pat und folgte Lomax in die Lobby. Im

Vorbeigehen schenkte ich Pandora und seinen Freundinnen einen langen Blick. Nur die Blonde reagierte. Sie streckte mir die Zunge raus.

In der Lobby blieben wir stehen. »Achten Sie nicht auf Tony«, sagte Lomax. »Er meint es nicht böse. Er ist einfach nur ständig stoned, das ist alles.«

»Von was?« fragte ich.

»Kein Heroin, wenn Sie das wissen wollten. Dope. Er raucht Joints wie Zigaretten. Hat seinem Hirn nicht gerade gut getan. Aber er ist cool. Wenn er gut drauf kommt, sogar ganz lustig.«

»Glaub ich.«

»Kommen Sie. Es ist nur ein Stockwerk. Nehmen wir die Treppe«, sagte Lomax. Wir gingen eine breite Treppe hoch, deren Wände mit Ölgemälden geschmückt waren. Einen Flur entlang, um ein paar Ecken, bis Lomax vor einer Tür stehen blieb. Ein kleines Messingschild verriet, daß wir vor der »Sussex Suite« standen. »Ganz schön«, sagte er. »Klein, aber komfortabel.« Er überreichte mir den Schlüssel. »Bitte sehr. Wir sehen uns.«

»Klar«, sagte ich. »Wir sehen uns.«

Er ließ mich vor der Türe stehen und ging den Gang zurück. Verschwand hinter einer Biegung. Ich öffnete die Tür. Es war durchaus komfortabel, aber klein? Man hätte locker zweimal meine Wohnung darin unterbringen können.

Im Wohnzimmer stand ein graues Sofa, zwei passende Sessel und ein Eßtisch mit vier Stühlen. Auf dem Tisch stand ein großer Korb mit frischen Früchten. Es gab einen großen Fernseher mit Satellitenempfang, Video und zwei Porno-Kanälen. In einer Ecke des Zimmers war eine kleine Bar mit Spüle, Mini-Kühlschrank und Eismaschine untergebracht. Die Maschine war voll mit frischem Eis. Whisky, Wodka, weißer Rum, Gin und Brandy standen auf einem kleinen Bord, der kleine Kühlschrank stand voller Bier, in einem Regal fanden sich ungewöhnlichere Spirituosen und genug Shaker, um einen Barkeeper grün vor Neid werden zu lassen. Sogar *Jones' Buch der Cocktailrezepte* war da. Neben der Bar war eine kleine

Küche mit Spüle, Mikrowelle, Kühlschrank und Kochstelle, falls sich ein paar Rocker nach einem harten Tag im Studio noch einen heißen Kakao machen wollten. Im Kühlschrank lagen ein dutzend Flaschen Premium-Champagner.

Ich ging durch das Wohnzimmer und eine Verbindungstür ins Schlafzimmer. Ein Riesenbett mit eingebauten seitlichen Ablagen und einer Menge Schalter auf beiden Seiten. Die Matratze war mit einem Seidenlaken bezogen. Sonst gab es in diesem Raum nur noch eine große Frisiertoilette und einen Stuhl. Eine Wand bestand nur aus Türen. Ich probierte sie aus. Eine Tür führte ins Badezimmer. Hinter den anderen Türen war ein begehbarer Kleiderschrank mit Regalen und Schubladen. Die Türen waren von innen voll verspiegelt. Ich machte sie zu und setzte mich auf das Bett. Ich betrachtete die Schalter. Ich drückte auf einen Knopf, und ein Radio ging an. Noch einer: Ein Fernseher wurde am Fußende des Bettes aus dem Boden gehoben. Noch einer: Die abgehängte Decke über dem Bett wurde zur Seite geschoben und gab einen großen Spiegel frei. Ich machte die Decke wieder zu und ließ die Finger von den restlichen Knöpfen.

Ich ging in das Badezimmer. Lomax hatte recht gehabt mit den Rasiersachen. Das Bad war in allen Bereichen komplett ausgestattet. Es gab einen in den Boden versenkten Jakuzzi von etwa drei Metern Durchmesser. Eine Duschkabine, groß genug, um ein Football-Team aufzunehmen, mit einem Duschkopf von der Größe einer Sonnenblume. Die Toilette hatte eine Mahagoni-Brille, an deren hinterem Ende in dezenter Goldschrift »Jones« eingraviert war. An der Wand über dem Handwaschbecken hing ein kleines Spiegelschränkchen. Darin lagen ein vergoldeter Rasierer und zwei Päckchen Doppelklingen: eins von Wilkinson, eins von Gilette. Dazu Rasierschäume für jeden Hauttyp, ein Block Rasierseife in einer Glasschale und ein Dachshaar-Rasierpinsel mit dem Monogramm eines Friseurs aus der Jermyn Street. Es gab vier verschiedene Sorten Seife, eine Haarbürste, einen Kamm, ein Päckchen Kondome und eine Packung Damenbinden. Für jeden etwas.

Hinter der Türe hingen zwei übergroße, superweiche, weiße Frotteebademäntel, auf deren Brust in rot »Jones« gestickt war. Ich verließ das Bad, öffnete eine der Schranktüren und betrachtete mich im Spiegel. Ich hatte das Gefühl, mein schwarzer Anzug wäre gut genug für meine Verabredung zum Abendessen, aber ein sauberes Hemd würde besser dazu passen. Ich ging ins Wohnzimmer.

Neben dem Telefon lag ein Verzeichnis der Durchwahlen innerhalb des Hotels. Ich blätterte darin und fand die Nummer des »Men's Shoppe«. »Shoppe« statt »Shop«, wie malerisch, dachte ich, und hoffte, daß das Angebot besser als der Name war. Ich wählte. »Men's Shop«, sagte eine Stimme. Immerhin hatte sie nicht »Shoppe« gesagt.

»Hallo«, sagte ich. »Ich bin Nick Sharman aus der Sussex Suite.«

»Was kann ich für Sie tun, Mr. Sharman?«

»Roger Lomax sagte, ich könnte bei Ihnen ein Oberhemd bekommen.«

»Selbstverständlich.«

Ich sagte meine Größe, und daß ich gern ein weißes Hemd hätte.

»Sonst noch etwas, Sir?«

»Vielleicht ein Paar Socken, schwarz«, sagte ich. Ich gab ihm meine Schuhgröße durch.

»Kein Problem«, sagte die Stimme. »Ich lasse die Sachen sofort zu Ihnen aufs Zimmer bringen.«

»Danke.«

»War mir ein Vergnügen. Auf Wiederhören, Mr. Sharman.«

Ich ging zur Bar und mixte mir einen schwachen Wodka-Tonic. Fünf Minuten später klopfte es an der Tür. »Herein«, rief ich.

Die Tür öffnete sich und ein geschniegelter junger Mann in einem dunkelblauen Anzug kam herein. Hinter ihm standen zwei weitere junge Männer, die beide stapelweise Klamotten trugen. »Mr. Sharman«, sagte der im blauen Anzug. »Ich bin Jeremy. Ich leite das Geschäft unten.« Die zwei anderen fingen an, die Klamotten auf dem Sofa und den Sesseln zu drapieren. »Sie hatten ein Hemd bestellt.«

»Ja«, sagte ich. »Ein Hemd und ein Paar Socken.«

»Ich war so frei, Ihnen eine kleine Auswahl aus unserem Angebot zusammenzustellen. Zuerst natürlich ein paar Hemden. Ich habe einige weiße und auch alternative Farben ausgewählt, vielleicht nicht ganz so dezent. Außerdem ein halbes dutzend Socken. Aber ich dachte, Sie möchten vielleicht auch ein oder zwei Jacketts anprobieren. Und ein paar Hosen, Krawatten, ein Anzug. Und selbstverständlich ein Paar Schuhe. Mr. Lomax sagte, Sie hätten nichts dabei. Ich habe Ihnen auch Unterwäsche mitbringen lassen. Ich habe Ihre Größe geschätzt, nach Ihren Angaben am Telefon.« Er betrachtete mich kritisch. »Ich denke, ich liege richtig, aber ich kann Ihnen jederzeit Alternativen anbieten, kein Problem. Ich lasse Ihnen die Sachen da. Bitte probieren Sie sie an, wann es Ihnen gefällt. Selbstverständlich nehmen wir alles zurück, was Ihnen nicht zusagt.« Er stand da, die Arme über Kreuz, einen Finger unter dem Kinn. »Aber ich glaube, ich liege ganz richtig.«

Ich war baff. »Soll ich irgendwo unterschreiben?«

»Oh, nein, Mr. Sharman! Sie müssen gar nichts unterschreiben, bis Sie voll und ganz mit der Bekleidung zufrieden sind. Wenn Sie bei Gelegenheit vorbeischauen und mir sagen, was Sie behalten möchten, lasse ich den Rest wieder abholen.«

»Das ist gut«, sagte ich. »Vielen Dank.«

»Nichts ist gut genug für unsere Gäste.«

Die drei verabschiedeten sich und gingen. Ich besah mir die herumliegenden Klamotten.

Drei Jacketts. Die Labels ließen auf die feinste Designermode schließen. Keine Preisschilder. Ich nahm sie mit ins Schlafzimmer und probierte sie vor dem Spiegel an. Sie saßen perfekt. Ich dachte: Warum denn nicht? und probierte auch die Hosen und den Anzug und ein paar Hemden an. Wie ein Kind, das man im Spielzeugladen von der Hand läßt. Ich fand, eine weiße Bundfaltenhose paßte hervorragend zu einem dunkelblauen Zweireiher und einem blauen Button-down-Shirt mit feinem Paisley-Muster und gemustertem Schlips. Ich vervollständigte mein Outfit mit einem Paar dunkelblauer amerikanischer Slipper mit dicken Gummisohlen, die ich in einer Schachtel entdeckte. Die übrigen Klamotten hängte ich in den Schrank, legte das Jackett über die Sofalehne, mixte mir noch einen Wodka-Tonic und schaltete den Fernseher ein. Ich setzte mich in einen der Sessel, zündete mir eine Zigarette an und sah das Verzeichnis der Hotelgäste durch, das Lomax mir gegeben hatte. Es brachte mich nicht weiter, also sah ich mir einen Film mit Robert Mitchum an. Er spielte einen Privatschnüffler im Chicago der fünfziger Jahre. Es war sehr *noir* und fing an, mir richtig gut zu gefallen, als das Telefon klingelte.

Mit der Fernbedienung schaltete ich den Ton des Fernsehers aus und nahm den Hörer ab. Lomax. »Was ist?« fragte ich.

»Nichts. Ich wollte nur wissen, ob alles okay ist.«

»Ja«, sagte ich. »Nett hier. Sie können die Maler abbestellen, ich finde die Farbe in Ordnung.«

»Da bin ich aber froh.«

»Ich hab mir ein paar Klamotten besorgt.«

»Ich hatte Jeremy gebeten, sich um Sie zu kümmern.«

»Das hat er getan.«

»Und nun?«

»Dinner mit Ninotchka.«

»Ich meine wegen Trash.«

»Ich muß mit ihm sprechen.«

»Wann?«

»Morgen?«

»Okay, ich regle das.«

»Ich möchte mit jedem sprechen, der an dem Abend bei ihm war, und mit allen Mitgliedern der Band.«

»Ich rede mit Trashs Frau. Sie wird wissen, wer dabei war. Der Rest der Band hat im Moment frei.«

»Ich fange heute abend mit Ninotchka an, und morgen rede ich mit den anderen.«

»Ich warne Sie, Nin und Trash kommen nicht miteinander klar, geben Sie also nicht zuviel darauf, was sie sagt. Und was die anderen angeht: Sagen Sie mir einfach, wann Sie sie sprechen wollen. Sie haben hier *carte blanche*.«

»Ich bin begeistert.«

»Das müssen Sie nicht sein. Finden Sie bloß die Wahrheit heraus.«

»Ich werde es versuchen«, sagte ich.

»Viel Spaß heute abend.«

»Ich hoffe, den werde ich haben.«

»*Ich* bin sicher, daß Sie den haben werden. Nur eins noch.«

»Was?«

»Jemand will Sie kennenlernen.«

»Wer?«

»Ein Typ namens Pascall. Unser Anwalt. Einer der Typen, von denen ich erzählt habe, die aus L. A. gekommen sind. Wichtig, wichtig, glaubt er zumindest. Er ist in der Surrey Suite. Können Sie zu ihm hochgehen?«

»Wann?«

»Jetzt.«

Ich sah auf die Uhr. 17.45. »Kein Problem.«

»Und seien Sie nett. Was er sagt, ist wichtig, leider.«

»Ich werde mich gut benehmen, versprochen.«

»Davon war ich ausgegangen. Wir sehen uns.« Er legte auf.

4

Ich legte ebenfalls auf, zog mein Jackett an und machte mich auf den Weg zu dem wichtigen Rechtsverdreher. Um Punkt 17.55 klopfte ich an der Tür der Surrey Suite.

»Herein«, sagte eine Stimme. Es war das zweitbeste Angebot des ganzen Tages, also leistete ich ihm Folge.

Ich öffnete die Türe und trat ein. Es war dunkel im Zimmer, abgesehen von einem kleinen Strahler in der hintersten Ecke, hinter einem Stuhl mit hoher Lehne, so daß dieser nur als

Silhouette erkennbar war. In dem Stuhl saß, beinahe unsichtbar, eine Person.

Das ist also der verdammte Anwalt, dachte ich. Wenn selbst er schon solche Ego-Trips abzog, war es kein Wunder, daß die verfluchten Stars solche Nervensägen waren. Ich ging auf ihn zu und hoffte inständig, daß er keine Tretminen ausgelegt hatte.

»Willkommen Mr. Sharman», sagte eine körperlose Stimme mit amerikanischem Akzent, als ich näher kam. Wie beruhigend. Immerhin war ich im richtigen Zimmer gelandet. »Bitte, setzen Sie sich.« Vor ihm stand ein niedriger Stuhl. Er war ideal positioniert: Wer immer darin Platz nahm, mußte nicht nur zu der Stimme aufsehen, sondern sich auch noch von der Lampe blenden lassen. Dieser Kerl hatte sich ganz offensichtlich mit Verhaltenspsychologie befaßt.

Ich rückte den Stuhl ein wenig zur Seite und setzte mich. Ich hatte da auch das eine oder andere gelesen. Und wenn er wirklich so gut wäre, wie er tat, hätte er den Stuhl am Boden festschrauben lassen. Er sagte dazu nichts, nur: »Sie dürfen gerne rauchen.«

Ich holte meine Zigaretten aus der Tasche. Auf der Armlehne meines Stuhls stand ein Aschenbecher.

»Mein Name ist Pascall«, sagte er. »Louis Pascall. Ich bin Mitarbeiter der Firma, die alle rechtlichen Aspekte von *Pandora's Box* betreut. Als ich hörte, was Danny zugestoßen war, bin ich natürlich sofort hergekommen. Ich wies Roger an, auf keinen Fall die Polizei zu involvieren. Er sollte alle Möglichkeiten ausschöpfen, um die Band zu schützen. Er hat ein paar Typen von Premiere engagiert. Und Sie.« Er klang nicht so, als freute er sich darüber. »Natürlich habe ich ihn gefragt, warum.«

»Natürlich«, sagte ich.

»Er sagte, Sie hätten bereits für Mark McBain gearbeitet.«

Ich nickte.

»Ich habe weitere Erkundigungen eingezogen, und dabei fiel der Name Salvatore Cassini.«

Salvatore Cassini, Jos Vater. Der Name schwebte über mir wie eine schwere, schwarze Wolke. Josephine Cassini. Little Jo. Die Frau, die ich geliebt hatte. Die ich verloren hatte, durch eine Autobombe, die eigentlich für mich bestimmt gewesen war. Das war passiert, weil ich mich mit den Finanzen von Mark McBain, Rockstar, beschäftigt hatte. Ein Opfer der Sixties. Von seinem Management ausgenommen, lebte er allein in einem großen Haus in Surrey.

Aber die Typen, die die Bombe legten, hatten sich das falsche Opfer ausgesucht. Jos Vater war ein Mann der Familie, und damit meine ich nicht nur seine Blutsverwandten. Cassini hat seinen einzigen Sohn und ein paar seiner Söldner ausgeschickt, um die Attentäter zu eliminieren. Aber es war schief gegangen, und am Schluß waren alle tot, außer McBain und mir.

»Der Name sagt mir was«, sagte ich.

»Kennen Sie ihn persönlich?« fragte Pascall.

»Nein«, sagte ich. »Sie?«

»Wir sind einander nie begegnet, aber seine Familie hat immer noch ausgezeichnete Kontakte. Einer meiner Bekannten hat mir die Geschichte erzählt. Eine Menge guter Männer scheint dabei umgekommen zu sein.«

»Und ein paar schlechte Männer ebenfalls.«

»Salvatore Cassini hat sein Haus nicht mehr verlassen, seit sein Sohn und seine Tochter gestorben sind.«

»Er hat sich zurückgezogen?« fragte ich.

»Nicht unbedingt. Seine Tentakel reichen überall hin. Sie haben eine Million kleiner Saugnäpfe.«

Saugnäpfe ist gut, dachte ich.

»Gehören Sie zum Mob?« fragte ich.

»Mr. Sharman, ich muß schon bitten. Niemand nennt sie heutzutage mehr so.«

»Tut mir leid«, sagte ich. »Gehören Sie dazu?«

»Nein, aber...«

»...aber sie sind dick im Musik-Busineß, stimmt's?«

»Stimmt.«

»Macht Ihnen das Sorgen?«

»Nein.«

»Sie kennen sie, aber sie haben nichts damit zu tun?«

»Sie haben mein Wort. Ich habe Erkundigungen eingezogen. Was auch immer geschehen ist, sie haben nichts damit zu tun.«

»Dann müssen wir jetzt nur noch herausfinden, was genau geschehen ist.«

»Dafür bezahlen wir Sie.«

»Ihr Mr. Shapiro behauptet, er wüßte nicht, woher er die Drogen hatte«, sagte ich.

»Glauben Sie ihm?«

»Ich habe noch nicht mit ihm gesprochen. Ich werde es Ihnen mitteilen, wenn ich es getan habe.«

»Und wann wird das sein?«

»Morgen früh.«

»Gut.« Ich hatte das Gefühl, entlassen zu sein. Doch dann sagte er: »Mr. Sharman, bevor Sie gehen – ich urteile nach Ergebnissen. Das ist alles. Finden Sie etwas heraus, und Sie haben meine vollste Unterstützung. Und meinen Dank. Der sich in vielerlei Weise manifestiert. Andernfalls ...« Er sprach nicht zu Ende.

Ich konnte es kaum glauben. Dieser Typ saß doch tatsächlich wie ein Schmierenschauspieler da und versuchte, mir Angst einzujagen. Als wäre ich der Übeltäter. Was für ein Arschloch, dachte ich. »Hören Sie, Mr. Pascall«, sagte ich. »Ich habe diesen Job aus einem einzigen Grund angenommen, und wirklich nur deswegen: Weil ich zum Dinner eingeladen wurde von einer Frau, bei der die meisten Männer über Glasscherben kriechen würden, um sie in einen Blechnapf pissen zu hören – durchs Telefon. Ich mache das weder des Geldes, noch Ihres Dankes wegen. Was mich angeht, kann ich mir mit Ihrem Dankeschön und einem Pfund 'ne Tasse Kaffee kaufen. Glauben Sie ja nicht, daß Sie mir Angst einjagen können. Das haben schon ganz andere Leute versucht. Habe ich mich klar ausgedrückt?«

Er antwortete nicht. Er sagte nur: »Ninotchka.«

»Höchstselbst«, sagte ich.

»Und Sie sind der Neuste?«

»Wir gehen heute zum Abendessen, das ist alles.«

»Das sagen alle, Mr. Sharman. Sie hat noch nie mit ihrer Zuwendung gegeizt. Die Frau muß ein Moniereisen in der Muschi haben. Ein biologisches Wunder.«

Ich machte mir nicht die Mühe, zu antworten. Ließ seine Worte einfach in der Luft hängen. Ich glaube, er kapierte es, obwohl er vielleicht auch zu unsensibel war. Wie gesagt: was für ein Arschloch.

»Also, Mr. Sharman. Ich überlasse Sie wieder Ihren Ermittlungen«, sagte er. »Sie werden mir regelmäßig Bericht erstatten?«

»Natürlich.«

»Dann können Sie jetzt gehen.«

»Das hätte ich ohne Ihre Erlaubnis wahrlich nicht gewagt», sagte ich und ging.

Draußen wurde mir klar, daß ich mich nicht gerade mit Ruhm bekleckert hatte.

Ich kehrte auf meine Suite zurück und mixte mir einen frischen Drink. Als ich ihn fertig hatte, war es Zeit, Ninotchka in der Mayfair Suite abzuholen.

5

Die Mayfair Suite lag im obersten Stockwerk auf der meiner Suite entgegengesetzten Seite. Um fünf vor sieben klopfte ich höflich an die Tür. Ein Schwergewicht der Security-Firma öffnete. Auf seinem Namensschild stand »Don«.

»Ja?« fragte er.

»Ich soll Ninotchka abholen.«

»Und wer sind Sie?«

»Nick Sharman.«

»Kommen Sie rein.«

Ich trat durch die Tür in einen Hippie-Traum. Das Wohnzimmer war doppelt so groß wie meines. Die Vorhänge waren zugezogen und die Lichter gedimmt. Wo immer möglich, waren Stoffbahnen darüber drapiert worden, die das Licht noch weiter abschwächten. Auf dem Teppichboden lagen sich überlappende orientalische Brücken. Knallbunte Kissen waren über Sofa und drei Sessel verteilt worden. In entsprechenden Haltern brannten Räucherstäbchen, der ganze Raum roch danach. Außerdem standen ein CD-Player, ein kleiner Verstärker und Boxen in dem Zimmer. Ich erkannte ein Stück von *Exile on Main Street.* Drei weitere Türen führten in Nebenräume. Don ging zu einer und klopfte an. Ich hörte eine Frauenstimme antworten, und er öffnete die Tür, ging hindurch und schloß sie hinter sich. Einen Augenblick später kam er zurück. »Folgen Sie mir, Mr. Sharman«, sagte er, etwas freundlicher, aber nicht viel.

Ich tapste über die Teppiche zur Tür. Das Zimmer dahinter war zugleich Büro und Ankleidezimmer, Kleider hingen an Stangen und allem anderen, woran man sie hängen konnte. In der Mitte des Zimmers stand ein Tisch, auf dem stapelweise Papier lag und zwei Telefone sowie ein Fax standen. Zwei Bürostühle standen neben dem Tisch. Ninotchka saß in einem davon und telefonierte. »Mein Date ist hier, ich muß los, Mum. Ich ruf dich morgen wieder an. Lieb dich. Ciao!» sagte sie und legte auf. Sie drehte sich mitsamt dem Stuhl herum und sah mich an. »Hallo, Nick. Wie geht's?«

»Prima.«

Sie musterte mich. »Hast du das Jackett unten gekauft?«

»Ja.«

»Roger hat genau dasselbe. Das ist das Problem, wenn man immer im Hotel einkauft. Früher oder später sehen alle gleich aus.«

»Ich fand, daß es gut aussieht.«

»Ja, das tut es, aber…«

»Was?«

»Du siehst aus wie der Toningenieur oder der Manager

einer Heavy-Metal-Band, die gerade in die Top-40 eingestiegen ist.«

»Ist das schlimm?«

»Überhaupt nicht, aber du könntest aussehen wie der Boß von Columbia Records, wenn du dir etwas Mühe geben würdest.«

»Ist das gut?«

Sie kümmerte sich nicht um meine Frage und sprang auf. »Wie findest du das?« fragte sie und drehte eine Pirouette. Sie trug ein einfaches, blauweiß gemustertes Baumwollkleid mit kurzem Rock. Es lag so eng an, daß sie vermutlich nichts anderes trug. Sie sah großartig aus.

»Großartig«, sagte ich.

»Das wollte ich von dir hören. ›Großartig‹, sonst nichts.«

»Soll ich mich umziehen?« fragte ich beleidigt.

Sie kam zu mir herüber, stellte sich auf die Zehenspitzen und küßte mich auf den Mund. »Reg dich nicht auf«, sagte sie. »Du siehst gut aus. Aber da liegt noch mehr drin, wenn du weißt, was ich meine. Ich wollte dich nicht verletzen. Verzeihst du mir?«

Was sollte ich sagen? Ihr Parfum war leicht und würzig und gefiel mit gut. »Klar.«

»Ich sag dir was. Neulich hab ich gegenüber von Harrods 'n tollen Laden entdeckt. Ich habe nur noch auf den passenden Mann gewartet, um ihn dort einzukleiden. Morgen nachmittag gehen wir shoppen. Wie findest du das?«

»Ich glaube nicht...«

»Widersprich mir nicht. Ich kaufe für mein Leben gern Geschenke. Du beleidigst mich, wenn ich dir nichts kaufen darf.«

»Ich sollte aber arbeiten.«

»Du wirst arbeiten. Du wirst auf mich aufpassen.«

»Ich weiß nicht...« sagte ich.

»Sag ja.«

Zum Teufel. »Okay.«

»Klasse. Wo essen wir heute abend?«

Ich zuckte mit den Achseln.

»Was ißt du am liebsten?«

»Thailändisch, chinesisch, indonesisch.«

»Magst du koreanisch?«

»Weiß ich nicht. Hab ich nie probiert.«

»Du wirst es lieben. Ich hol meine Jacke.« Sie verließ das Zimmer, und ich folgte ihr. Sie ging durch eine der anderen Türen, die vom Wohnzimmer abgingen. Ich wartete bei Don im Wohnzimmer. Er sagte kein Wort. Ich auch nicht.

Nach ein paar Sekunden war sie wieder da. Sie trug eine weiße Jacke und eine blaue Handtasche, die perfekt zu ihrem Kleid paßte. »Du hast jetzt frei, Don«, sagte sie.

Er sah mich an, und dann sie. »Nein, Miss. Ich soll bei Ihnen bleiben.«

»Ich habe schon jemanden. Nick wird mich nach Hause bringen, oder, Nick?«

»Natürlich.«

»Ich weiß nicht, Miss.«

»Mr. Sharman ist sehr tapfer. Er wird die Wölfe im Zaum halten können.«

Don sah mich an und schnitt eine Grimasse. Heute war für mich nicht der Tag der Komplimente. »Ich denke, das werde ich hinkriegen«, sagte ich.

»Chas fährt uns«, sagte Ninotchka.

»Ich sollte das nicht tun«, sagte Don.

Ninotchka drehte ihren Charme auf, volle Kraft. »Es wird mir gutgehen, versprochen.«

»Ich weiß nicht, was Mr. Lomax dazu sagen wird.«

»Überlaß Mr. Lomax ruhig mir.«

»Okay, Miss, aber ...«

»Kein aber. Geh nach Hause.«

»Ich hab Dienst bis eins. Ich werde hier warten.«

»Wenn du willst. Aber ich bezweifle, daß wir dann schon zurück sein werden.« Offenbar würde es eine lange Nacht werden.

»Ich warte, Miss.«

»In Ordnung, Don. Nimm dir was zu trinken, wenn du willst. Iß was.«

»Danke, Miss.«

»Keine Ursache. Kommst du, Nick?«

Ich nickte. Ich kam mir vor wie ihr Hündchen.

Wir fuhren mit dem Lift ins Foyer. Es war ein protzigeres Gefährt als der Aufzug aus dem Parkhaus, mit einem uniformierten Liftboy, einem dieser altmodischen Räder zum Wählen der Stockwerke und genug Messing, um ein Schiff zu versenken.

Als wir das Foyer betraten, sprang ein Mann in grauem Anzug auf und machte einen Bückling vor uns. Er hielt seine graue Mütze in der Hand. »Der Wagen steht draußen, Miss Ninotchka. Wohin fahren wir heute?«

»Kreuz und quer«, sagte sie. »Ich bin in Party-Laune. Das ist Nick, er kümmert sich heute abend um mich.«

»Kein Don?« fragte Chas.

»Nein. Ich hab ihm freigegeben.«

Dann war Chas dran, mich zu abzuchecken. Diese kleine Firma nahm ihre Aufgabe sehr ernst.

Er schien mich etwas vertrauenerweckender zu finden, als Don es getan hatte. »In Ordnung, Miss Ninotchka, ganz wie Sie wünschen.«

Ich spazierte hinter den beiden zu der schwarzen Limousine, die am Bürgersteig auf uns wartete. Chas öffnete geschmeidig die hintere Tür, und ich stieg nach Ninotchka ein. Chas setzte sich hinter das Steuer, und Ninotchka drückte auf einen Knopf, der das Fenster zwischen Fahrer und Passagieren heruntersurren ließ.

»Erinnerst du dich an das Restaurant, in dem wir neulich waren?«

»Welches?«

»Das koreanische.«

»Sicher.«

»Dahin.«

Chas ließ den Wagen an und fuhr langsam los. Ninotchka ließ das Fenster wieder nach oben surren. Sie lächelte mich an, steckte ihre Hand in die Handtasche und holte eine DAT-Cassette hervor. »Ich hab gerade den fertigen Mix von einem meiner Songs auf dem Album bekommen. Willst du ihn hören?«

»Klar.«

Sie schob die Cassette in einen Player, der in der Zwischenwand der Limo eingebaut war. »Ein alter Marc-Bolan-Song«, sagte sie. »Vielleicht kennst du ihn.«

Die Lautsprecher knackten, dann ging es los. Ich kannte das Stück. Es war keines seiner besten, aber es war gut. Ninotchkas Stimme war gut abgemischt, es gab einen ausgeflippten Guitar-Break, und ein eingängiges, hohes Riff einer Farfisa-Orgel trieb den Song voran. Sie lachte, als der Track zu Ende war. »Klasse, was?« sagte sie. »Wie findest du's?«

»Klasse«, stimmte ich zu.

»Das könnte unsere neue Single werden«, sagte sie.

»Ein sicherer Hit.«

»Das hoffe ich. Ich kannte ihn.«

»Wen?«

»Bolan.«

»Wirklich?«

»Ja. Er hatte einen Hit in den Staaten, *Bang a gong*, und wir gründeten eine Glam-Rock-Band in L. A., der Lead-Gitarrist und ich kamen her und besuchten Marc. Witziger kleiner Kerl. Sah wunderschön aus, aber war *total* durchgeknallt, auf 'ne nette Art, weißt du?«

Ich nickte.

»Er hat uns zum Dinner eingeladen. Es war ein Desaster. Er trug immer diese Kleinmädchenschuhe. Er kaufte sie bei Anello's. Sie waren aus Leder, mit hohen Absätzen, und wurden mit Druckknöpfen zugemacht. Er sagte, die Engländerinnen hätten sie in den Sechzigern getragen. Er hatte über hundert Paar, in allen Farben. Das Problem war, sie hatten Ledersohlen und -absätze. Man rutscht ganz leicht aus damit. Wir gingen also in ein Restaurant in der King's Road. Es war im Souterrain, und Marc hatte ein bißchen was getrunken. Die Stufen waren aus Marmor, und er ging hinter mir, als er ausrutschte und mich umstieß, und ich landete vor einem rappelvollen Restaurant auf meinem Arsch. Und natürlich trug ich *kein bißchen* Unterwäsche. Mann, bin ich rot geworden. Er war so durcheinander, daß er wegrannte, ins Auto sprang und davonraste, und ich stand mitten auf der Straße, allein, im Regen, und heulte mir die Augen aus.«

»Und wie ging's weiter?« fragte ich.

»Ich hab einen Typen getroffen. Wir waren drei Monate zusammen. Er hat mich in seinem Wagen mitgenommen. Witzigerweise fiel Bolan, als er schon fast zu Hause war, ein, daß er mich vergessen hatte, also hat er gewendet und ist die halbe Nacht durch Chelsea gefahren, auf der Suche nach mir.«

»Und?«

»Und ich war mit dem anderen Typen im Bett.«

»Was wurde aus deinem Lead-Gitarristen?«

»Hat auch einen Typen getroffen.«

»Ihr hattet eine Lead-Gitarristin?«

»Nein«, sagte sie und grinste. »Jedenfalls schickte Bolan am nächsten Tag eine Tonne Blumen in unser Hotel. Ich rief ihn an und er sagte: ›Ich ruf dich gleich zurück, ich schreib gerade meinen nächsten Hit. In ein paar Minuten schreib ich dir auch noch einen.‹«

»Und – hat er?«

»Klar. Wir haben die Top-100 ungefähr sechs Monate später damit geknackt. Wir waren jahrelang Freunde. Ich hab eine Woche geheult, als er gestorben ist. Er wollte uns besuchen kommen. Den Song jetzt auf dem Album zu haben ist meine Art, ihm mitzuteilen, daß ich ihn nicht vergessen habe.« Sie zog eine Schnute, dann sah sie aus dem Fenster und strahlte wieder. »Hey, wir sind da.«

Und das waren wir. Das Restaurant lag in der Greek Street. Chas stoppte direkt davor, sprang aus dem Wagen und hielt uns die Tür auf. Ninotchka ging vor. Der Empfangschef rannte auf uns zu wie mit einer Zwille abgeschossen. »Haben Sie einen Tisch für uns?« fragte Ninotchka. »Wir haben nicht reserviert.«

»Aber selbstverständlich, meine Dame«, sagte der Empfangschef, ein koreanischer Sechzehntonner in einem Seidenkimono. Er bellte den Kellnern Befehle zu, woraufhin die losrannten, um zu tun, was er befohlen hatte. Der Boß führte uns ins Restaurant, wo die Kellner gerade einen Tisch direkt neben einem Springbrunnen aufbauten. »Beste Tisch in ganze Restaurant«, sagte der Grüßaugust. »Privat für Gespräch, aber Sie können sehen, wer ist da.» Da hatte ich zwar noch nie großen Wert drauf gelegt, aber ich nickte ihm dennoch dankbar zu.

Wir setzten uns, und die Kellner schwirrten um uns herum, als wären wir Könige. »Die sollen was aussuchen, ich habe keine Ahnung«, sagte Ninotchka. Sie sagte einem Kellner, er solle einfach die Spezialitäten des Hauses servieren und einen passenden Wein dazu. Ich fühlte mich immer überflüssiger.

Wir fingen mit Martinis an, die aus nichts anderem bestanden als aus ein paar Tropfen Wermut über Eis und viel Gin. Sie schmeckten wie eisgekühlter Raketentreibstoff und hatten auch ungefähr dieselbe Wirkung. Das Essen und der Wein kamen, als wir gerade mit den Aperitifs fertig waren. Zuerst gab es Suppe mit Sprossen, Kohlstreifen, Spinat, Mixed Pickles und Chinagemüse. Einige Gemüse schmeckten kühl und angenehm, andere waren scharf und trieben mir die Tränen in die Augen. Anschließend gab es Rindfleisch mit Brokkoli und hartgekochten Eiern.

Danach Ochsenzunge in Sesamöl. Und schließlich Tintenfische in süßsaurer Soße. Mein Gott, war das gut! Wir fraßen uns total voll. Ich fragte Ninotchka, ob sie sich keine Sorgen um ihre Figur mache. Sie fragte, ob ich mir Sorgen darum mache. Ich sagte nein.

Zum Nachtisch nahmen wir frische Früchte, Kaffee und Likör. Es war mittlerweile zehn Uhr geworden, und ich wußte genauso viel über Ninotchka wie ihr Agent. Sie war eine tolle Begleitung, mit beißendem Witz, und wußte zahllose Stories über die Reichen und Berühmten. Wenn sie eine Affäre mit den Hauptpersonen ihrer Stories gehabt hatte, schwieg sie wie eine Auster. Sie sprach von sich selbst oft in der dritten Person, vor allem, wenn es um ihre Karriere als Sängerin und Schauspielerin ging. Sie war zäh wie ein alter Stiefel, flach wie eine Pizza, hart wie ein Diamant und sexy wie die Sünde selbst.

Ich mochte sie, aber ich war mir sicher, daß Lomax absolut recht gehabt hatte. Sie war gefährlich, aber ich war begeistert, bei ihr sein zu dürfen, und die Blicke von den anderen Tischen törnten mich an. Ruhm macht süchtig wie eine Droge, und ich bekam einen Vorgeschmack davon. Gefiel mir gut.

Als wir die letzten Reste verputzt hatten, fragte sie: »Was hältst du von einem Club?«

»Nichts wie hin.«

»Super. Ich weiß einen tollen Schuppen. Gleich um die Ecke.«

Ich bat um die Rechnung, aber der Ober sagte, das ginge aufs Haus. Ninotchka zuckte mit den Achseln, als hätte sie nichts anderes erwartet. Ich nahm mir ein Pfefferminz mit, für später.

Draußen stand eine Horde Fotografen. Der Portier hatte seine Sache gut gemacht. Wir bahnten uns den Weg durch die *Paparazzi* und eine kleine Meute Schaulustiger. Ich hielt Ausschau nach einem Fotografen, den ich kannte, aber er war nicht da. Wir stürzten in den Wagen und knallten die Türen zu. »Großartig«, sagte Ninotchka. »Sie kommen immer noch meinetwegen.«

»Ist dir das wichtig?«

»In meinem Busineß ist es wichtig. Stört es dich?«

»Nein, wenn es dich glücklich macht.«

»Es macht mich nicht glücklich«, sagte sie ein wenig verärgert. »Aber so mißt man den Ruhm. Und nur darum geht es in diesem Spiel.«

»Ja, Ninotchka.«

Sie wechselte wiederum abrupt ihre Laune. Chas fuhr langsam über den Soho Square. Sie ließ die Trennscheibe heruntersurren. »Candy's«, sagte sie. Candy's ist ein Club in der Nähe der Wardour Street. Im Keller eines heruntergekommenen alten Hauses in einer kleinen Seitenstraße, die nach Pisse stinkt. Nicht unbedingt Londons feinster Nachtclub.

Die Frau hinter dem Tisch im Foyer wog viel zu viel und hatte sich in ein ledernes Minikleid gequetscht, das an den Seiten kreuzweise verschnürt war. Sie trug nichts darunter, und das Fleisch quoll feist zwischen den Strippen hindurch. Sie sprang auf, als Ninotchka und ich durch die Eingangstür kamen. »Schätzchen!« quietschte sie begeistert. »Ich bin so froh, dich zu sehen.« Als sie mich entdeckte, drehte sie endgültig durch. »Wo hast du denn diesen wundervollen Mann gefunden? Er ist einfach göttlich!«

Ich mußte lachen. »Hallo, May«, sagte ich.

»Ihr kennt euch?« fragte Ninotchka.

»Nick kennt jeden«, sagte May.

»Jeden Kranken und Perversen«, sagte ich.

»So ist eben dein Leben.«

»Unser Leben, May«, korrigierte ich. Dann fragte ich Ninotchka: »Woher kennst du diesen Laden?«

»Jeder kennt Candy's«, sagte May.

»Nur der Abschaum«, sagte ich.

May richtete sich zu ihrer ganzen Größe von einszweiundsechzig in hochhackigen Schuhen auf und stemmte die Fäuste in die Hüften. »Und was bist du?«

»Du kannst es dir überlegen, May.«

Sie kam hinter ihrem Tisch hervor, schmiegte sich an mich und gab mir einen feuchten Kuß auf den Mund. »Geht rein und amüsiert euch.« Zu Ninotchka: »Einen wunderschönen Abend, und paß auf diesen Mann auf.«

»Werde ich.«

»Woher kennst du diesen Laden?« fragte ich noch einmal, nachdem wir drin waren und uns einen Tisch gesucht hatten.

»Ich bin neugierig.«

»Stehst du auf solche Sachen?« fragte ich.

»Manchmal. Und du?«

»Nein. Ich habe May vor ein paar Jahren einen Gefallen getan. Sie hat ihn mir schon vielfach vergolten. Sie behandelt mich wie ihren Bruder.«

»Wirklich?«

»Wirklich«, bestätigte ich.

Ich sah mich um. Eine Kellnerin erschien. Sie trug Schuhe mit Fünfzehn-Zentimeter-Absätzen, Fischnetz-Strümpfe, ein

Lederkorsett, in das Löcher geschnitten waren, durch die man ihre Nippel sehen konnte, und einen G-String aus Leder. Sie hatte kalkweißes Make-up aufgetragen, schwarzen Lippenstift, dick Mascara, und ihre Fingernägel waren schwarz angestrichen. An den Seiten war ihr Kopf kahlrasiert, aber in der Mitte trug sie dafür einen zwanzig Zentimeter hohen, blauen Irokesen. Sie beugte sich zu uns herunter und stellte zwei Sektflöten auf den Tisch. Zwischen ihren Brüsten hätte man ein dutzend Autoschlüssel verlieren können. Ich wandte meine Augen ab und rief mir in Erinnerung, wie verhängnisvoll es sein konnte, bei Candy's einen Doppelten zu bestellen. Ein langer Schlaks mit einer Ledermaske und in hautengem Lederoverall kam mit einer Flasche Champagner hinter der Bar hervor und öffnete sie schwungvoll an unserem Tisch, ohne einen Tropfen zu verschütten. »Auf Kosten des Hauses«, sagte er durch den Reißverschluß seiner Maske. Dem Etikett auf der Flasche nach zu urteilen gönnte May ihren engsten Freunden nur das Beste. Der Lederkellner goß uns zwei Gläser ein und verschwand hüftschwingend wieder.

»Erzähl mir, was du für May getan hast«, bat Ninotchka.

»May ist ein bißchen eigenartig, okay?« sagte ich, während Holly Johnson uns aufforderte: *Relax, don't worry.* »Sie hat diesen Laden gerne, aber sie will auch Geld verdienen. Also läßt sie auch Normalos rein, die den Freaks zugucken und achtzig Mäuse für 'ne Flasche Schampus abdrücken dürfen. Richtig abgehen tut's im Hinterzimmer, nur für echte *afficionados.*«

»Ich kenne es«, sagte sie.

Ich hätte es wissen müssen. »Und VIPs«, fügte ich hinzu.

»Warst du drin?« fragte sie.

»Ja.«

»Hat es dich angemacht?«

»Nein.«

»Zuviel für dein Herz?«

»Das nicht. Es ist einfach nicht meine Szene. Das Gummi und das Leder und die Instrumente sehen ganz witzig aus, aber die Typen nehmen das alles so ernst. Als wollten sie sagen:

›Sieh mich an, ich bin der Monsterbumser.‹ Jedenfalls hatte jemand Fotos gemacht und benutzte die Adressen von der Mitgliederliste, um sich ein Zubrot zu verdienen. Du wärst erstaunt, wie respektabel manche von den Gästen im Alltag sind, und wieviel sie dafür löhnen, es auch zu bleiben. Verrückt. Ich würde mir diese Klamotten einfach zu Hause im Schlafzimmer anziehen und hätte ein Problem weniger. Aber sie müssen ja unbedingt hierher kommen. Es war einer der Barkeeper. Ich hab ungefähr 40 Minuten gebraucht, um ihm ein Geständnis aus dem Kreuz zu leiern. Er war echt blöd. Und May glaubt jetzt, ich wäre der beste von allen.«

»Ihr Held.«

»... bin ich«, vollendete ich und nippte an meinem Champagner. »Erzähl mir jetzt was von Trash.«

»Was denn?«

»Wer könnte ihn töten wollen?«

»Jeder, der auch nur einen Funken Verstand hat.«

»Du kannst ihn nicht leiden.«

»Nein.«

»Darf ich fragen, warum?«

»Ich mag nicht, wie er in die Band gekommen ist und der Star sein wollte. Ich habe diese Band zu dem gemacht, was sie heute ist. Bevor ich dazugekommen bin, waren sie nur ein paar hergelaufene Engländer mit billigen Gitarren. Kein Geld, keine Arbeit, kein Plattenvertrag. Manchmal liefen ihre Songs im Oldie-Radio. Dann kam ich, und meine Songs und meine Arrangements und meine Choreographie haben ihren Arsch gerettet. Dann sind Donny und Billy Joe bei 'nem Autounfall krepiert, und Trash kam in die Band. Er heißt Trash und er ist Trash, wenn du mich fragst.«

»Tue ich.«

»Dann weißt du's jetzt. Und ich will nicht mehr über ihn reden. Ich will mich amüsieren.«

»*Girls just wanna have fun,* was?«

»Genau.«

Wir machten der ersten Flasche Champagner den Garaus. Danach noch einer. Ninotchka fragte den Barkeeper, was für

Bourbon sie hätten. Um Mitternacht tranken wir Rebel Yell mit Budweiser dazu, oder Budweiser mit Rebel Yell dazu, ganz wie man will. Um eins stiegen wir auf Tequila Slammers um. Um zwei fing der Schuppen an, auf den Sänger zu hören: *Relax, don't worry*, und irgendwer schmiß Amyl Nitrite in eine Ecke, was die Sache auch nicht besser machte. Die Kellnerin mit dem Irokesen fischte einen zerdrückten Joint zwischen ihren Brüsten heraus und ließ mich daran ziehen. Alles verschwamm. Ich erinnere mich, wie hart die Nippel waren, die durch die Löcher in ihrem Korsett ragten. Das ist das letzte, woran ich mich erinnere.

6

Als ich aufwachte, war mein Kopf mit einem langen kalten Stahlnagel, der direkt durch mein rechtes Auge führte, auf das Kissen genagelt. Ich versuchte, den Kopf zu drehen. Der Stahlnagel schmerzte, und hinter meinen Augenlidern zuckten Blitze. Ich befühlte mit der einen Hand vorsichtig das Auge. Nichts. Gottseidank, dachte ich, öffnete die Augen, wünschte mir, ich hätte es nicht getan, und schloß sie sofort wieder. Fest. Ich lag, wo auch immer ich lag, ein paar Minuten herum und versuchte es dann noch einmal. Etwas besser. Ich hievte mich auf die Ellenbogen und sah mich um. Urplötzlich erinnerte ich mich an die letzte Nacht und an diesen Raum. Ein Schauer lief über meinen Rücken.

Ich war allein. Ich lag auf meinem Bett und trug nichts als Boxershorts und eine einzelne Socke. Meine neuen Klamotten waren über den ganzen Raum verteilt. Ich leckte mir die Lippen und keuchte angestrengt. Ich rollte mich vom Bett und stand auf, und das Zimmer fing an, sich zu drehen. Ich ließ mich auf Hände und Knie nieder und kroch über den Teppich ins Badezimmer, zur Dusche. Ich schob die Tür zur Duschkabine beiseite, zog mich am Wasserhahn hoch und drehte das Wasser an. Ich stellte es heiß, kalt, dann wieder heiß. Ich lehnte mich gegen die Wand und ließ mich langsam nach unten sacken, bis ich zusammengerollt auf dem Kachelboden lag. Ich streckte mich nach oben, stellte das Wasser auf Körpertemperatur ein und ließ mich wieder zusammensacken. Das Wasser strömte auf mich hernieder und verschwand im Abfluß. Ich lag einfach da.

Ich weiß nicht, wie lange ich so dalag. Als ich das Gefühl bekam, meine Haut würde auch bald im Abfluß verschwinden, streckte ich mich wieder und drehte das Wasser ab. Das Bad war voller Wasserdampf. Ich wankte durch den nebligen Raum, stützte mich aufs Waschbecken, wischte den Spiegel blank und betrachtete mich. Nicht gerade umwerfend. Ich hatte zehn Tage alte Leichen gesehen, die besser in Schuß waren. Ich dachte ans Rasieren und an Kaffee. Kaffee gewann. Ich wickelte mich in einen der Superflauschbademäntel, die das Management vorausschauend zur Verfügung gestellt hatte, und stapfte durch das Schlafzimmer in den Wohnraum. Ich hatte gerade die Nummer des Zimmerservice im Telefonverzeichnis nachgeschlagen und zu wählen begonnen, als es an der Tür klopfte. Ich fluchte, legte auf und öffnete. Draußen stand ein pummeliges Kerlchen mit weißem Hemd, brauner Fliege und passender Hose. Vor ihm stand ein Servierwagen mit allen möglichen Serviertellern, Eßtellern, Tassen, Bechern und einer Kaffeekanne.

»Frühstück, Sir«, sagte er lächelnd.

Ich inhalierte. »Kaffee.«

»Selbstverständlich. Eine spezielle Frühstücksmischung, die ich selbst zusammengestellt habe.«

»Woher wußten Sie ...?« fragte ich.

»Ich war immer der Meinung, Gentlemen sollten bis Mittag gefrühstückt haben.«

»Oh Gott«, sagte ich. »Ist es so spät?«

»11.30, Sir.«

»Kommen Sie rein.«

Er rollte den Wagen vor sich her, und mein Magen tanzte Achterbahn bei dem Geruch von Essen. Er schob den Wagen zum Eßtisch, nahm ein gefaltetes Tischtuch vom Wagen, schüttelte es aus und breitete es über den Tisch. Er legte Messer und Gabel hin, dann stellte er eine Tasse und einen Teller dazu, Sahne und Zucker. »Was darf ich Ihnen heute morgen anbieten, Sir?« fragte er.

»Eine Gehirnwäsche«, sagte ich. »Aber notfalls tut's auch ein Kaffee.«

»Sofort. Schwarz oder weiß?«

»Weiß«, sagte ich.

Er nahm eine Kaffeekanne vom Servierwagen, goß eine Tasse ein und fügte etwas Sahne hinzu. »Zucker?« fragte er. Wie bei Muttern.

»Zwei Stück.«

Er tat wie geheißen. Ich taumelte zu ihm hinüber und ließ mich auf den Stuhl fallen.

»Darf ich Ihnen dies hier anbieten, Sir?« Er holte eine Schachtel Paracetamol aus seiner Hemdtasche.

»Ja, bitte«, sagte ich. Mein Kopf drohte jeden Moment zu explodieren.

Er drückte zwei aus der Packung und ließ sie in meine offene Hand fallen. Sie zitterte, aber er war zu höflich oder zu gut erzogen oder beides, um etwas dazu zu sagen. Ich schluckte eine Tablette mit einem Mundvoll Kaffee, dann die zweite. Der Kaffee schmeckte, wie Kaffee in so einem Augenblick schmekken soll. »Möchten Sie etwas essen?« fragte er.

»Ich glaube nicht«, sagte ich.

»Vielleicht etwas Rührei? Das ist gut für einen verwirrten Magen, vor allem mit einem Spritzer Worcester-Sauce.« Er nahm eine Pfanne mit Deckel von der unteren Ablage des Trolley und hob mit einem eleganten Schwung den Deckel. »Perfekt«, sagte er. »Man muß sie immer rechtzeitig vom Feuer nehmen und sie in der Pfanne nachgaren lassen. Auf diese Weise bleiben sie ganz locker. Ich finde, es gibt nichts gräßlicheres als klumpige Rühreier.«

Ich widersprach nicht.

»Diese hier sind ganz luftig«, redete er weiter.

Er füllte mir ein wenig Rührei auf den Teller. Dann präsentierte er mir die übrigen Delikatessen wie ein Zauberer. »Speck – knusprig gegrillt. Pilze, Tomaten, Würstchen, Nieren.« Während er sprach, füllte er jeweils kleine Portionen davon auf meinen Frühstücksteller und stellte ihn schließlich vor mich hin. Es sah gut aus, und ich fühlte mich schon etwas besser. Ich gabelte etwas Ei auf und probierte. Es schmeckte hervorragend. »Das schmeckt toll.«

»Ich verlasse Sie nun, Sir«, sagte er. »Wenn Sie mich brauchen, ich bin in meiner Küche am Ende des Korridors. Ich habe bis zwei Uhr heute nachmittag Dienst. Mein Name ist Wilfred.«

Ich konzentrierte mich auf mein Frühstück. Es war das beste Frühstück, das ich seit Jahren zu mir genommen hatte, und das sagte ich ihm auch.

»Bevor ich gehe, Sir, ich habe Ihnen hier einige Tageszeitungen mitgebracht. Ich dachte, Sie wären vielleicht interessiert.«

»Ich glaube nicht«, sagte ich.

»Oh, ich denke doch, Sir. Alle haben heute morgen darüber geredet.«

»Worüber?«

Er schlug die Pop-Seite der *Sun* auf. Sie wissen schon, wo steht, welchem Star gerade das Fett abgesaugt wurde, oder wer schwul ist, und wer wo besoffen war. Genau in der Mitte war ein Foto von Ninotchka und mir, wie wir aus dem koreanischen Restaurant kamen. Wir waren beide einigermaßen gut getroffen. Meine linke Seite hätte etwas besser ausgeleuchtet sein können, aber sonst war es in Ordnung. Ich wurde als der neue Mann in ihrem Leben bezeichnet, mit dem sie zu einem intimen Dinner usw. usw. »Sie hatten recht, Wilfred«, sagte ich. »Das interessiert mich doch.«

Er überreichte mir noch einige andere Zeitungen, die alle andere Versionen desselben Motivs abgebildet hatten. »Sie geben ein schönes Paar ab, wenn ich das sagen darf, Sir. Handelt es sich um eine permanente Liaison?«

»Wollen Sie die Story an Rick Sky verkaufen?« fragte ich.

»Also wirklich, Sir. Wir hier im Jones sind bekannt für unsere Diskretion.« Er schien wirklich gekränkt zu sein.

»Tut mir leid, Wilfred«, sagte ich und meinte es auch so. Immerhin hatte er mir gerade leichthändig das Leben gerettet. »Ich wollte Sie nicht beleidigen.«

»Natürlich nicht, Sir«, sagte er und lächelte schon wieder. »Sie konnten das ja nicht wissen.«

»Keine permanente Liaison«, sagte ich, »und das ist ein offizielles Statement. Ehrlich gesagt, ich glaube, ich habe die Dame irgendwann gestern nacht aus den Augen verloren. Sie haben sie nicht zufällig gesehen, oder?«

Er sah sich um, als hocke sie vielleicht in einem Küchenschrank. »Nein, Sir, aber offenbar haben sie und ihr Fahrer Ihnen um vier Uhr heute morgen ins Hotel geholfen.«

»Ist das wahr?« fragte ich. Daran konnte ich mich nicht erinnern.

»Machen Sie sich keine Sorgen, Sir«, sagte Wilfred. »Auf See passieren unvorhergesehene Dinge.«

»Leider sollte ich zu diesem Zeitpunkt auf dem trockenen Land sein«, sagte ich.

»Wie wahr, Sir. Ich verlasse Sie jetzt. Wie gesagt, wenn Ihnen etwas fehlt, klingeln Sie einfach.«

»Danke, Wilfred.« Er ging, ließ aber den Wagen und die Kaffeekanne Gott sei Dank da.

Fünf Minuten später klopfte es wiederum. »Herein«, sagte ich. Die Tür ging auf, und Roger Lomax kam herein. Er trug genau so ein Jackett, wie ich es gestern angehabt hatte, sogar in derselben Farbe. Jetzt wußte ich, warum Ninotchka nicht viel davon hielt, im Hotel einzukaufen. »Morgen«, sagte ich.

»Kaum noch.«

»Ist das eine Rüge?«

»Ich dachte, Sie wollten sich mit Trash treffen, heute morgen?«

»Was hält uns davon ab?«

»Ihr Zustand.«

»Ich weiß, mir geht's mies.«

»Das hier ist mies«, sagte er und warf eine Zeitung auf meinen Tisch. Die *Daily Mail.*

»So ein Schmutzblatt lese ich nicht«, sagte ich.

»Lesen Sie es heute. Nur, um mir einen Gefallen zu tun.«

Ich zuckte mit den Achseln. Die Seite sechs war aufgeschlagen, und dort war ein fünfzehn Zentimeter hohes und zwei Spalten breites Foto von Ninotchka und mir, wie wir wieder einmal aus dem koreanischen Restaurant kamen. Ich hatte langsam das Gefühl, den Film schon mal gesehen zu haben. »Ich wollte Diskretion«, sagte er.

»Wollten Sie nicht«, sagte ich und klopfte auf die Zeitung.

»Was?«

»Sie wollten jemand, der herumtrampelt und Lärm macht und wen-auch-immer aus seinem Versteck jagt. Das wollten Sie. Wenn Sie Diskretion gewollt hätten, hätten Sie bei Pinkerton angerufen.«

Zumindest schaute er etwas belämmert drein.

»Und noch etwas«, sagte er, »was war das für eine blöde Idee, den Security-Mann im Hotel zu lassen? Was glauben Sie wohl, warum wir uns die Mühe gemacht haben und Geld für diese Typen ausgeben? Damit sie rumsitzen und Glotze glotzen und Filetsteaks für sechzig Mäuse essen?«

»Sie wollte ihn nicht dabei haben«, sagte ich.

»Es interessiert mich einen Dreck, was sie nicht wollte. Wichtig ist, was *ich* will. Verdammt, sie muß Sie hierher zurück*getragen* haben. Sie wären wirklich ein toller Schutzengel gewesen, letzte Nacht.«

Dazu gab es nichts weiter zu sagen, also sagte ich nichts.

»Mann im Himmel, Sharman«, sagte er.

»Geben Sie mir meine Papiere?« fragte ich.

»Nein«, sagte er. »Ich bin derjenige, der dafür verantwortlich ist. Ich hätte wissen müssen, daß jeder, den McBain empfiehlt, eine Flasche ist.«

»Besten Dank«, sagte ich.

»Wie lange brauchen Sie, um sich anzuziehen?«

»Bis Weihnachten sollte ich es geschafft haben«, entgegnete ich.

»Wir treffen uns in zwanzig Minuten in der Lobby. Und denken Sie daran, wer Sie bezahlt.«

»Aber sicher, Sir«, sagte ich seinem Rücken, als er ging.

7

Erfrischt und korrekt in meine neuen Klamotten gewandet, rasiert und frisiert, spazierte ich exakt neunzehneinhalb Minuten später in die Lobby. Lomax saß in einem der ausgestopften Sessel, ein Bein in eleganter Hose über das andere geschlagen, und las in der US-Ausgabe von *GQ*. Ich trug einen ebenfalls eleganten, grüngrauen Anzug von Valentino, ein beiges Hemd und einen Seidenschlips, dessen Muster perfekt zum Inhalt eines Gewächshauses in Kew Gardens paßte.

»Sehr hübsch«, sagte Lomax.

»Krankenhausbesuch«, sagte ich. »Da muß man schick aussehen.«

Wir fuhren in einer anderen Limousine zum Cromwell-Krankenhaus. Diese war weiß. Ich kam mir vor wie eine Braut.

Wir schwiegen auf der kurzen Fahrt. Ob Lomax Rücksicht auf meinen dicken Kopf nahm oder immer noch sauer war und es mich spüren ließ, weiß ich nicht. Ich selbst hatte nicht viel zu sagen. Ich saß einfach da und fragte mich, was aus Ninotchka geworden war. Ich hatte es nicht mehr in Erfahrung bringen können, bevor ich mich mit Lomax traf. Der Wagen hielt vor dem Haupteingang des Hospitals, und wir stiegen beide aus. Die Eingangshalle dieses Krankenhauses war so verschieden von dem Empfangsraum eines normalen Stadt-Krankenhauses wie nur möglich, wenn man bedachte, daß beide dieselben Funktionen erfüllen sollten. Sie war beinahe so luxuriös wie der Eingangsbereich im Jones.

Ich haßte es. Ich kannte genug Krankenhäuser von innen, vor allem Unfallstationen, um die sauberen Teppiche und das geschäftige Personal und den eleganten Unternehmensstil sofort zu verabscheuen. Wir wandten uns an eine Krankenschwester in Dior-Uniform und spazierten dann in einen Lift, der uns direkt in das oberste Stockwerk katapultierte. Noch mehr Teppich, große Pflanzen in Terrakotta-Töpfen, und dann ein Raum mit so vielen Blumen drin, daß ich jeden Augenblick einen Marktschreier von Covent Garden erwartete, der den Ausverkauf eröffnete.

Im Bett vor dem Fenster lag ein kleiner Mann mit einem Büschel kohlschwarzer Locken. Er guckte ein italienisches Soft-Porno-Quiz im Kabelfernsehen.

Er sah auf, als wir hereinkamen. »Guck dir die an«, sagte er, »'ne Hausfrau. Wer bei den Zuschauern am besten ankommt, gewinnt zehn Minuten in der italienischen Version von Safeway. Scheiße, warum ist das nicht meine Alte?« Eine sexsüchtig aussehende Blondine zog gerade ihren Rock aus. Sie trug noch ein Bustier, Strümpfe und Strumpfhalter. Als sie sich herunterbeugte, um die Schnalle ihrer Sandaletten aufzuhaken, hopste eine Brust mit pinkfarbener Spitze aus ihrem Top. Der Showmaster drehte fast durch, und die Italiener haben das Durchdrehen zur Kunstform gemacht.

Das Publikum johlte, und ich hätte am liebsten eingestimmt. Lomax schnappte sich die Fernbedienung vom Nachttisch und drückte den »Aus«-Knopf. »Scheiße, Roger!« sagte der Mann im Bett. »Ich wollte das sehen.« Beinahe hätte ich gesagt, daß ich es auch sehen wollte, aber dann überlegte ich es mir anders.

»Trash, das ist Nick Sharman«, sagte Lomax.

»Hi«, sagte der Typ im Bett.

»Nick, das ist Danny Shapiro – seine Freunde nennen ihn Trash.«

»Wie geht es Ihnen?« fragte ich.

»Wie britisch«, sagte Shapiro. »Ihr Typen bringt mich noch um.«

»Genau das hatte jemand vor«, sagte ich.

Das Stimmungsbarometer sank.

»Ja«, sagte Shapiro.

»Wer?« fragte ich.

Er zuckte in seinem Seidenpyjama mit den Achseln.

Das ist eine große Hilfe, dachte ich. »Ist Ihr Arzt da?« fragte ich.

»Klar«, sagte Lomax. »Auf Abruf. Bei dem Geld, das wir dafür bezahlen...« Er würde langsam penetrant.

»Rufen Sie ihn.«

Lomax zuckte mit den Achseln und ging. »Keine Idee?« fragte ich Shapiro.

»Keine, ehrlich, bei Gott, Mann. Ich weiß, daß ich nicht im besten Biz der Welt bin, aber Mord...« Es schüttelte ihn bei dem bloßen Gedanken, und einen Augenblick lang war er nicht mehr der große, mächtige Rock'n'Roller, sondern nur ein ängstliches kleines Kerlchen. »Vielleicht war's ein Witz. Oder ein Unfall.«

Ich zog eine Augenbraue hoch. Das kann ich gut. »Toller Witz«, sagte ich. »Wo genau hatten Sie das Zeug her?«

»Das hab ich doch schon Dodge und dem Doc gesagt. Ich weiß es nicht.« Er klang ganz vernünftig, aber irgendwie überzeugte er mich nicht.

»Ach, erzählen Sie mir nichts«, sagte ich. »Schieben Sie sich jeden Dreck in die Nase?«

»Nein, Mann, ich hab guten Stoff.«

»Normalerweise.«

Er nickte.

»Komisch, daß keiner außer ihnen was davon genommen hat«, sagte ich.

»Sie wissen doch, wie das ist. Ich hab hier ein bißchen und dort ein bißchen. Für den Fall der Fälle, wissen Sie?«

Ich wußte. »Sie meinen, es lag vielleicht einfach so rum?«

»Könnte sein.«

»Oder hat jemand es Ihnen gegeben?« fragte ich. »Speziell Ihnen. Und darauf gewartet, daß Sie es nehmen?«

»Möglich. Verdammt, ich kann mich nicht erinnern! Ich war total drauf.«

Na prima, dachte ich. Der Sack hat sein Hirn von Drogen zerfressen lassen, und jetzt soll ich ihm einen vollständigen und sinnvollen Satz entlocken. Aber ich wurde das Gefühl nicht los, daß er log.

»Versuchen Sie, sich zu erinnern.«

»Ich versuche es. Aber mein Kopf ist wie leergefegt.«

Dieser Geisteszustand war mir nicht gänzlich unbekannt. Aber trotzdem war ich nicht sicher, ob man ihm glauben dürfte.

Wir wurden durch Lomax' Rückkehr unterbrochen. Er hatte einen schlanken, blonden Mann mit randloser Brille und weißem Kittel mitgebracht.

»Dr. O'Connell, Nick Sharman«, stellte er uns vor.

»Können wir uns irgendwo unterhalten?« fragte ich. »Unter vier Augen?«

Der Arzt ging mit mir auf den Flur. »Zuerst«, sagte ich, »möchte ich sagen, daß ich mit der ärztlichen Schweigepflicht durchaus vertraut bin, aber dies hier könnte ein Mordversuch sein.«

»Was Sie nicht sagen. Ich habe denen gesagt, sie sollen es melden. Sie haben beinhart abgelehnt.«

»Was hat er denn überhaupt genommen?« fragte ich.

»Ich zeig's Ihnen.« Er führte mich durch einen langen Gang in ein kleines Büro: ein Tisch, zwei Stühle, ein Schrank. Aus seiner Hosentasche nahm er einen Schlüsselbund und schloß eine Schreibtischschublade auf. Er nahm ein kleines, in Papier gewickeltes Päckchen heraus. »Heroin«, sagte er. »Seine Frau hat es im Papierkorb gefunden.«

»War noch genug für eine Analyse da?«

»Ja. Straßenqualität. Vielleicht ein bißchen besser. Aber mit allem Möglichen gestreckt. Koffein, Milchpulver, Glukose ... keineswegs erste Wahl. Um es mal in der Junkie-Sprache zu sagen: Es ist ganz schön breitgetreten. Wenn diese Leute wüßten, was sie da nehmen ...«

»Und wenn es rein gewesen wäre?« fragte ich.

»Tödlich.«

Ich nickte. Ich kannte mich aus mit reinem Heroin.

»Ist er User?«

»Nein.« O'Connell schüttelte bestimmt den Kopf. »Ich hab mit ihm geredet. Ich glaube ihm. Wenn er es wäre, hätte es ihn nicht so umgehauen.«

»Was genau ist passiert?«

»Das übliche. Schwindel, Erbrechen. Er wollte schlafen, aber Gott sei Dank war seine Frau klug genug, ihn wachzuhalten. Wenn er ins Koma gefallen wäre, würde er vermutlich nicht mehr mit Ihnen reden.«

»Kommt er wieder in Ordnung?«

»So gut, wie wir's hinkriegen.«

»Wann kann er gehen?« fragte ich.

»Noch eine Nacht, das sollte reichen.«

»Gut.«

Ich drehte mich um und wollte gehen. »Passen Sie gut auf ihn auf, Mr. Sharman«, sagte O'Connell. »Vielleicht hat er nächstes Mal weniger Glück.«

Ich nickte und ging. In der Tür drehte ich mich noch einmal um, sagte: »Bewahren Sie das gut auf« und deutete auf das Heroin-Briefchen, das er immer noch in der Hand hielt. »Vielleicht brauchen wir es als Beweis.«

»Vertrauen Sie mir«, sagte er. »Ich bin Arzt.«

»Das werde ich tun.« Ich hob eine Hand zum Abschied und kehrte zu Shapiro und Lomax zurück. Das Quiz lief wieder. Zwei nackte Frauen schmierten sich mit etwas, das wie Erdbeerquark aussah, gegenseitig die Brüste ein. »Der Arzt ist cool«, sagte ich. »Er sagte, Sie seien schon wieder fast gesund. Morgen werden Sie entlassen.«

»Gut so. Die Zeit vergeht, und wir haben viel vor.«

»Okay«, sagte ich, und dann zu Lomax: »Bitte sorgen Sie dafür, daß er von morgen an unter strengster Bewachung steht, sobald er das Krankenhaus verläßt.«

»Sie werden ihn umschwirren wie Fliegen einen Hundearsch«, sagte Lomax.

Shapiro schnitt eine Grimasse.

8

Lomax und ich fuhren zurück ins Hotel. Im Wagen fragte er: »Was halten Sie davon?«

»Weiß nicht«, sagte ich. »Aber ich habe das Gefühl, er weiß ganz genau, wo das Zeug herkam.«

»Wieso?«

»Intuition. Ich bin daran gewöhnt, daß Leute mich anlügen. Ich kann es spüren.«

»Und warum sagt er's nicht?«

»Genau *das* ist die Frage. Haben Sie die Liste?«

»Was für eine Liste?«

»Die Liste der Leute, die tatsächlich im Hotel waren, und die Liste der Leute, die bei Shapiro herumgehangen haben.«

»Nein. Aber Trashs Alte wird das wissen. Sie ist wieder im Hotel zurück.«

»Was für eine Frau ist sie?«

Er sah schweigend an die Wagendecke. Sein Gesicht sagte mehr als tausend Worte.

»Okay«, sagte ich. »Schon verstanden. Wie heißt sie?«

»Lindy.«

»Schön.«

»Lindy Hopp mit zwei P. Ex-Groupie.«

»Ex?« fragte ich.

»Klar. Sie hatte Glück. Hat 'nen Rockstar geheiratet. Hat die ganze *enchilada* einkassiert.«

»Sind sie okay?«

»Wie meinen Sie das?«

»Zusammen«, erläuterte ich.

»Oh, klar. Soweit ich weiß. Groupies sind wie Geishas. Sie sind Profis in der Kunst, den Männern zu gefallen. Das ist ihr Job.«

Im Jones marschierten wir direkt zu einer Suite im dritten Stock, so weit wie nur möglich von Ninotchkas Zimmerflucht entfernt. Sie war noch immer nicht zu entdecken. Wir klopften um 13.15 an der Tür der Bloomsbury Suite. Ein weiterer Security-Schrank öffnete die Tür. Dieser hieß Sam. Er war groß und schwarz. Ich fragte mich, ob jemand mit einem Namen wie Maurice oder Oswald Chancen hatte, einen Security-Job zu ergattern. Vielleicht waren das alles Künstlernamen. »Mr. Lomax«, sagte Sam.

»Ist Lindy da?« fragte Lomax.

»Klar. Kommen Sie rein.«

Wir marschierten zu dritt ins Wohnzimmer. Es war genauso groß wie das von Ninotchka. Eine Tür zum Gang, vier weitere Türen, wo es in meiner Suite nur zwei gab. Ich fühlte mich langsam massiv benachteiligt. Eine große, dürre Frau mit schwarzen, millimeterkurz geschorenen Haaren saß auf einem der Sofas und guckte fern. Sie trug ein grünes, hochgeschlossenes Lurex-Top und einen kurzen, schwarzen Rock. Auf dem niedrigen Tisch vor ihr standen zwei Cocktailgläser; sie waren leer, nur die Reste eines cremefarbenen Drinks schimmerten noch darin. Sie sah nicht besonders glücklich darüber aus. »Hi, Dodge«, sagte sie. Sie sprach mit amerikanischem Akzent. Starkem Akzent, ich konnte ihn sogar in diesen beiden Worten orten.

»Lindy.«

»Wer ist dein Freund?« Sie begutachtete mich durch ihre falschen Wimpern.

»Nick Sharman. Privat-Bulle.«

Beim Wort »Bulle« zog sie die Augenbrauen hoch. Sie hätte sich auch »Fick mich« auf die Stirn tätowieren lassen können. »Hi, Nick.«

»Hi, Lindy.«

»Was kann ich für euch tun, Jungs?«

»Nick möchte dir gerne ein paar Fragen stellen.«

»Klar, ich hab sowieso nichts vor, außer noch eine Schicht Nagellack aufzutragen.» Sie rutschte lasziv auf einem Sofakissen hin und her. So, wie sie das sagte, und so, wie sie sich bewegte, fing ich an, sie zu mögen. Nur wenige Amis, und, soweit ich das überblicken konnte, noch weniger Leute aus dem Show-Biz, konnten etwas mit Ironie anfangen. »Setzt euch«, sagte sie. »Sam, mach meinen Gästen bitte Drinks.«

Ich mochte sie immer lieber. Ich saß auf dem Sofa ihr gegenüber und konnte nicht nur unter ihren Rock sehen, sondern auch erkennen, daß sie einen roten Slip trug. Einen sehr kleinen roten Slip. Sie wußte, daß ich es sehen konnte, und ich wußte, daß sie es wußte, und es schien uns beiden zu gefallen.

»Was darf ich Ihnen servieren?« fragte Sam. Ich überlegte, ob die Jungs von Premiere Security vor Dienstantritt einen Barkeeper-Kurs absolvieren mußten.

»Gin-Tonic«, sagte ich. Lomax warf mir einen wütenden Blick zu. Ich ignorierte ihn.

»Bier«, sagte er.

»Für mich noch einen Brandy Alexander, Sam-Schätzchen«, sagte Lindy.

Er ging zur Bar und fing an, mit den Flaschen zu klirren.

»Wir waren gerade bei Ihrem Mann«, sagte ich.

»Großartig«, sagte sie ohne jede Andeutung von Begeisterung.

»Er wird morgen entlassen.«

»Großartig.« Dito.

»Freut Sie das nicht?«

»Klar. Toll, daß Trash wieder da ist. Er wird ins Studio gehen, oder üben, oder auf Tour. Große Klasse. Ich sehe ihn fast nie.«

»Sie könnten jetzt zu ihm fahren.«

»Wie können Sie es wagen, mir zu sagen, was ich tun oder lassen soll?« sagte sie wütend, preßte die Beine zusammen und zog ihren Rock herunter. Die Aussicht wurde nicht besser dadurch.

Sam servierte die Drinks. Er sah mich düster an, als er mir meinen gab. Ich probierte. Schmeckte gut. »Danke«, sagte ich. »Wer war hier, als Ihr Mann sich das Heroin reingezogen hat?« fragte ich Lindy.

Sie überlegte einen Augenblick. »Trash, ich, Pandora und seine zwei Freundinnen, Chick und Seltza.«

Ich zog wieder einmal die Augenbrauen hoch.

»Roadies«, sagte sie. »Wir hatten eine Party.«

»Noch jemand?«

»Seltzas Alte. Seine *englische* Alte. Wie heißt sie noch, Dodge?«

»Patty«, sagte Lomax.

»Und Chick hatte seine Süße dabei.« Sie grinste geistesabwesend. »Trashs Dealer ist vorbeigekommen.«

»Hat der auch einen Namen?« fragte ich.

Lindy sah Lomax an. Der nickte. »Sandy«, sagte sie. »Aber ich bin sicher, daß er nicht…«

»Irgendwer muß es gewesen sein«, unterbrach ich sie. »Noch jemand?«

»Sweetheart.«

»Wer?«

»Sweetheart. Sie macht PR bei OnLine.«

Ich sah Lomax an. »Unser englisches PR-Büro«, erklärte er.

»Und Turdo hat mal reingeschaut«, sagte Lindy.

»Wer?« fragte ich.

»Turdo«, sagte Lomax. »Noch ein Roadie.«

»Klingt nett«, sagte ich.

Lomax und Lindy sagten nichts.

»War's das?« fragte ich.

»Ich glaube schon«, sagte Lindy.

»Ich möchte mit allen reden«, sagte ich zu Lomax.

»Klar. Jederzeit.«

»Dieser Sandy – wie komme ich an ihn ran?«

»Er schwirrt herum«, sagte Lindy.

»Nicht, wenn er es war«, sagte ich. »Aber ich bin sicher, wir finden ihn, wenn wir uns Mühe geben. Ist Ihnen in jener Nacht etwas aufgefallen?« fragte ich sie. »Sie wissen schon, bevor ihm schlecht wurde.«

»Nein. Ich war voll drauf. Ich hatte nicht die geringste Ahnung, was er treibt.«

»Und ihm ist gegen drei Uhr schlecht geworden?«

»Ja. Ich lag neben ihm im Bett, als er anfing, um sich zu schlagen. Sie wissen schon.«

Ich konnte es mir denken.

»Sie haben ihm das Leben gerettet«, sagte ich.

»Gehört zum Service», sagte sie sarkastisch.

»Trotzdem«, sagte ich. »Sie haben einen gut bei ihm.«

»Er wird bezahlen«, sagte sie. Ich beließ es dabei.

»Danke, Lindy«, sagte ich. »Sie haben uns sehr geholfen. Es könnte sein, daß ich Sie noch einmal belästigen muß. Ist das in Ordnung?«

Sie nickte. »Ich hab ihn gestern besucht«, sagte sie.

»Klar. Roger, geh'n wir.« Ich stellte mein Glas zu dem Leergut auf dem Tisch.

Wir gingen zurück in die Lobby. Ninotchka saß an der Rezeption, Don dicht neben ihr. Er starrte mich an, als hätte ich gerade seine Mutter beleidigt. Ninotchka sah klasse aus in einem Minikleid und einer zerrissenen Jeansjacke. »Nick«, sagte sie, »ich dachte, wir gehen shoppen.«

Lomax schenkte mir einen altklugen Blick. Das ärgerte mich. »Was hält uns davon ab?« fragte ich und bot ihr meinen Arm. »Wir sehen uns, Roger.« Ninotchka und ich gingen.

9

Don kam mit. Offensichtlich vertraute man mir nicht mehr als Bodyguard auf Einzelschicht. Ich konnte mich immer noch nicht erinnern, was in der Nacht, oder, genauer gesagt, am Morgen passiert war, also hatte ich durchaus Verständnis für diese Position.

Draußen wartete Chas mit der Limo auf uns. Ich fing an, mich daran zu gewöhnen, stilvoll von Tür zu Tür zu schaukeln, und fragte mich flüchtig, ob ich es wohl ertragen könnte, mich irgendwann wieder für den Bus anzustellen.

Chas riß sofort die Hintertür der Limousine auf. Er grinste, als er uns begrüßte: »Guten Tag, Miss. Sir.« Dann fragte er mich: »Sie haben sich hoffentlich gut erholt, Sir?«

»Aber sicher.«

»Mach dich nicht über ihn lustig, Chas«, sagte Ninotchka. »Gestern nacht war er nicht er selbst.«

Ich fragte mich, wer ich dann gewesen war, sagte nichts und stieg hinter ihr in den Fond der Limousine.

Don setzte sich auf den Beifahrersitz, und Chas nahm hinter dem Steuer Platz. Er senkte die Trennscheibe. »Wohin, Miss?« fragte er.

»Knightsbridge, gegenüber von Harrods. Erinnern Sie sich an diesen kleinen Laden, den wir neulich entdeckt haben?«

»Selbstverständlich, Miss«, sagte er, ließ die Scheibe nach oben surren und fuhr los.

Wir brauchten nur ein paar Minuten bis Knightsbridge, und Sie wären erstaunt, wie gut London an einem Frühsommernachmittag durch die Rauchglasscheiben eines Cadillacs aussieht, wenn man neben einer wunderschönen Berühmtheit sitzt, die sich bei Ihnen eingehakt hat. Ich kann es nur empfehlen.

Der Wagen hielt gegenüber von Harrods, und Don stolperte fast über seine eigenen Füße, um uns die Türe aufzumachen. Ich ließ Ninotchka zuerst aussteigen. Ihr Hintern, über dem sich der Stoff beim Vorbeugen spannte, gefiel mir gut. Ich kletterte hinter ihr her. Wir standen vor der Chrom-und-Marmor-Fassade eines Ladens, über dessen Tür ein Schild hing: FRONZOLI. Im Schaufenster war ein einzelner dunkelblauer Anzug elegant über ein weißgestrichenes Holzgerüst drapiert. Sonst nichts. Kein Preisschild. Nichts. »Nett«, sagte ich.

»Nicht schlecht«, sagte Ninotchka. »Gucken wir mal, was sie noch so haben.«

Wir betraten alle drei das Geschäft. Ninotchka und ich gingen vor. Don schlich zwei Schritte hinter uns her und suchte überall nach jemandem zum Zusammenschlagen.

Drinnen war es still und andächtig, ein Streichquartett säuselte durch versteckte Lautsprecher, um die Stille zu mildern. Die Deko war minimalistisch: schwarze Wände und zwei weitere Anzüge auf einem weiteren Holzgerüst. Das war's. Nur zwei. Einer weiß, einer schwarz. Keine Trivialitäten wie ein

Tresen oder eine Kasse. Es war, als hätten wir ein Schwarzweißfoto betreten. An der Rückwand stand ein weiches, schwarzes Ledersofa. Auf einer Armlehne hockte ein dünnes olivhäutiges Mädchen in einem schwarzen Kleid. Neben ihr stand ein hübscher Junge mit hübschem Haar, hübsch gestylt. Er trug einen Zwilling des schwarzen Anzugs auf dem Gerüst mit einem weißen Hemd. Neben ihm stand ein kleiner, älterer, fetter Mann mit Stirnglatze und einem langen Pferdeschwanz. Er trug einen weißen Anzug, wie den auf dem Gestell, mit schwarzem Hemd. Ich mußte zugeben: Die Klamotten der beiden Typen sahen gut aus, und mir war klar, daß wir hier in Tausendern redeten. Mindestens. Alle drei sahen auf, als wir hereinkamen.

Der Kahle erkannte Ninotchka und rannte auf uns zu. »Meine Liebe«, schrie er. »So bald. Wie schön, daß Sie wieder hier sind.« Er hatte einen starken italienischen Akzent. Ich konnte nicht sagen, ob er echt oder falsch war. Er umklammerte dreißig Sekunden lang Ninotchkas Hand mit seinen beiden fetten Klauen und glotzte ihr in die Augen, als mache ihre Gegenwart ihn sprachlos. Alles, was mir dazu einfiel, war, daß sie besser ihre Ringe zählen sollte, wenn er losließe. »Göttlich«, sagte er. »Göttlich. Sie sehen heute aus wie achtzehn.« Er patschte sich mit einer Hand vor die Stirn. »Ach, was sage ich da? Sechzehn.«

Ninotchka war begeistert. Sie lächelte scheu und klimperte sogar mit den Augenlidern. Haben Sie das mal versucht? Nachdem dieser Unfug erledigt war, warf mir der Fettsack einen Blick aus den Augenwinkeln zu. Ich kenne diesen Blick. Der letzte, der mich so angeguckt hat, verkaufte gerade gefrorene Hamburger, deren Haltbarkeitsdatum längst überschritten war, von der Ladefläche eines LKW in Catford Dogs herunter. Er wußte auch, daß ich es wußte. Vielleicht hat er mir sogar zugezwinkert. Ich fand es immer schon blöd, reich zu sein und sich von Idioten übers Ohr hauen zu lassen.

»Wem verdanken wir diese Freude an diesem *bello* Nachmittag, *Signorina?*« fragte er. ›Dieser *bello* Nachmittag.‹ Der Typ war echt irre.

»Wir suchen etwas für Mr. Sharman«, sagte Ninotchka. »Nick, das ist Carlo.«

»Carlo Carruscore«, sagte er, packte meine Hand und rüttelte daran.

»Ich bin entzückt«, sagte ich.

»Was genau suchen Sie?« Er fragte nicht mich. Er wußte genau, wer die Zahlmeisterin war.

»Von jedem Stil, von jeder Farbe etwas«, sagte Ninotchka.

Ich sah sie an. »Warte mal«, sagte ich.

»Denk an Columbia Records«, antwortete sie nur.

Carlo scheuchte mich einfach nur tiefer in seinen Laden hinein und schnipste mit den Fingern in Richtung des Schönlings. »Geraldo!« rief er. »Messen.«

Der hübsche Junge zauberte ein Maßband hervor, Carlo schnappte es sich, wickelte mich darin ein und rief immer wieder auf italienisch Zahlen und Anweisungen. Geraldo notierte auf einem Block, den er aus einer anderen Tasche hervorgeholt hatte. Als Carlo fertig war, drapierte er das Maßband über Geraldos Schultern, und dann verschwanden die beiden Männer, gefolgt von dem olivhäutigen Mädchen, durch eine beinahe unsichtbare Türe in einer Wand. Ich wandte mich an Ninotchka.

»Hör mal, das wird ein Vermögen kosten. Außerdem ist alles noch mal 25 Prozent teurer geworden, als du durch diese Tür gekommen bist.«

»Ich weiß, Nick«, sagte sie. »Aber es ist mir egal.«

»Ninotchka, ich kann so etwas nicht annehmen. Vielleicht eine schöne Krawatte, aber mehr nicht.«

»Wen interessiert das?« fragte sie.

»Mich. Ich bin es nicht gewöhnt, von Frauen beschenkt zu werden.«

»Das ist noch gar nichts.«

»Es kostet ein Vermögen.«

»Kleingeld, Nick. Glaub mir, ich mach' das gern.«

Ich seufzte und redete mir ein, daß die Sachen vielleicht nicht passen würden. Carlo, Geraldo und das Mädchen kamen mit allerhand Klamotten zurück. Obwohl sie nur drei Anzüge ausgestellt hatten, schien ihr Lager überzuquellen. Carlo winkte mich durch eine weitere beinahe unsichtbare Tür in einer anderen Wand in einen verspiegelten Umkleideraum, der etwa die Ausmaße meiner Hotelsuite hatte. Man konnte sich wirklich kaum beengt vorkommen in diesem Laden. Das Trio folgte mir mit Bergen von Anzügen, Sakkos, Hemden, Gürteln. Alles, was ein Junge braucht. Ninotchka kam hinterher, und fast erwartete ich, daß auch Don uns Gesellschaft leisten und mir ein paar Mode-Tips geben würde. Die vier standen da und sahen mich an. Ich starrte zurück.

»Nick«, sagte Ninotchka.

»Ninotchka«, sagte ich.

»Probier doch mal was an.«

»Während ihr mir alle zuguckt?«

Carlo klatschte in die Hände und rettete die Situation. »Raus, raus, alle raus. Laßt den *Signor* allein.« Sie gingen, ich machte die Tür zu und suchte mir ein Hemd aus. Auf dem Schild stand: 100% Seide. Ich zog meine Sachen aus und das Hemd an. Es war wunderschön. Dazu wählte ich einen weinroten Einreiher aus Seide. Jeder Stich ein Kunstwerk für sich. Ich hatte mich noch nie so gut gefühlt. Er paßte, als wäre er für mich gemacht. Ich ging hinaus in den Verkaufsraum, wo sie mit angehaltenem Atem auf mich warteten. Carlo stand kurz vor einem Orgasmus. »*Bella, bella, bella*«, quietschte er, während er begeistert durch den Laden raste. «*Perfetto*. Schnitt, Farbe, alles. *Perfetto.*«

»Du siehst gut aus, Nick«, sagte Ninotchka.

»Wie der Boß von Columbia Records?«

»Besser. Er ist fett und kahl und hat Mundgeruch. Carlo, wir nehmen die Sachen.«

»Nein, tun wir nicht«, sagte ich.

»*Nick!*«

»Nein. Ich kann das nicht annehmen.« Ich berührte den Pop-Art-Schlips, den ich mir umgebunden hatte. »Aber zu dem würde ich nicht nein sagen.«

»Nick, bitte.«

»Nein, Ninotchka.«

»Aber ich dachte...«

Ich zog sie beiseite. »Ich bin nur mitgekommen, um Lomax zu ärgern. Ich kann das nicht annehmen. Es ist zuviel, und das ist mein letztes Wort.«

»Kleingeld«, sagte sie wieder.

Ich zuckte mit den Achseln.

»Sie wandte sich an Carlo. »Wickel uns bitte den Schlips ein«, sagte sie.

Ich ging zurück in das Umkleidezimmer und zog mir meine eigenen Sachen an. Als ich wieder in den Ladenraum ging, sagte keiner ein Wort. Was hätte ich tun können? Ninotchka war sauer. »Hey«, sagte ich, »ich finde den Schlips klasse. Wirklich. Und du hast einen außerordentlich guten Geschmack, was Herrenmode angeht. Vielleicht nur etwas zu gediegen für mich.«

Sie lächelte. Sie war komplimentesüchtig.

»Und jetzt«, sagte ich, »werde ich *dir* ein Geschenk kaufen.«

Sie erstarrte. »Was?«

»Du hast es doch gehört.«

»Mir kauft niemand Geschenke«, sagte sie sehnsüchtig, wie ein kleines Mädchen, das seinen Geburtstag vergessen hatte.

»Doch«, sagte ich. »Ich. Komm.« Ich zog sie durch eine kleine Lücke im Verkehr über die Straße hinüber zu Harrods. Don war einem Tobsuchtsanfall nahe, als er von einem Taxi daran gehindert wurde, mit uns Schritt zu halten. Ninotchka und ich huschten durch die Eingangstüren. Dann blieb ich stehen. »Wir sollten lieber auf ihn warten«, sagte ich. »Sonst kriegt der noch die Krätze.«

»Wär doch lustig«, sagte sie.

Einen Augenblick später brach Don durch die Schwingtüren und rannte uns beinahe um. »Wo bleibst du denn, Don?« fragte Ninotchka. »Du warst auch schon mal schneller.«

Das verbesserte das Klima unseres ohnehin frostigen Verhältnisses nur bedingt. Aber was soll's. Man kann nicht alle lieben.

»Was soll es sein?« fragte ich. »Du hast die Wahl.«

»Parfum«, sagte sie. »Ich liebe Parfum.«

Also marschierten wir in die Parfum-Abteilung. Ninotchka sauste wie ein Kind von Stand zu Stand. Ich paßte auf sie auf wie ein gutmütiger Vater. Don paßte auf mich auf wie ein Wolf, der einen schmackhaften Leckerbissen im Auge behält. Natürlich hatten sie nicht, was Ninotchka wollte. Das war zu erwarten gewesen. Im Gänsemarsch ging's zu einem Chanel-Shop in der Sloane Street, wo sie *genau* das hatten, was sie wollte. Eine Flasche Chanel No. 22. Eine erstaunlich große Flasche. Ich zahlte mit meiner Kreditkarte und versuchte, den dreistelligen Betrag einfach nicht zur Kenntnis zu nehmen. Der teuerste Schlips meines Lebens.

Als sie ihr Päckchen bekommen hatte, spazierten wir zurück zum Wagen. Kaum saßen wir drin, wollte sie noch unbedingt einen Abstecher zum Studio machen, und ein Tape mit den endgültigen Mixen und der richtigen Reihenfolge für die zweite Seite abholen. Unterwegs kuschelte sie sich an mich, um sich für das Geschenk zu bedanken, und gab mir einen Kuß auf die Wange. Der Kuß verbrannte meine Haut.

Das Studio war in Gunter Grove. Ein beeindruckendes dreistöckiges Haus im georgianischen Stil hinter hohen Mauern, auf denen man Glassplitter in Beton gegossen hatte.

Chas parkte den Caddy auf der Straße. Ninotchka und ich gingen, Don ein paar Schritte hinter uns, durch ein eisernes Tor, dann drei Steinstufen herauf und wurden in die Rezeption gesummt.

Der Mann an der Rezeption grüßte uns wie seine längst verloren geglaubte Familie und telefonierte auf einem dieser Telefone, die speziell dafür designed wurden, daß man nicht hören kann, was der andere sagt, mit einem anderen Teil des Studios. Eine halbe Minute später tauchte ein Kind mit Topfhaarschnitt, Sackhosen und einer albernen Mütze auf, himmelte Ninotchka an und führte uns durch eine schwere Doppeltür hindurch in das Innere des Heiligtums.

Wir gingen einen langen Korridor entlang, bis wir einen Kontrollraum erreichten, der so voll mit High-Tech vollgestopft war, daß ich beinahe erwartete, gleich Captain Kirk und Mr. Spock zu begegnen, von irgendeinem fernen Planeten hergebeamt.

In einem bequem aussehenden Kippstuhl saß ein junger Blondie in Designer-Jeans und Cowboystiefeln vor einem Mischpult. Er hörte über Boxen so groß wie Kinderzimmer in einer Lautstärke, die die Mauern von Jericho zu Staub hätte zerfallen lassen, irgendeinen Song, schob Regler auf und ab und drehte an Knöpfen, als hinge sein Leben davon ab. Kaum hatte er uns gesehen, tippte er auf eine Taste und es wurde still. »Ninotchka«, sagte er. »Wie schön, dich zu sehen. Ich hab dich vermißt.«

»Ich hab dich auch vermißt, Tony«, sagte sie. »Nick, das ist Tony Tune. Er produziert unser neues Album. Tony, das ist Nick Sharman, ein Freund von mir. Und du erinnerst dich an Don, oder?«

»Natürlich. Hi, Don.« Tony Tune stand auf und streckte mir seine Hand entgegen. »Nick. Schön, dich kennenzulernen. Alle Freunde von Ninotchka sind...«

»Wie geht's?« sagte ich und schüttelte seine Pfote.

»Wir sind wegen des Bandes gekommen«, sagte Ninotchka.

»Stimmt.«

Er ging hinüber zu einem Regal voller Cassetten, fuhr mit dem Finger daran entlang und zog eine heraus. »Hier, bitte«, sagte er. »Alles fertig. Seite zwei des neuen Albums in ganzer Pracht.«

»Danke, Tony. Du bist ein Schatz.«

»Für dich tu ich alles.«

»Was hast du da gerade gehört?« fragte Ninotchka und zeigte auf die Riesenboxen.

»Ein Album, das ich für Epic betreue. Irgendso'ne Band, die sie draußen aufgelesen haben. Nicht eure Liga. Kein Grund zur Sorge.«

»Tja, wir müssen dann wieder«, sagte Ninotchka. »Nochmal danke.« Sie hielt die Cassette hoch. »Ich hoffe, wir sind bald wieder bei der Arbeit.«

»Wie geht's Trash?« fragte Tony.

»Viel besser, glaube ich.«

»Klasse. Du weißt, ich stehe euch jederzeit zur Verfügung«, sagte er und ließ sich wieder auf seinem Stuhl nieder.

»Tschau, tschau«, sagte Ninotchka.

Tony zwinkerte ihr zu, und bevor wir den Raum verlassen hatten, brüllte schon wieder die Musik hinter uns her, und er war in seine Arbeit versunken.

Wir drei kehrten zum Wagen zurück, und Chas fuhr uns ins Hotel. Als wir ankamen, fragte ich Ninotchka, ob sie mir auf einen Drink Gesellschaft leisten wollte. Sie sagte, sie wolle nicht in die Bar, also gingen wir auf mein Zimmer. Sie sagte Don, er solle auf ihrer Suite warten. Er setzte an, ihr zu widersprechen, überlegte es sich dann aber anders und zog Leine.

»Endlich«, sagte Ninotchka. »Ich dachte schon, wir werden nie allein sein.«

Ich kann Ihnen gar nicht sagen, wie aufregend es ist, so einen Satz von so einer Frau zu hören. Ich wußte, daß ich genau das tat, was Lomax mir prophezeit hatte, aber das scherte mich nicht. Zumindest hatte ich die Klamotten abgelehnt.

Ninotchka zog ihre Jacke aus und warf sie über einen Stuhl. Sie setzte sich auf das Sofa und zeigte viel Bein. Ich fragte, was sie trinken wollte. »Kannst du Bloody Mary mixen?« fragte sie.

»Die beste in ganz London.« Ich ging hinüber zur Bar, nahm mir einen großen Krug, goß zwei Teile Sherry und acht Teile Wodka hinein, fügte ein paar Silberzwiebeln hinzu, Zitronensaft, Tabasco, Worcester-Sauce, Selleriesalz, Pfeffer, viel Eis, und dann füllte ich den Krug mit eiskaltem Tomatensaft aus dem Kühlschrank auf. Ich rührte das ganze um und goß durch ein feines Sieb zwei Gläser voll. Ich nippte an meinem. Perfekt. Ich tat noch ein paar Eiswürfel in jedes Glas und trug sie hinüber zur Couch. »Lob mich ruhig«, sagte ich.

Sie nahm einen Schluck und verzog das Gesicht. »Perfekt.«

»Nicht zu stark gewürzt?«

Sie schüttelte den Kopf. »Du hast verborgene Talente.«

»Nur, wenn es um das Mixen von Drinks geht.«

»Das ist sicher nicht wahr. Und genau darüber möchte ich mit dir reden.«

»Ach?«

»Ach«, sagte sie und klopfte neben sich auf das Sofa. »Setz dich.«

Ich tat wie geheißen.

»Hast du Zigaretten?«

Ich holte eine Packung »Silk Cut« heraus.

»Ich sagte Zigaretten«, sagte sie. »Hast du keine amerikanischen?«

»Nein. Soll ich welche bestellen?« Ich fing an, mich an den Zimmerservice zu gewöhnen.

»Nein, laß. Ich nehm eine von denen. Aber ich weiß wirklich nicht, wie ihr Jungs die ertragt.«

Ich wollte mich gerade für die Arbeit der Herren Benson & Hedges entschuldigen, gab ihr dann aber doch nur Feuer. Sie schnitt eine Grimasse, inhalierte aber trotzdem. Ich zündete mir auch eine an und schob den Aschenbecher auf eine Ecke des Couchtisches. »Also, worüber willst du reden?« fragte ich.

»Über dich«, sagte Ninotchka und sah mich mit einem Blick an, den ich langsam zu kennen begann. »Magst du, was du tust?«

Ich sah sie an. Ich mochte es nicht, aber das würde ich ihr nicht erzählen. »Es ist mein Job.«

»Hättest du Interesse daran, ihn speziell für mich auszuüben?«

»Das tue ich doch gerade.«

»Nein, ich meine *exklusiv*. Du könntest nur für mich arbeiten, Nick.«

»Und was tun?«

»Was immer ich will.« Sie lehnte sich zurück und trank ihren Drink.

»Du bist schon die zweite Person in diesem Jahr, die mir das anbietet«, sagte ich.

»Wer war die andere?«

»Ein Mädchen, das ich kannte. Sie war ein Model. Wollte Sängerin werden. Witzig, nicht wahr?«

»Wahrscheinlich hat sie dasselbe in dir gesehen wie ich.«

Ich schüttelte den Kopf. »Nein«, sagte ich. »Sie fand, das was ich tue, sei zu gefährlich.«

»Stimmt das?«

»Manchmal.«

»Und?«

»Und was?«

»Wie hast du geantwortet?«

»Ich bin hier, nicht wahr?« sagte ich. »Ich habe abgelehnt. Deswegen ist sie jemand, den ich *kannte*.«

»Was macht sie jetzt?«

Ich zuckte mit den Achseln. »Ich weiß nicht.«

»Gibt es jemand anderen?«

»Nein«, sagte ich. »Ich habe klar Schiff gemacht. Ich bin allein.«

»Bist du glücklich darüber?«

Ich zuckte wieder mit den Achseln. »Man gewöhnt sich dran.«

»Ich nicht. Ich hasse es.«

Ich dachte an die ganzen Zeitungsstories, die ich über sie gelesen hatte. Über sie und ihre Lover. »Du mußt sicher nicht lange allein bleiben.«

Als könnte sie meine Gedanken lesen, sagte sie: »Ich bin schrecklich einsam, Nick. Ich lese immer, daß ich diesen oder jenen Typen gebumst haben soll. Gott, wenn ich so viel ficken würde, wäre meine Pussy völlig ausgeleiert.« Sie lachte und drückte ihre Zigarette aus.

Ich mußte auch lachen. Der Job hätte mir gut gefallen, aber mir war klar, daß ich ablehnen mußte. Zum einen mochte ich sie zu sehr, obwohl ich langsam herausbekam, was für ein raffiniertes Biest sie war. Zum anderen konnte ich immer noch den Kuß spüren, den sie mir im Auto gegeben hatte.

»Also, was sagst du, Nick?«

»Ich hab einen Job«, sagte ich. »Hier, bei euch allen. Ich bin im voraus bezahlt worden. Und ich mache meine Arbeit nicht besonders gut. Warum solltest du wollen, daß ich für dich arbeite?«

»Ich mag dich.«

»Ich mag dich auch«, sagte ich. »Warum belassen wir es nicht einfach dabei? Ich bin ein schlechter Angestellter. Ich komme nicht gut mit Vorgesetzten klar. Es ist besser, wenn ich freiberuflich bleibe. Weniger Streß für alle Beteiligten.«

»Es wäre ganz anders.«

»Das sagen alle potentiellen Arbeitgeber.«

»Ich mein es ernst.«

»Hör mal, Ninotchka«, sagte ich. »Ich finde dich wirklich toll. Aber das heißt nicht, daß ich dir gehöre. Ich bin in der Nähe, bis wir rausgefunden haben, was los ist. Ich komme mir mies vor, wenn ich Geld von der Band kassiere und nicht dafür arbeite.«

»Wir haben dir doch nur ein mieses Trinkgeld gezahlt«, sagte sie verächtlich. Wie reiche Leute das immer so sagen.

»Siehst du, was ich meine?« fragte ich. »Sobald es um Geld geht, ändert sich alles.«

»Tut mir leid, Nick«, sagte sie. »Ich benehme mich wie ein Arschloch. Normalerweise tun die Leute, was ich will.«

»Wahrscheinlich. Rühren wir nicht daran.«

»Heute abend Dinner?«

»Du bist hartnäckig.«

»Ich versuch mein Bestes.«

»Es gibt eine Million Kerle ...«

»Sicher«, unterbrach sie mich. »Aber ich will mit dir zu Abend essen.«

»Laß mich vorher mit Lomax reden. Ich schließe besser Frieden mit ihm.«

»Rufst du mich an?«

»Natürlich.«

»Versprochen?«

»Versprochen.«

»Bringst du mich auf meine Suite?«

»Mit Vergnügen.«

Wir standen auf, und plötzlich lag sie in meinen Armen und wir küßten uns. Wie ein Schmetterling in meinem Mund. Dann ließ sie mich los. »Tut mir leid«, sagte sie. »Das hätte ich nicht tun sollen. Ich finde alleine raus.« Sie rannte davon und knallte die Tür hinter sich zu.

10

Ich entdeckte Lomax in der Bar. Wieder mal saß er mit einem exotischen Cocktail im Dunkeln. »Immer noch da, Sharman?« fragte er.

»Darüber wollte ich mit Ihnen reden.«

»Reden Sie.«

»Ich hab bislang einen beschissenen Job gemacht«, gab ich zu. »Eigentlich gar keinen.« Ich stand eine Minute lang schweigend da und kam mir vor wie ein Idiot. »Das hat zwei Gründe«, sagte ich. »Der eine ist, daß ich das, was ich tue, nicht mehr ausstehen kann. Herumschnüffeln. Und etwas aufstöbern, was nicht zur Ruhe kommt, bis jemand verletzt wird.«

»Oder Sie selbst.«

»Oder ich«, stimmte ich zu. Es wurde wieder still.

»Und der zweite Grund?«

»Sie hatten recht.«

Ich konnte seinen Gesichtsausdruck im Dämmerlicht der Bar nicht erkennen, und es war mir auch egal, wie er es aufnahm. Er griff nach hinten, schaltete das Licht ein und sah mich an. Dann lachte er.

»Ehrlich sind Sie, das muß man Ihnen lassen.«

»Ich geb mir Mühe.«

»Wollen Sie aufhören?«

»Nein. Ich hab ein paar ganz nette Leute getroffen, ich hab Ihnen die Arbeit zugesagt, und ich hab den Scheck und die

Klamotten genommen. Jetzt werde ich tun, wofür ich bezahlt werde, wenn Sie mich noch wollen. Wenn nicht, werde ich Ihnen die Kosten irgendwie erstatten.«

»Nicht nötig«, sagte er. »Bleiben Sie.«

»Danke. Es tut mir leid. Ich habe einen Tag vergeudet.«

»Vergessen Sie's. Es ist alles ruhig.«

»Im Moment.«

»Gute Security.«

»Das kann man wohl sagen.«

»Premiere ist 'ne gute Firma.«

»Yeah. Allein die Größe dieser Typen! Ich weiß nicht, wie andere das sehen, aber mich ängstigen sie zu Tode.«

Er lachte wieder. »Sagen Sie's nicht weiter, aber: mich auch. Und ich bezahle sie.«

»Es war dumm von mir, Don gestern nacht hier zu lassen.«

»Kein Problem. Wie gesagt: alles ruhig. Also, was haben Sie jetzt vor?«

»Was ich von Anfang an vorhatte. Mit den Leuten reden.«

»Dann bleiben Sie einfach hier. Die Nachmittagsschicht dürfte bald hier sein. Ehrlich gesagt frage ich mich, wo sie bleiben.«

Wie um seine Worte zu unterstreichen, öffnete sich die Tür, und drei Riesen kamen herein. Ich kannte sie noch nicht.

»Roadies«, sagte Lomax.

»Hab ich mir gedacht.«

»Fangen Sie mit denen an«, sagte er. »Aber Vorsicht. Sie können etwas ...«, er zögerte, »... ungeschliffen Fremden gegenüber sein. Ja, ungeschliffen ist gut. Sie waren in jener Nacht auf Trashs Suite.«

»Ach ja? Wie interessant. Ja, ich würde mich gerne mit ihnen unterhalten.«

»Prima. Vergessen Sie bloß nicht, daß sie sehr unangenehm werden können, wenn man sie gegen den Strich bürstet.«

»Ich versuch's einfach«, sagte ich.

Lomax stand auf und winkte die Roadies zu uns herüber.

Sie holten sich jeder ein Bier an der Bar und kamen dann an unseren Tisch. Sie betrachteten mich wie ein Insekt in der Kloschüssel. »Nick Sharman«, stellte Lomax mich vor.

Einer der Roadies, ein Bär mit einem Baseballkäppi, dessen Schirm sein eines Ohr überschattete, sagte: »Ham wir gehört. Hat Chippy uns erzählt.« Er war Amerikaner.

»Seltza«, sagte Lomax. »Roadie für Gitarren.«

Ich nickte ihm zu.

»Turdo, Drums«, sagte Lomax und wies auf den Mann rechts von Seltza. Er war auch groß und hatte langes, fettiges Haar, das er zu einem Pferdeschwanz zusammengebunden hatte. Er machte sich nicht die Mühe, zurückzunicken.

»Chick«, sagte Lomax und nickte dem dritten Mitglied des Trios zu. Chick war hoch aufgeschossen, und sein Gesicht war voller Akne-Narben. Er trug ein Jeanshemd, Jeans und einen roten Gürtel. Seine Augen tasteten mich ab, dann nahm er einen Schluck Bier. Nette Jungs, dachte ich.

»Chick ist der beste Rigger im ganzen Businеß«, erklärte Lomax. Ich fragte mich, was ein Rigger ist, sagte aber nichts. »Nick möchte euch ein paar Fragen stellen«, fuhr Lomax fort. »Sagt ihm einfach, was er wissen will. Er ist auf unserer Seite.«

Ich wurde das Gefühl nicht los, daß die drei das anders sahen.

»Tja, Jungs, ich muß dann mal los«, sagte Lomax. »Arbeit, nichts als Arbeit.« Er stand auf. Turdo trat einen Schritt zur Seite, um ihn rauszulassen. »Viel Spaß«, sagte er zu mir.

Ich nehme an, das war seine Rache. Nach seinem Abgang war es still. Ich betrachtete die Mitglieder der Road-Crew. Dann fragte ich Seltza: »Ihr wart auf Shapiros Suite, als er vergiftet wurde?«

Er zuckte mit den Achseln. »Klar.«

»Ist euch etwas aufgefallen?«

»Was denn?«

»Irgend etwas Ungewöhnliches.«

»Ich war voll weg, Mann. Mir is' nix aufgefallen, gar nix.«

»Außer Lindys Titten«, sagte der, den sie Turdo nannten. Er war auch Amerikaner. Sein Akzent schien auf dem Rücken eines Alligators aus den Everglade-Sümpfen gekrochen zu sein. Irgendwann mußte ich ihn mal fragen, warum sie ihn Turdo – Scheißer – nannten.

Seltza warf ihm einen wütenden Blick zu.

»Seid ihr schon lange Roadies?« fragte ich.

»Ja, Mann«, sagte Turdo. »Mein ganzes verficktes Leben lang.«

»Gute Band, für die ihr arbeitet?«

»Okay, bis was Besseres kommt.«

»Hast *du* neulich nacht irgend etwas bemerkt?«

»Ich war nicht lange da«, sagte Turdo. »Hab noch 'ne Freundin besucht.«

»Der Gnadenengel«, sagte Seltza.

»Sie war krank«, sagte Turdo.

»Und da hast du dich auf ihre Bettkante gehockt«, sagte Seltza. »Und bist im Bett wieder aufgewacht.«

»Man muß schon ganz schön krank sein, um mit der ins Bett zu geh'n«, sagte Chick. Er sprach zum ersten Mal. Er hatte einen schottischen Akzent. Alle drei lachten und klatschten ihre Handflächen gegeneinander. Sehr *macho*. Ich fing an, mich zu langweilen, und außerdem hatte ich als einziger nichts zu trinken.

Ich sah Chick an. »Du warst auch da, oder?«

»Klar war ich.«

»Ist dir was aufgefallen?«

»Genauso viel wie ihm.« Er zeigte auf Seltza.

»Also hat keiner von euch irgendwas gesehen?« vergewisserte ich mich.

»Sieht so aus«, sagte Seltza.

»Danke«, sagte ich. »Ihr wart mir eine große Hilfe.«

»Bist wohl ein Witzbold«, sagte Chick.

Ich versuchte es andersherum. »Kennt einer von euch einen Typen namens Alan Gee? Algie. Er war Road-Manager.«

Turdo kicherte. »Road-Manager.« Er imitierte meinen Londoner Akzent. Na prima.

»Von Mark McBain?« fragte Chick.

Ich nickte.

»Von wem redet ihr, verdammt?« fragte Turdo.

»Du kennst ihn«, sagte Chick. »Ein echter Schrank. War mal bei *Queen.* War bei diesem verfluchten Open-air-Gig in Houston. Wo's so geregnet hat.«

»Der erste Regentag im ganzen Jahr«, sagte Turdo nachdenklich. »Und wir kriegen's ab. Ich erinnere mich. Was ist mit ihm?«

»Er wurde von 'nem verrückten Yankee abgeknallt. Scheiß Amis. Algie war in Ordnung. Sehr in Ordnung«, sagte Chick.

»Ich war dabei«, sagte ich.

»Wobei?« fragte Chick.

»Als er starb. Er hat mir das Leben gerettet.«

»Du warst das? Mann, ich hab davon gelesen. Es hat was mit McBain zu tun, nicht wahr? Ich hab ihn mal getroffen. Verrückter Sack. Ewig high. Gott, Mann, so ein Scheiß.«

»Allerdings«, sagte ich. »Algie war ein Freund von mir.«

»Und?« fragte Turdo.

Chick hob die Hand, um ihn zu bremsen. »Algie war cool. Hat sich nichts gefallen lassen. Warum hat er das getan? Warum ist er für dich krepiert?«

Ich zuckte mit den Achseln. »Keine Ahnung«, sagte ich. »Ich hab ihn leider nie gut genug kennengelernt. Aber du hast recht, er hat sich nichts gefallen lassen. Es war nicht das erste Mal, daß er mir geholfen hat. Ein Freund war gestorben, und er war für mich da.«

»'ne Menge Leute, die du kennst, sterben«, sagte Seltza.

Ich sagte nichts.

»Warum erzählst du uns das?« fragte Chick.

»Nur so«, sagte ich. »Ich weiß, daß ihr nicht wollt, daß ich hier herumschnüffle. Das wollte Algie auch nicht, als ich anfing, für McBain zu arbeiten. Aber ich bin hier. Das ist nicht zu ändern. Algie hat sich dran gewöhnt. Wir wurden Freunde. Er war ein toller Kerl. Ich wollte wissen, ob ihr ihn kennt und auch so drauf seid, oder ob ihr die dicken Macker markiert, damit ich abhaue. Denn das werde ich ohnehin nicht tun. Außerdem wollte ich euch sagen, daß ich nicht hier bin, um euch in die Quere zu kommen – es sei denn, ihr habt Shapiro das Heroin gegeben, an dem er fast verreckt wäre. Vielleicht können wir die ganze Sache ohne großen Aufstand klären. Aber wenn noch was schiefgeht, müssen wir die Bullen rufen, und die sind nicht besonders tolerant gegenüber bestimmten Entspannungstechniken.«

»Zum Beispiel?« fragte Seltza.

»Drogen.«

»Der Typ behauptet doch wohl nicht, daß wir Drogen nehmen«, sagte Chick. Seine Stimme war erkennbar freundlicher.

»Wir sollten unseren Anwalt anrufen«, sagte Turdo. »Das ist Rufmord.«

»Du hast gar keinen Ruf zum Morden«, sagte Seltza und trank sein Bier aus. »Will noch jemand eins?« fragte er.

Die beiden anderen Roadies hoben ihre Gläser. »Willst'n Bier?« fragte er mich.

»Klar«, sagte ich. Das Eis war gebrochen.

11

Den Rest des Abends verbrachte ich mit den Roadies. Wir aßen im Hotel-Restaurant zu Abend. Keith Pandora und seine beiden Gespielinnen waren auch da, außerdem eine ältere Frau, die den beiden ähnlich genug sah, um ihre Mutter zu sein. Sie war ein verblühtes Flower-Power-Mädchen, mit langen Haaren, zu schwarz, um echt zu sein, und zu lang für ihr Alter. Sie trug etwas, das sie vermutlich für ein Boheme-Outfit hielt: ihr langärmliges gemustertes Hemd hing über einen Minirock und eine schwarze Strumpfhose. Hochhackige Schuhe, eine Menge Silber, an einer Halskette ein Kristall. Ich verabscheute sie auf den ersten Blick.

Auf dem Weg nach draußen hielt Pandora an unserem Tisch und sagte: »Ich hab auf ihren Besuch gewartet.«

»Sie sind der nächste auf meiner Liste.«

»Wann?«

»Morgen.«

»Klar. Kommen Sie um elf, dann frühstücken wir zusammen.«

»Okay. Ich freu mich drauf«, erwiderte ich. Die Frau guckte mich an. Die beiden Teenies schauten gelangweilt drein und strebten schon zum Ausgang.

»Willst du uns nicht vorstellen, Keith?« fragte die Frau.

»'Tschuldigung«, sagte er. »Nick, das ist Andrea Batiste. Andrea, Nick Sharman.«

»Schön, Sie kennenzulernen«, sagte ich. Obwohl es das nicht war.

»Ganz meinerseits«, sagte sie und lächelte. Sie sah sofort jünger aus.

»Bis morgen«, sagte Pandora und ging. Andrea Batiste sah sich über die Schulter nach mir um.

Als sie durch die Tür waren, sagte Seltza: »Mann, was man alles mit diesen kleinen Knackärschen anstellen könnte.«

»Ey«, sagte Turdo, »ich würde mit ihnen duschen, und sie könnten mich abseifen und abrubbeln.«

»Seifentittenwichsen«, sagte Chick mit einem verträumten Ausdruck.

»Ihr seid widerlich«, sagte ich.

»Hey, Saubermann, reg dich ab«, sagte Seltza. »Sie mögen es genauso gern wie ihr haariger Ficker Pandora. Komm schon, Mann. Sag nicht, daß du nicht dran gedacht hast. Überhaupt gar kein kleines bißchen. Jeder hat das.«

Ehrlich gesagt, hatte ich, und das machte mir am meisten Sorgen. Ich muß zugeben, daß der Gedanke an die beiden jungen Körperchen mich anmachte. Dann dachte ich an Judith und schämte mich. »Klar«, sagte ich. »Ich hab dran gedacht. Und nachdem ich dran gedacht habe, hab ich daran gedacht, was wäre, wenn das meine kleine Tochter wäre. Wißt ihr, was ich meine?«

Es wurde still an unserem Tisch. »Oh«, sagte Seltza nach einem Moment und hob entschuldigend die Hand. »War nicht persönlich gemeint, Partner.« Er sagte: »Pordner«. »Wollte dich nicht anmachen. Themawechsel. Ich wußte nicht, daß du'n Kind hast.«

»Konntest du ja auch nicht«, sagte ich. »Vergiß es.«

Das taten wir. Und bestellten noch 'ne Runde.

»Wie steht's mit der Band?« fragte ich. »Wie ist der SP?«

»Wie bitte?« fragte Seltza.

»Der *Starting Price*«, erklärte ich. »Kommt vom Pferderennen. Die Geschichte von Anfang an.«

»Scheiße«, sagte Seltza. »Wie lang hast du Zeit?«

»Lang genug. Erzähl's mir.«

»Ich sag dir was«, sagte Chick, »das ist die tödlichste Band der Welt. Trash hatte echt Schwein.«

»Nein, Mann«, sagte Turdo. »Das ist nicht die tödlichste Band. Sie ham Pech, aber sie sind nicht tödlich.«

»Wer denn dann?« fragte Chick.

»*T. Rex*«, sagte Turdo. »Alle tot.«

»*Lynyrd Skynyrd*«, sagte Seltza. »Oder die *Allman Brothers*.«

»Was ist mit den *Bar-Kays*?« fragte Turdo.

Chick dachte darüber nach. »Okay, vielleicht sind sie nicht die tödlichste Band. Aber sie sind ganz nah dran.«

»Erzähl mir mehr«, sagte ich.

»Gott«, sagte Chick und zählte an den Fingern ab: »Der erste Drummer hat zuviel Acid genommen und ist ausgerastet. Ein Gitarrist ist bei den Moonies eingestiegen. Ein anderer landete im Irrenhaus.«

»Nein, Mann, das war ein Drummer«, unterbrach Seltza. »Dieser Schwachkopf Bobby Boyle, oder wie auch immer der hieß.«

»Zwei Drummer kamen also in die Klapsmühle. Aber Boyle haben sie wieder rausgelassen. Ich hab neulich mit Roger darüber gesprochen.«

»Weiter«, sagte ich.

»Zwei sind bei 'nem Autounfall umgekommen. Sie sind mit Corvettes zur Scheidung nach Las Vegas um die Wette gefahren. Keiner der Idioten wollte den anderen vorlassen. Ein Keyboarder hat nach einer Woche den Löffel abgegeben. Konnte den Druck nicht aushalten. Er war erst achtzehn. Noch nie von zu Hause weg gewesen. Sieben Tage auf Tour mit *The Box*, und du fühlst dich, als gäbe es kein Gestern und kein Morgen. Eines Tages ist er einfach nicht mehr aufgewacht. Dann kam Jackie Mulligan, spielte Baßgitarre und hat mit Pandora die angel dust genommen. Sie haben ihn auf'm Parkplatz gefunden, Gesicht nach unten. Er war so ausgeflippt, daß er seine Rübe unter den Reifen eines Trucks gesteckt hatte.«

»Genaugenommen war das kein Tod durch Rauschmittel«, sagte Seltza. »Sondern Selbstmord.«

»Kommt aufs selbe raus«, sagte Chick weise.

»Sapperstein ist mit seinem Flieger abgeschmiert, und Griff Fender starb auf der Bühne am Stromschlag. Diese Band hatte mehr Mitglieder als die verdammten Boston Philharmoniker.«

»Wieviele?« fragte ich.

»Was weiß ich. Siebzehn, achtzehn.«

»Vielleicht hast du doch recht, Chick«, sagte Turdo. »Vielleicht ist es die tödlichste Band.«

Wir dachte alle eine Weile darüber nach.

»Hört mal«, wechselte Seltza das Thema, »wer kommt mit auf meine kleine Ecke der Welt und zieht einen durch? Ich hab außergewöhnliches Gras.«

Turdo sagte, er wolle sein Mädel anrufen und hören, was sie macht. Chick sagte, es sei ihm eine Ehre, und ich hängte mich einfach dran.

Seltzas Zimmer war genau das – ein Zimmer. Immerhin ein schönes und luxuriöses Doppelzimmer. Er hatte eine dieser tragbaren Stereoanlagen aufgebaut und schob das erste *Doors*-Album in den CD-Player. Er drehte die Lautstärke etwas herunter und holte ein Tablett mit Papier und Gras aus einer seiner Kommodenschubladen.

»Das Problem mit den verdammten CDs ist, daß man auf dem Cover keinen Joint mehr rollen kann«, sagte er. »Ich bevorzuge immer noch die guten alten LPs.«

»Der Durchmarsch der Technik«, sagte Chick.

Langsam bekam ich das Gefühl, daß Chick auf seine ganz eigene Art und Weise ein kleiner Philosoph war.

Seltza drehte die Joints auf die amerikanische Art. Gras pur. Nur ein Papier. Kein Filter. Das Ende einfach flachgefalzt. Er rollte einen, zündete ihn an, nahm einen Zug, reichte ihn an Chick weiter und fing an, den nächsten zu drehen. »Nimm dir 'n Drink, Nick«, sagte er. »Der Kühlschrank is' voll.«

Ich ging rüber zur Minibar und holte mir ein Grolsch. Chick wollte auch eins. Seltza nahm Bourbon on the rocks. Ich holte die Drinks und tauschte sie gegen den Joint. Ich nahm einen Zug und inhalierte lange, bevor ich den Rauch ausströmen ließ. Der Geschmack erinnerte mich an andere Zeiten. Genau wie die Musik. Ich nahm meine Bierflasche und den Joint und setzte mich auf einen Stuhl vor dem Fenster. Es war ein warmer Abend. In der Dunkelheit verschwammen die Konturen der Bäume auf dem Platz vor dem Hotel. Zwischen den Songs der *Doors* konnte ich den Verkehrslärm hören, und die Kinder, die nach Hause gingen. Meine Gedanken waren wie ein Kaleidoskop und sprangen von einer Erinnerung zur anderen. So viele Leute. So viele tot. Und nicht genug Zeit, um neu anzufangen.

»Bunker den Joint nich'«, sagte Seltza.

Ich kehrte in die Wirklichkeit zurück. »Entschuldige«, sagte ich, nahm noch einen Zug und reichte den Joint weiter. Ich sah auf die Uhr. Es war fast neun. Seltza kramte wieder in seiner Kommode und holte einen Beutel weißes Puder hervor, groß genug, um damit ein Pferd zu erschlagen. Er strich fette Lines auf Glas. Dann nahm er einen Zwanziger raus und rollte ein Röhrchen daraus. »Jungs«, sagte er, »ich lade euch ein. Shorty war heute hier. Bestes pink Peruvian.«

»Bist du sicher?« Meine Stimme klang stoned, und ich hatte Schwierigkeiten, die Worte ordentlich auszusprechen.

»Klar, Mann«, sagte Seltza. »Hab's getestet. Guter, reiner

Stoff. Glaub mir.« Und als wolle er die Qualität des Produktes beweisen, zog er sich die erste Linie rein. »Fuck!« sagte er dann. »Irre. Tut euren Nasen was Gutes.«

Er gab mir den aufgerollten Zwanziger, und ich holte mir auch eine Line. Das Zeug haute rein, und ich spürte das bekannte Zittern. »Guter Stoff«, sagte ich. Chick gab mir den Joint und widmete sich dem Koks. Ich trank Bier, nahm einen Mundvoll Rauch und setzte mich wieder.

»Was machen wir jetzt?« fragte Chick und rieb sich die Nase.

»Abhotten?« fragte Seltza.

»Wer spielt?« Wieder Chick.

»*Cheap and Nasty's* im Astoria. *Fields of the Nephilim* im Town & Country. Bei den *Nasties* gibt's danach 'ne Party.«

»Dann auf ins Astoria«, sagte Chick. »Dann können wir hinterher auch nach Miezen gucken. Du kennst doch den Tourmanager, oder, Seltz?«

»Klar«, sagte Seltza. »Bei dem alten Sack hab ich noch ein' gut. Kommst du mit, Nick?«

»Nein«, sagte ich. »Ich muß morgen fit sein. Und ich hab das Gefühl, es wird eine lange Nacht.«

»Jede Nacht ist lang«, sagte Seltza. »Nächstes Mal?«

»Gern.«

»Morgen geben *The Miracle* einen Empfang. Sie ham ein neues Album. Willst du hin?«

»Wo?«

»*Inn On The Park*, glaub ich. Ich hab irgendwo 'ne Einladung. Alle gehen hin, sogar deine Freundin Ninotchka.«

»Ich komme«, sagte ich.

»Darauf hätte ich gewettet«, sagte Chick. Und dann lachte er bekifft.

»Jungs«, sagte ich, »wir sehen uns später. Ich werd mich mal umsehen. Was so anliegt.«

»Viel Spaß«, sagte Seltza.

»So ist das im Leben«, sagte Chick. »Tu nichts, was ich nicht auch tun würde.«

»Oder irgend jemand anders«, sagte Seltza.

»Klar«, sagte ich. »Nacht. Und danke für das Dope.«

»Gern geschehn«, sagte Seltza. »Ihr Apotheker ist stets zu Diensten.« Dann lachte er auch.

Ich ging auf meine Suite. Ich schloß die Tür auf, schaltete den Fernseher ein, machte mir einen milden Wodka-Tonic und lümmelte mich in einen Sessel. Ich muß über eine Stunde dort gesessen haben. Glotzte alles. Sah nichts. Genoß das Hoch, kippte aus der Wodkaflasche nach und trieb umher wie Laub im warmen Sommerwind. Dann klingelte das Telefon.

Ich nahm ab. Ninotchka war dran. »Wo zum Teufel steckst du?« Sie klang wütend.

»Hier. Noch Fragen?« antwortete ich.

»Ich dachte, wir waren verabredet?«

»Mir ist was dazwischen gekommen.«

»Fuck. Komm her. Jetzt.«

»Hey, beruhige dich«, sagte ich. »Nicht so schnell. Ich hab gearbeitet.« Ich fragte mich, warum ich mich rechtfertigte.

»Hierher. Jetzt«, sagte sie und legte mein Ohr auf.

His Master's Voice. Die Stimme seines Herrn. Mann, genauso hab' ich mir dieses Biz vorgestellt. Ich erhob mich, zog mein Jackett an und marschierte mitsamt meines Koks-Hangovers dorthin, wo die Musik spielte.

Don öffnete mir und ließ mich ein. Ninotchka saß auf dem Sofa. Sie trug einen sehr kurzen, schwarzen Rock und ein dunkelgrünes Levis-Hemd. Ihre Beine waren nackt. »Don, hau ab«, sagte sie.

»Sie wissen, was Mr. Lomax gesagt hat«, protestierte er.

»Fuck Mr. Lomax. Und jetzt hau ab und verschwinde«, zischte sie mit zusammengebissenen Zähnen. Sie sah fertig aus und klang auch so.

»Was ist mit ...«

»Verschwinde!« schrie sie.

Don schüttelte den Kopf und verschwand. »Ich warte draußen«, sagte er, bevor er die Tür hinter sich schloß.

Ich zündete mir eine Zigarette an. Daran war das Koks schuld, ich rauch dann drei Packungen am Tag. Ninotchka saß da und spielte mit mir Kaninchen und Schlange.

»Wo warst du?« fragte sie.

»Hab mich mit den Roadies besoffen«, sagte ich. Ehrlichkeit kommt immer gut.

»Klasse. Du bist also lieber bei diesen Ärschen als bei mir?«

»Nein. Ich hör mich um. Ich mach meinen Job. Die Zeit vergeht. Du weißt doch, wie es ist, wenn man sich amüsiert.« Langsam fühlte ich mich auch mies.

»Scheiße!« sagte sie. »Scheiße! Scheiße! Scheiße!«

Ich lehnte mich gegen die Wand und rauchte.

»Mach mir 'n Drink«, sagte sie. Kein »bitte«, wie mir auffiel.

»Was?« fragte ich. Meinte den Drink, nicht, daß ich sie nicht verstanden hatte.

»Wodka mit Grapefruit. Hast du gegessen?«

»Klar«, sagte ich. »Mit der Crew.«

»Gott, hast du dich verliebt in die? Habt ihr euch gegenseitig welche runtergeholt? Ich hab noch nichts gegessen heute.«

»Ruf den Zimmerservice an. Sie sollen dir ein Kalb schlachten«, sagte ich.

»Warum bist du so gemein?« kreischte sie und brach in Tränen aus.

Ach, Tränen. Lieben Sie das auch so wie ich?

Ich ignorierte ihr Schluchzen und ging zur Bar. Mixte ihren Drink und brachte ihn rüber. »Tut mir leid, ich hab kein Taschentuch«, sagte ich.

»Hau ab.«

»Gerade sollte ich herkommen. Jetzt soll ich abhauen. Es wär' mir lieber, du könntest dich entscheiden.«

Sie sah zu mir auf. Ihre Augen waren trocken und ihr Makeup nicht verwischt. »Tut mir leid, Nick«, sagte sie. »Du hast recht. Du hast einen Job. Ich bin nur so durcheinander von der ganzen Rumwarterei.«

»Shapiro kommt morgen aus dem Krankenhaus. Er wird bald wieder arbeiten können.«

»Gott sei Dank. Ich dreh noch durch, wenn ich noch länger hier rumhängen muß, ohne etwas zu tun.«

»Soll ich dir etwas zu essen bestellen?«

Sie schüttelte den Kopf.

»Was dann?«

»Bleib hier. Leiste mir Gesellschaft.«

»Klar.«

Also blieb ich. Aber sie war nervös und durcheinander. Eine ganz andere Frau als am Nachmittag oder am gestrigen Abend. Irgendwas war los, aber ich wußte nicht, was. Ich hatte immer noch einen dicken Kopf von dem Joint und dem Alk und dem Koks. Sie stand auf und lief umher. Sie schaltete die Stereoanlage ein und kramte in einem Stapel CDs. »Fuck!« sagte sie. »Wo ist das Scheißding?«

»Was?«

»Das Scheiß-*REM*-Album. Es war hier. Ich weiß genau, daß es hier war.«

»Beruhige dich«, sagte ich. »Es wird schon wieder auftauchen.«

»Du bist ja eine große Hilfe«, sagte sie. »Los, such es!«

Ich ging zu ihr. »*Document*?« fragte ich.

»Genau.«

»Hier ist es.«

»Dann leg's auf.«

Es klopfte an der Tür. Don steckte den Kopf herein.

»Darf ich Sie stören?« fragte er.

Sie ging zur Tür und versperrte meinen Blick darauf, was dort vor sich ging. Als sie sich umdrehte, sah sie wesentlich glücklicher aus. »Leg's auf, Nick«, sagte sie. »Ich muß mal ins Bad.«

»Okay«, sagte ich, schob den kleinen Silberling in den Player und drückte auf Start. Michael Stipe sang *Finest Worksong*, ich holte mir noch einen Drink und zündete eine weitere Zigarette an. Das Album lief, und sie kam nicht zurück.

Nach ungefähr zwanzig Minuten ging ich nachsehen. Ich klopfte an der Schlafzimmertür. Keine Antwort. Abgeschlossen. »Ninotchka«, rief ich. Nichts. Ich rüttelte am Türknauf. Laut. Wieder nichts. Scheiße, dachte ich.

Ich trat ein paar Schritte zurück und ließ meine Schulter

gegen die Tür krachen. Sie war dick und schwer und ließ mich abprallen. Ich wußte, ich würde einen Bluterguß bekommen. Ich crashte wieder dagegen. Diesmal knackte etwas. Beim nächsten Mal gab das Schloß nach, und die Tür flog auf.

Ich sah mich um. Die Nachttischlampe brannte. Das Bett war gemacht. Ninotchka lag darauf. Ihr Rock war hochgerutscht, und ich konnte sehen, daß sie eine schwarze Bikini-Hose darunter trug. Sie hielt eine aufgezogene Spritze in der rechten Hand. An der Nadelspitze brach sich das Licht der Nachttischlampe. »Du hättest die Tür nicht einschlagen müssen«, sagte sie. »Ich wollte dir gerade aufmachen.«

»Deswegen warst du so mies drauf«, sagte ich. »Du hast auf deinen Dealer gewartet.«

»Und er hat's geschafft«, sagte sie müde. »Was mehr ist, als du bisher gebracht hast. Willst du 'n Hit? Das beruhigt. Bringt dich drauf.«

»Nein, danke«, sagte ich. »Nicht mein Stil.«

12

Ich sah zu, wie Ninotchka eine Vene suchte und die Nadel in die blaue Schlange unter ihrer Haut stach. Ich dachte an das erste Mal, als ich gesehen hatte, wie sich jemand einen Schuß setzte. Ich brauche nur eine Spritze zu sehen, um daran denken zu müssen. Ich war sechzehn und ging noch zur Schule. Ende der sechziger Jahre, die Hippies waren schon nicht mehr so aufregend wie früher. Ich hing mit ein paar Ex-Mods und Möchtegern-Glam-Rockern rum, und natürlich hatten wir auch einen eigenen Skin und einen Biker, klar. Die meisten waren älter als ich, und ich bewunderte sie so sehr, wie ich sie ein paar Jahre später bemitleidete.

Da war ein Mädchen. Nein, eine Frau, zweiundzwanzig

oder dreiundzwanzig, die wir aus der Streatham High Road kannten. Wir trafen sie hin und wieder beim Bowling oder im Golden Egg. Sie gehörte nicht zu unserer Clique, aber wir kannten sie alle. Ich fand sie echt sexy. Sie kam vom Land und hatte immer noch so einen Dorf-Akzent. Aber ich hab mich nie daran gestört. Für mich war das Liebe. Ist es eigentlich immer noch.

Sie war groß und kräftig gebaut. Breite Schultern, große feste Brüste, breite Hüften. Aber ihre Beine waren ganz dürr. Überhaupt nicht stabil. Sie war blond, aber ich glaubte, es sei aus der Tube, und träumte davon, das auf die sichere Tour herauszufinden. Ihr Haar war strubbelig abgeschnitten, als hätte sie es selbst gemacht. Sie trug pinkfarbenen Lippenstift und eine dicke Schicht dunkles Make-up, um ihre Akne-Narben zu verbergen.

Sie arbeitete an einer Tankstelle in Brixton und fuhr Motorrad.

Das klingt vielleicht nicht doll, aber ich war damals sechzehn, und sie machte mich einfach wahnsinnig. Ihr tiefes, rauhes Lachen ließ mich sekundenschnell hart werden.

An einem Sommertag stand ich allein auf der Norwood Road herum, als sie mit ihrem Motorrad heranbretterte, anhielt und fragte, ob ich ihr was leihen könnte. Ich hatte ein bißchen Kleingeld, weil ich gerade ein Päckchen für meinen Vater zur Post gebracht hatte. Das lieh ich ihr. Ich hätte mir auch den Hals durchgeschnitten, wenn sie es gewollt hätte.

Sie sagte, ich solle am Freitag um vier zu der Tankstelle kommen, wenn sie bezahlt würde, dann gäbe sie mir das Geld wieder.

Meinem Vater log ich vor, ich hätte das Geld ausgegeben, und kassierte eine Tracht Prügel. Ich versprach, es ihm vom Lohn meines Samstags-Jobs zurückzuzahlen. Am Freitag hopste ich freudig von der Schule nach Hause und zog mir eine total ausgewaschene Jeans und ein passendes Shirt an. Stark, was? Dann setzte ich mir meine John-Lennon-Sonnenbrille auf und marschierte zur Tankstelle.

Sie hatte gerade Schluß, und sie roch nach Benzin und

Schweiß und Patschouli. Sie trug einen violetten Angorapulli, hautenge Jeans und Bikerstiefel. Ich hakte meine Daumen in den Bund meiner Jeans und hielt die Hände vor die Beule in meiner Hose.

»Hallo Nick«, sagte sie. »Willst du dein Geld?«

»Bitte«, sagte ich.

Sie öffnete ihre Lohntüte, nahm zwei Pfundnoten heraus und gab sie mir. »Danke«, sagte ich.

»*Ich* danke. Du hast mir neulich das Leben gerettet.« Sie erklärte das nicht weiter, und ich rechnete damals nicht nach, wie billig ihr Leben sein mußte.

»Gern geschehen«, sagte ich und wurde rot.

»Hast du was vor?« fragte sie.

»Nichts.«

»Wollen wir zu mir fahr'n und 'n Kaffee trinken?«

Tierisch. Irre. Affengeil. Ich mußte mich hinsetzen, um meine Jeans nicht zu sprengen. »Klar.«

»Wir können uns ja nachher 'n paar Bier holen.«

Meinetwegen könnte sie in Bier baden. Jedenfalls in Bier für zwei Pfund.

Sie holte ihre Maschine. Ich saß hinter ihr. Saß hinter ihr und hatte die Arme um ihre Taille gelegt. Meine Hände fünf Zentimeter von ihren Titten. Ich betete darum, daß sie sich nicht bewegte, mich nicht zwischen meinen Beinen berührte, denn dann hätte ich in meine Jeans gespritzt.

Wir fuhren aus Brixton nach Clapham. Sie hatte ein Zimmer in einem Reihenhaus in einer Seitenstraße. Damals waren die Häuser in der ganzen Gegend als kleine Einzelzimmer vermietet. In den Vierzigern und Fünfzigern waren die Einfamilienhäuser in Mietwohnungen umgewandelt worden. Damals wollte niemand, der auch nur einen Funken Verstand hatte, in Clapham leben. Mittlerweile leben dort eine Menge Leute mit einer Menge Verstand, und die meisten Häuser beherbergen wieder nur eine Familie. Alles ändert sich. Nichts bleibt. *Das* ist die einzige Wahrheit.

Das Zimmer war in einem dreistöckigen Haus. Als wir in die kleine Seitenstraße einbogen, sah ich zwei große Motorräder, die auf ihren Ständern standen, und mein Ständer verschwand. Zwei dreckige Kerle saßen auf den Stufen vor dem Haus und warteten auf sie. Sie kamen von der Weinlese in Frankreich und wollten bei ihr pennen. Wir gingen rauf, und die Jungs packten Wein und Dope aus, und ich kriegte einen Tee und fühlte mich, als wäre ich zwölf Jahre alt. Eine Menge Typen aus dem ganzen Haus gesellten sich zu uns.

Die zwei Biker saßen nebeneinander auf dem Boden und lehnten sich gegen die Wand. Sie hatten lange, dreckige Haare, Bartstoppeln und Ohrringe. Einer trug eine schwarze Weste, schwarze Lederhosen und Stiefel, der andere trug ein fettiges Jeans-Hemd und Jeans mit einem Ledergürtel. Es war warm, die Sonne schien zum Fenster hinein, und im Zimmer wurde es immer wärmer. Der Rauch von den Joints ließ mich schwindelig werden. Ganz klar: Jetzt, wo die Biker da waren, war ich überflüssig. Aber ich blieb einfach.

Gegen acht Uhr griff der Biker mit der Weste in seinen Rucksack und holte eine kleine Schachtel heraus. Die beiden Kerle amüsierten sich darüber, wie sie dieses Kästchen durch den Zoll geschmuggelt hatten. Der mit der Weste holte einen verbogenen Löffel heraus, der auf der Unterseite schwarz gebrannt war, und füllte etwas Wasser und einen weißen Puder hinein. Er rührte um, zündete sein Feuerzeug an und hielt es unter den Löffel. Die Flüssigkeit blubberte. Er goß etwas Wasser nach. Der andere Biker holte eine Spritze hervor und zog die Flüssigkeit auf. Inzwischen hatte der erste seinen Gürtel aus der Jeans gezogen und um seinen Oberarm gewickelt. Seine Venen waren mit Narben von Einstichen übersät. Sein Kumpel erledigte es für ihn. Er klopfte gegen die Spritze, damit keine Luftblasen darin blieben, führte die Nadel in die Vene ein, drückte die Flüssigkeit in den Blutkreislauf, sog schnell wieder die Mischung aus Blut und Smack in die Spritze und preßte sie wieder zurück in die Ader. Die Augen des ersten Typen quollen hervor, und seine Nase fing an zu laufen. Er ließ die Nadel im Arm stecken. Die leere Spritze hing herunter wie ein obszönes Ausrufezeichen.

Ich ging, bevor ich kotzen mußte. Ich verlief mich in den

dunklen Straßen von Clapham, aber das war mir egal. Schließlich kam ich zu einem Park, und ich saß da und sah zu, wie die Sonne hinter den Bäumen verschwand, und ich zitterte, als der Abend zur Nacht und der grüne Park schwarz wurde. Ich haßte sie in dieser Nacht. Sie hatte sich selbst verarscht. Ich glaube, ich habe sie nie wiedergesehen, und wenn doch, habe ich sie einfach ignoriert. So war ich damals. Dumm. Sie hätte es nicht einmal bemerkt. Heute weiß ich das.

Das Verrückte ist, ich kann mich ums Verrecken nicht mehr daran erinnern, wie sie hieß. Aber seit diesem Tag hasse ich Spritzen.

Mittlerweile war Ninotchka auf dem Trip. Ich saß auf der Bettkante, und sie hielt meine Hand. Sie lallte von Gott weiß was, und die Zeit verging.

Ich rauchte eine Zigarette nach der anderen, und unsere Hände verschmolzen im Schweiß.

Ich wollte noch ein oder zwei Leuten ein oder zwei Fragen stellen, aber ich würde sie nicht allein lassen. Also saß ich einfach da und rauchte. Sah zu, wie der Rauch meiner Zigarette wie ein Traum verschwand, in den Schattenecken des Zimmers.

13

Um zwei Uhr morgens schlief Ninotchka endlich ein. Ich schob ihre Augenlider hoch. Ihre Pupillen sahen normal aus, und sie atmete ruhig und regelmäßig. Ihre Hautfarbe war okay, und ihr Puls stark und gleichmäßig. Ich deckte sie mit der Daunendecke zu und machte mich auf die Suche nach Don. Er saß im Flur auf einem Stuhl und sah gelangweilt aus. Er stand auf, als ich die Suite verließ. »Ich hab ein Wörtchen mit dir zu reden«, sagte ich.

»Was?«

»Du hast es gehört.«

»Worüber?«

»Das weißt du.«

»Nein«, sagte er.

Ich ging auf ihn zu, und er spannte seine Muskeln an. Ich war so wütend, daß ich leicht böse Verletzungen hätte davontragen können. Doch dann hörten wir beide, wie jemand in unsere Richtung rannte, obwohl die Schritte vom dicken Teppichboden gedämpft wurden. Roger Lomax kam um die Ecke, rutschte beinahe aus, richtete sich wieder auf, sah uns. »Gott, Sharman!« keuchte er. »Endlich hab ich Sie gefunden.« Er atmete schwer. Seine Haut war grünlich-weiß und sah sehr ungesund aus.

»Was?« fragte ich und hatte Don schon vergessen.

»Kommen Sie«, schnappte Lomax. Er keuchte laut, als sei sein Mund trocken und die Zähne wackelten.

»Wohin?«

»Runter. Kommen Sie, um Gottes Willen!«

Ich folgte ihm. Wir benutzten die Treppe, zwei Stockwerke runter, auf den Flur, wo die Roadies wohnten.

In der Mitte des Flurs stand eine Tür offen. Davor standen zwei Frauen und klammerten sich aneinander fest. Eine der Frauen hatte einen blonden Stoppelhaarschnitt und trug eines dieser neumodischen orangenen Kleider aus Seide und Netzteilen, die aussehen wie ein Ballkleid aus den Dreißigern, das man in der Mitte abgeschnitten hat. Die andere war auch blond, hatte aber längere Haare. Sie trug ein schwarzes Minikleid und eine schwarze Strumpfhose. Chick und Seltza waren bei ihnen. Die beiden sahen ebenfalls grünlich aus. Irgendwer hatte auf den Teppich gekotzt. Es roch scharf und sauer in der warmen Luft.

»Da drin«, sagte Lomax und nickte in Richtung der Tür. Ich drückte sie ganz auf und ging hinein. Das Zimmer sah genauso aus wie das von Seltza. Es gab einen Ankleidetisch, eine Kommode, einen Tisch, vier Stühle, zwei Sessel und ein Doppelbett. Das Fenster war offen und die Vorhänge bewegten sich sanft im Wind.

Turdo lag auf dem Bett. Sein Kopf war zur Seite gedreht. Die Haut seines Gesichts war schwarz. Seine Augen standen weit vor, und seine Zunge hing zwischen den Lippen heraus. Sie sah aus wie ein Stück Leber. Um seinen Hals war eine zugezogene Schlinge aus Silberdraht zu erkennen. Aber das war noch nicht alles. Sein Hemd war voller Blut, und auch das Bettzeug hatte sich vollgesogen. Aus seiner Brust ragte ein Stück helles Holz, auf dessen Seite etwas in weißer Schrift gedruckt war. Es ragte ungefähr zwölf Zentimeter hoch und war offenbar mit einem Hammer oder etwas ähnlichem eingeschlagen worden. Das Zimmer stank nach Blut und Scheiße. Zusammen mit dem Geruch nach Kotze war auch ich kurz davor, mich zu übergeben. Ich ging zu Turdo hinüber und fühlte nach seinem Puls, obwohl selbst ich wußte, daß das Zeitverschwendung war. Kein Puls. Seine Haut war kalt. Ich sah mich um. Lomax lehnte im Türrahmen. Er sah nicht besser aus.

»Was ist das, verdammt?« fragte ich und zeigte auf Turdos Brust.

»Ein Drumstick«, sagte Lomax. »Einer der größten. Ein 2B.«

»Das glaube ich einfach nicht!« sagte ich. »Ein gottverfluchter Drumstick? Im Ernst?«

Ich ging zum Fenster. Turdos Zimmer lag nach hinten raus. Vor dem Fenster war eine Feuertreppe, die, gesäumt von einem eisernen Geländer, bis hinunter auf den Hof führte. Niemand zu sehen. Prima Security, dachte ich.

Ich schob Lomax auf den Flur. »Erzählen Sie.«

»Turdo hat seine Freundin Jane angerufen«, sagte er. Ich nahm an, daß sie die in Orange war. Auch egal. Zumindest jetzt. Sie fing an zu weinen, und ihr Schluchzen klang immer hysterischer. »Sie war nicht zu Hause. Er hinterließ eine Nachricht auf ihrem Anrufbeantworter, sie möchte doch noch vorbeikommen, wenn sie zurück wäre. Sie war mit Maddy in einem Club. Sie sind spät zurückgekommen. Sie haben das Band abgehört und sich ein Taxi hierher genommen. Unten sind sie Chick und Seltza begegnet. Sie sind zusammen hochgekommen. Die Tür war offen. Sie haben ihn so gefunden. Seltza hat mich geholt.«

»Haben Sie die Polizei angerufen?«

Lomax starrte mich an.

»Und sagen Sie jetzt bloß nicht: keine Polizei«, sagte ich. »Diesmal: Polizei. Und schaff sie aus dem Flur, Seltza, bring sie auf dein Zimmer. Mach ihnen einen Drink oder was weiß ich.«

Er nickte und flüsterte der Frau in Schwarz etwas ins Ohr. Sie nahm ihre Freundin bei der Hand. Gemeinsam zogen sie los. Lomax wollte ihnen folgen.

»Moment«, sagte ich. »Bevor Sie anrufen, sagen Sie Ihren Jungs, sie sollen alle wachmachen. Alles außer offiziellen Arzneimitteln verschwinden lassen. Die Bullen werden den Schuppen hier auseinander nehmen. Sie sollen den Stoff, nicht die Verpackungen, im Klo runterspülen. Die Jungs werden die Abflußrohre checken, nur so, weil man nie wissen kann.«

»Und die Verpackungen?«

»Wenn sie aus Plastik sind, sollen sie sie in Streifen schneiden und hinterherspülen. Papier sollen sie verbrennen und die Asche wegspülen. Und keine Spielchen. Die dürfen hier nichts finden. Und das gilt für alle, ist das klar?«

»Klar.«

»Auch die Band und irgendwelche Dealer, die zufällig heute nacht hier rumhängen. Machen Sie bloß keinen Scheiß. Alles muß clean sein. Nix versteckt. Die Bullen werden ihre Hunde holen, wenn sie denken, daß hier was nicht stimmt. Sie werden sie wahrscheinlich sowieso holen. Und noch was – sorgen Sie dafür, daß Pandoras Gespielinnen auf ihrem eigenen Zimmer sind. Und tun Sie, was Sie können, damit sich alle ordentlich aufführen.« Ich klatschte mir gegen die Stirn. »Scheiße!« sagte ich.

»Was?«

Ich zog ihn dicht zu mir. »Ninotchka«, sagte ich. »Sie liegt oben und schläft einen Schuß aus. Warum ham Sie mir nichts davon gesagt, zur Hölle?«

»Wovon?«

»Wovon?« höhnte ich. »Shapiro krepiert fast an Heroin. Ninotchka haßt Shapiro. Ninotchka hängt an der Nadel. Eine simple Gleichung. Eins plus eins gleich drei.«

»Hören Sie ...«

»Nichts da: Hören Sie!« unterbrach ich ihn. »Sie hätten es mir sagen müssen.«

»Konnte ich nicht«, sagte Lomax. »Wir waren zwei Jahre zusammen, als ich bei der Band angefangen hab. Sie hat mich aufgebaut. Genau wie Sie jetzt und hundert andere in den letzten zehn Jahren. Dann hat sie mich fallen gelassen. Bang!« Er schien sich zu beruhigen. »Aber ich mag sie immer noch, okay? Und ich konnte Ihnen nichts davon erzählen. Ich habe Sie gewarnt. Und dann habe ich mich entschieden, Sie es selbst herausfinden zu lassen.«

»Besten Dank. Von wem kriegt sie ihren Stoff?«

»Elmo.«

»Nicht Sandy?«

»Nein. Sandy hat Koks und so. Elmo Smack und Downer.«

»Gott, das ist wie in 'nem Kaufhaus hier«, sagte ich.

Er zuckte mit den Achseln.

»Okay, los jetzt. Rufen Sie die Bullen. Wir brauchen keine großen Lücken in unserer Story.«

»Bin schon weg«, sagte er und ging hinter den beiden Roadies und den Frauen her den Flur entlang.

14

Die Ankunft der Polizei war ungefähr so dezent wie die Sprengung eines Wolkenkratzers.

Sie kamen in Rudeln: laster- und kleinbusweise. Uniformiert und in Zivil. Sie riegelten den Platz vor dem Hotel ab, die Durchfahrt zum Parkhaus, die ehemaligen Ställe und alle Ein- und Ausgänge. Ich erwartete beinahe, daß auch noch Helikopter mit Suchscheinwerfern auftauchen und die Bullen in Millionen Watt baden würden.

Um drei Uhr morgens war das ganze Hotel voll mit unseren Freunden und Helfern. Chick, Seltza und ich wurden getrennt vernommen – wir waren die letzten, die Turdo lebend gesehen hatten.

Ich wurde zuerst in das Büro des Hotelmanagers gesteckt, zusammen mit einem verärgert dreinschauenden Constable, der wie ein Gesundheitsfreak aussah und es offensichtlich mißbilligte, daß ich rauchte. Ich wartete eine Stunde und fünf Zigaretten lang, bis ich befragt wurde.

Zwei Typen in Anzügen kamen zur Tür herein und entließen den Constable. Der eine schien ungefähr 35 Jahre alt zu sein, trug einen grauen Zweireiher und hatte dreckige Schuhe. Sein Haar war fettig und schwarz und wußte nicht so recht, ob es nun lang wachsen wollte oder nicht. Er sah aus wie jemand, der zwar gerade noch ein Ticket bekommen, dann aber doch das Boot verpaßt hatte. Der andere war um die 50 und trug einen dunkelblauen Einreiher mit passender Weste. Seine Schuhe funkelten, und sein graues Haar war kurz geschnitten. Er sah aus wie jemand, der immer in der ersten Klasse landet, egal ob mit Ticket oder ohne.

»Carpenter«, sagte er, als der Uniformierte weg war. »Chief Superintendent. Das ist mein Kollege, Detective Inspector Ripley. Sie sind Mr. Sharman.«

Wie beruhigend, das zu hören. »Da bin ich aber froh«, sagte ich.

»Wie bitte?« fragte Carpenter.

»Nichts«, sagte ich. »Es ist einfach nur spät, wissen Sie?«

»Ich bin mir der Uhrzeit wohl bewußt, Mr. Sharman«, sagte Carpenter. Ich hatte das Gefühl, als wüßte er ganz genau, wer ich war.

»Kann ich etwas zu trinken bekommen?« fragte ich.

»Hol' Tee, Mike«, sagte Carpenter.

Ripley verzog das Gesicht, ging zur Tür, öffnete sie, brüllte:

»Tee!«, schloß die Tür und gesellte sich wieder zu seinem Herrchen.

»Danke«, sagte ich.

Ripley stellte zwei Stühle vor das Sofa, auf dem ich saß. Er und Carpenter setzten sich vor mich. Ripley holte ein Notizbuch und einen billigen Stift hervor. Ich saß einfach da und sah sie an.

»Erzählen Sie mir von heute nacht«, sagte Carpenter.

Ich erzählte. Ripley notierte. Das einzige, was ich ausließ, war der Genuß illegaler Drogen.

Mitten in meiner Story klingelte das Telefon. Ripley nahm ab. Er hielt die Muschel zu und fragte: »Ceylon, China oder Earl Grey?«

Carpenter sah aus, als habe er eine ganze Grapefruit auf einmal verschluckt. »Einfach nur Tee«, sagte er.

»Ceylon für mich«, sagte ich.

»Ceylon«, sagte Ripley und legte auf.

Ich erzählte zu Ende.

»Also, Sie haben Duane Tucker zum letzten Mal um etwa neun Uhr abends lebend gesehen?« fragte Carpenter, als ich fertig war.

Ich vermutete, daß Duane Tucker unser Turdo war. Aber ich fragte lieber nach. Vermuten Sie nie. Es kann Ihnen eine Menge Ärger einbringen. Aber ich hatte recht. Ich bestätigte Carpenters Aussage.

»Er wollte seine Freundin, Miss Hillman, anrufen?«

»Ich weiß ihren Namen nicht«, sagte ich. »Aber er wollte seine Freundin anrufen, das stimmt.«

»Und Sie haben ihn nie wieder gesehen?«

»Lebend nicht.«

»Sie haben den Rest des Abends bei Miss Landry verbracht?«

»Ninotchka«, sagte ich.

Er nickte.

»Nicht den ganzen Abend«, sagte ich. »Ich bin erst gegen zehn auf ihre Suite gegangen.«

»Und vorher?«

»Habe ich mit den Roadies was getrunken und bin dann hoch gegangen.«

»Auf Ihr Zimmer?«

»Ja.«

»Allein?«

»Korrekt.«

»Wie lange kannten Sie Tucker?«

»Ein paar Stunden.«

»Und die beiden anderen Mitarbeiter des Aufbautrupps, Wallace und Feldman?«

Diese Namen irritierten mich. Es stellte sich heraus, daß Wallace Chick war, und Feldman war Seltza. »Genauso lange«, sagte ich. »Ich habe sie alle drei am späten Nachmittag kennengelernt.«

»Und was haben die anderen gemacht, als Sie auf Ihr Zimmer gegangen sind?«

»Sie sagten, sie wollten ausgehen. Sich ein Konzert im Astoria anhören.«

»Charing Cross Road«, erläuterte Ripley.

Carpenter nickte. »Was genau tun Sie hier, Mr. Sharman?« fragte er. »Das ist schließlich nicht Ihre übliche Gegend hier.«

Jetzt wußte ich, daß er mich kannte. »Ich wußte nicht, daß ich einen Paß brauche, um auf die andere Themseseite zu wechseln.«

Carpenter starrte mich giftig an. Der Tee kam. Er wurde von einem Jones-Kellner serviert, der von einem uniformierten Constable überwacht wurde – vermutlich, damit der Kellner uns keine Feile auf dem Teller mit Gebäck servierte. Der Tee wurde in China-Porzellan auf einem Silbertablett aufgetragen. Eine deutliche Verbesserung gegenüber der Brühe in den behördlichen Vernehmungszimmern, fand ich.

»Das ist einer der Gründe«, sagte ich. »Der Zimmerservice.«

»Noch welche?«

»Mein Job«, sagte ich.

»Was für ein Job?«

»Security«, sagte ich. »Man hat mich empfohlen.«

»Wer?«

»Ein alter Klient.«

»Hat dieser Klient möglicherweise einen Namen?«

»McBain«, sagte ich. «Mark McBain.«

»A-ha. Und was sollen Sie hier tun?«

»Aufpassen.«

»Das war auch nötig«, sagte Carpenter trocken.«

»Die ganze Sache ist doch völlig verrückt«, sagte ich. »Wie in 'nem Vampirfilm.«

Carpenter sah mich an. Jetzt würde er sich entweder wie ein normaler Mensch benehmen oder den Harten spielen.

»Ungewöhnlich«, stimmte er mir zu.

»Um es vorsichtig zu formulieren. Was hatte er eigentlich um den Hals?«

»Eine Gitarrensaite. Damit wurde er umgebracht. Jemand hat sie als Garotte verwendet. Dann wurde er aufs Bett gehievt, und ihm wurde dieser Stock durch die Brust gehämmert. Hat ihn auf die Matratze genagelt.«

»Ein Drumstick.«

»Woher wissen Sie das?«

»Roger Lomax hat es erkannt und mir gesagt.«

»Musiker haben schon ein tolles Leben«, sagte Carpenter.

Ich ignorierte diesen Scherz.

»Er war angespitzt«, fuhr er fort.

»Ziemlich verrückt«, sagte ich.

»Wir leben in einer verrückten Zeit. Mit verrückten Leuten.«

»Trotzdem. Wann ist es passiert?«

»Sollte ich Ihnen das sagen?«

»Vielleicht nicht, aber früher oder später wird's mir jemand sagen. Oder ich les es in der Zeitung nach. Ich schätze, die sind durchaus interessiert an dem Fall.«

»Diese Bazillen!« sagte Carpenter. »Sie krabbeln am Eingang herum und jaulen wie eine Jagdmeute.« Er kriegte seine Metaphern durcheinander, aber es war schließlich schon spät, und warum hätte ausgerechnet ich Sprachkorrektheit anmahnen sollen? »Es ist gegen elf Uhr dreißig passiert.«

»Das habe ich mir gedacht. Der Körper war schon etwas totenstarr, als ich ankam.«

»Haben Sie ein Alibi?«

»Brauche ich eins? Ich hab mit dem Mann zu Abend gegessen und ein paar Drinks mit ihm genommen. Wir hatten uns gerade erst kennengelernt. Ich erwürge Leute normalerweise erst mit einer Gitarrensaite und schlage ihnen einen Pflock durch die Brust, wenn ich sie mindestens einen Monat kenne.«

Bevor Carpenter etwas erwidern konnte, wurden wir von einem Klopfen an der Tür unterbrochen. Er sah genervt aus. Ripley stand auf und öffnete. Draußen konnte ich eine Uniform erkennen. Ripley und der Uniformträger flüsterten eine Minute, dann nahm Ripley ihm etwas ab, schloß die Tür und reichte das, was er bekommen hatte, Carpenter. Der betrachtete es, grinste wütend und gab es Ripley zurück. »Ihr Anwalt ist da«, sagte er zu mir.

»Mein Anwalt weiß nicht mal, daß ich hier bin.«

Ripley gab mir das Ding. Es war eine große, feste, cremefarbene Visitenkarte. Nicht so billige Dinger, wie man sie von Taxifahrern kriegt, nur um sie zu zerreißen und Filter für Joints daraus zu drehen. Und sie mußte so groß sein, damit das gute Dutzend Namen der Sozietätsmitglieder Platz hatte, die in Stahlstich aufgedruckt waren. Selbst ich kannte diesen Laden. Er war so alteingesessen, daß Lincoln Inn vermutlich noch freies Feld gewesen war, als sie ihr Schild heraushängten, und die Kanzlei war so angesehen, daß, wenn der Premierminister jemals einen Strafzettel bekäme, sie die ersten wäre, die er um Hilfe bitten würde. Ich betrachtete die Karte, und als ich aufsah, betrachteten Carpenter und Ripley mich.

»Schwere Geschütze«, sagte Carpenter.

»So schwer, wie sie sein können, bevor man zu Nuklearwaffen greift«, sagte ich.

»Nicht Ihre Hausanwälte, wenn ich das so sagen darf?« merkte er an.

Er vermittelte den Eindruck, mein Hausanwalt stünde mit Sicherheit kurz vor dem Rauswurf aus der Anwaltskammer und könne sein Büro in einem Hut herumtragen. Was gar nicht so falsch war.

»Nein«, bestätigte ich.

»Tja, dann machen wir wohl besser Schluß«, sagte Carpenter zu Ripley. »Dann kann Mr. Sharman sich mit seinem Verteidiger besprechen und schlafen gehen. Wir wollen schließlich nicht angeklagt werden, Zeugen unter Druck gesetzt zu haben, vor allem nicht von einem Mitglied dieser ehrenwerten Firma.« Dann sagte er zu mir: »Bitte, halten Sie sich am Morgen zur Verfügung.«

»Ich darf die Stadt nicht verlassen?« fragte ich.

»Das Hotel«, sagte Carpenter. Ripley und er standen auf und gingen.

15

Ich blieb noch ein oder zwei Minuten auf dem Sofa sitzen, dann stand ich auf und ging ebenfalls. Es war verdammt spät, oder verdammt früh, ganz wie Sie wollen. Der junge Mann, der im Flur auf mich wartete, sah jedoch so aus, als hätte er gut geschlafen, sich rasiert, geduscht, und dann in aller Seelenruhe sein Outfit ausgewählt.

Er trug einen schwarzen Maßanzug, eine gemusterte Weste, ein dunkelgrünes Hemd mit steifem weißen Kragen und auf Hochglanz polierte, spitze schwarze Schuhe. Ein weißes Seidentaschentuch lugte aus seiner Brusttasche. Sein Haar war kurz geschnitten, und er hatte einen messerscharfen Rechtsscheitel. In der linken Hand hielt er eine schwarze Aktenmappe aus Leder mit goldenen Initialen. Er sah so gepflegt aus, daß ich mich beinahe nach der Plastikverpackung umgesehen hätte, in der er angeliefert worden war.

»Mr. Sharman?« sagte er und streckte mir seine rechte Hand entgegen. »James Prendegast, zu Ihren Diensten.«

Ich warf einen Blick auf die Visitenkarte, die ich immer noch in der Hand hielt. James Prendegast war einer der Chefs. »Mein neuer Anwalt?« fragte ich.

»Genau.«

Ich schüttelte ihm die Hand. Sein Griff war fest und warm und beruhigend.

»Auf Kosten der Band, nehme ich an?«

»Genau. Ich freue mich, Sie kennenzulernen.«

»Ganz meinerseits«, sagte ich. »Sie scheinen ganz schön gefährlich zu sein. Auf alle Fälle haben Sie mir diese beiden Kerle in nullkommanichts vom Hals geschafft.«

»Manchmal hat unser Firmenname diesen Effekt.« Er lachte. »Aber ich segle leider unter falscher Flagge. Der James Prendegast auf der Karte ist mein Vater. Ich bin der Junior, und zwar nicht nur seiner. Und ich bin nicht der einzige von uns hier. Ein oder zwei unserer Kollegen laufen hier noch herum. Sie haben also nur den Trostpreis gewonnen.«

»Besser als gar keinen Preis«, sagte ich. »Und Sie hatten schließlich den erwünschten Effekt.«

»Das ist eine angenehme Einstellung. Können wir auf Ihre Suite gehen? Ich hätte da einige Fragen.«

»Es ist sehr spät«, sagte ich.

»Ich brauche nicht lange, versprochen. Nur ein paar Sätze, und dann mach ich mich vom Acker.«

»Na, dann kommen Sie«, sagte ich, und wir gingen zum Lift. Auf dem Flur vor meinem Zimmer trafen wir Wilfred. Er wollte unbedingt wissen, was vorgefallen war, er habe schon so viele Gerüchte von den Reportern aufgeschnappt, die vor dem Hotel lauerten. Es war nicht einfach gewesen, sagte er, zuerst an der Presse und dann an den Polizisten vorbei ins Hotel zu gelangen. »Ich muß das Frühstück vorbereiten, habe ich gesagt«, erzählte er uns. »Ich bin in elf Jahren nicht einmal zu spät gekommen, und ich werde jetzt nicht mehr damit anfangen.« Er hatte einige Spätausgaben der Tageszeitungen dabei. Der Mord an Turdo war auf allen Titelseiten. Ich nahm ihm ein paar davon ab, und als Gegenleistung versprach er uns frischen Kaffee innerhalb von fünf Minuten.

»Toll, Wilfred«, sagte ich. »Ich wüßte nicht, was wir ohne Sie täten.«

»Perrier trinken, Sir«, sagte er. »Ich bin gleich wieder bei Ihnen.«

Ich bat Prendegast jr. in meine Suite. Er setzte sich an den Tisch, holte einen Notizblock aus seiner Brieftasche und einen schwarzgoldenen Mont-Blanc-Füller aus seiner Brusttasche. Ich setzte mich aufs Sofa.

»Also, Mr. Sharman«, sagte er. »Wir scheinen da ein paar Probleme zu haben.«

»Wir?«

»Die Hilfstruppen von *Pandora's Box.*«

»So kann man es wohl auch sagen«, befand ich.

Er lächelte wieder. »Wollen sie bleiben?«

»Bleiben?«

»Werden Sie mit Ihrer Arbeit fortfahren?«

»Aber sicher.«

»Großartig. Ich denke, sie werden jemanden wie Sie in den nächsten Tagen nötig haben.«

»Wahrscheinlich wären sie mit jemandem wie Ihnen besser bedient. Beim Klang meines Namens nehmen die Bullen jedenfalls nicht Reißaus. Eher im Gegenteil.«

»Möglich, aber Sie haben andere Qualitäten.«

»Ich möchte sie im Moment nicht aufzählen müssen«, sagte ich. Es klopfte an der Tür. Ich ging hin und machte auf. Wilfred stand draußen, er trug ein Tablett mit einer Kaffeekanne, Tassen, Milch und Zucker. Ich hielt ihm die Tür auf. Er stellte das Tablett auf den Tisch und goß uns zwei Tassen ein. »Danke, Wilfred«, sagte ich matt.

»Ich gehe richtig in der Annahme, daß Sie nicht geschlafen haben, Sir?«

»Richtig.«

»Werden Sie bald zu Bett gehen?«

»Nein.«

»Dann könnten Ihnen die hier helfen.« Er holte zwei türkisgraue Kapseln aus seiner Westentasche.

»Ist das, was ich glaube, das es ist?«

»Amphetamine, Sir«, sagte er. »Sie leisten unschätzbare Dienste an einem frühen Morgen nach einer langen Nacht.«

»Wilfred, ich bin verblüfft. Sind die Dinger legal?«

»Absolut, Sir. Ich habe ein Rezept von meinem Arzt dafür.«

Ich nahm die Kapseln. »Na, dann vielen Dank. Was kann ein bißchen mehr Speed meinem Körper schon noch schaden?« Ich schluckte die beiden und spülte sie mit Kaffee runter. Prendegast jr. sah wortlos zu. Wilfred verließ uns, und ich setzte mich mit meiner halbleeren Kaffeetasse wieder aufs Sofa.

»Was ist letzte Nacht passiert?« fragte Prendegast jr.

Ich erzählte es ihm. Die Kapseln fingen an zu wirken, und langsam ging es mir besser. Wir tranken die ganze Kanne leer. Prendegast jr. war auf Zack. Bevor er ging, um sieben Uhr morgens, bat er mich, ihn anzurufen, wenn mir noch etwas Wichtiges einfiele. »Mischen Sie den Laden auf«, sagte er zum Abschied. »Das können Sie bestimmt hervorragend. Ich melde mich.« Wir schüttelten einander wieder die Hände.

Nachdem er weg war, duschte ich, rasierte mich, zog mir frische Sachen an und ging los. Mal sehen, was mir so unter die Augen kam.

16

Ich ging runter ins Restaurant im Erdgeschoß. Obwohl es früh am Morgen war, waren die Road-Crew und alle möglichen Hilfstruppen-Leute von *Pandora's Box*, wie Prendegast jr. es so schön gesagt hatte, da. Es sah aus, als hätten sie sich ängstlich aneinandergekuschelt. Obwohl der Raum voll war, war es unangenehm still, und kaum jemand schien etwas zu essen. Statt dessen flüsterten alle miteinander, tranken viel Kaffee und rauchten Zigaretten. Kein einziges Mitglied der Band war da. Chick und Seltza saßen zusammen mit Chippy an einem Ecktisch. Ich ging zu ihnen hinüber.

Chippy sah auf und entdeckte mich. »Ah – Scheiß Magnum P. I. ...«, begrüßte er mich. Seltza beschwichtigte ihn. Die drei Roadies waren bleich und sahen wütend aus. »Hi, Nick«, sagte Seltza. »Blöder Morgen, was?«

»Du sagst es.«

»Setz dich, Mann«, sagte er. »Willst du was essen?«

Ich war nicht hungrig, dachte aber, vielleicht könnte ich ein paar Rühreier über den Teller schieben. Der Kellner nahm meine Bestellung auf, als er uns zwei Kannen frischen Kaffee servierte. Ich goß mir eine Tasse ein und nahm mir eine von Seltzas Zigaretten. »Habt ihr geschlafen?« fragte ich.

»Nein, Mann«, sagte Chick. »War keine gute Nacht dafür.«

»Wie lang wart ihr bei den Bullen?«

»Zu lange«, sagte Seltza. »Aber dann ist so'n Briten-Anwalt aufgekreuzt, und die Cops haben mich laufen lassen. Und selbst?«

»Genauso.«

»Bei mir auch«, sagte Chick. »Irgendeinen Vorteil muß es ja haben, daß wir für 'ne reiche Band arbeiten.«

»Yeah«, sagte Chippy. »Wenn man sich für tausendfünfhundert die Woche plus Spesen den Hals umdrehen lassen will. Ich würd lieber für 'ne arme Band arbeiten und gesund bleiben.«

Die beiden anderen nickten zustimmend.

»Scheiße«, sagte Seltza. »Ich möchte den in die Finger kriegen, der das mit Turdo war. Wir kannten uns schon lange. Sehr lange.« Dem hatte ich nichts hinzuzufügen. Wir leiden alle unter unseren Verlusten, und jeder geht damit auf seine Weise um. »Hast du schon Zeitung gelesen?« fragte er.

»Reingeguckt«, sagte ich. »Ein gefundenes Fressen für die.«

»Sie lieben jede Sekunde, in der mein Kumpel krepiert ist«, sagte er verbittert. »Draußen steht eine ganze Reporter-Meute. Die englische Presse. Diese Scheißer! Wenn ich einem von denen im Mondschein begegne, wird er sich wünschen, er wäre im Bett geblieben.«

Dem hatte ich wieder nichts hinzuzufügen. »Verkauft sich gut« war alles, was mir einfiel.

»Was glaubst du, wer es getan hat?« fragte Seltza nach einer Minute.

»Keine Ahnung«, sagte ich. »Ihr wart vor mir da. Was glaubt ihr?«

»Ich glaube, daß ein Irrer durch dieses Hotel rennt. Und das gefällt mir gar nicht.«

»Was willst du dagegen tun?« fragte ich.

Er kniff die Augen zusammen und warf mir einen wütenden Blick zu. Ich hätte besser den Mund gehalten.

»Du glaubst, ich verzieh mich?« fragte er leise.

»Wäre doch möglich.«

»Nein, Alter. Ich hab für die Tour zugesagt, also bleib ich. Mitgefangen, mitgehangen. Falls irgendso'n Arsch mich weghaben will, werd ich ihm die Freude nicht machen.« Die anderen beiden murmelten zustimmend.

»Gut«, sagte ich.

Der Kellner kam mit meinen Eiern, aber der Anblick und der Geruch davon war schon zuviel für mich. Ich schob den Teller von mir weg. Ich goß mir eine zweite Tasse Kaffee ein und zündete noch eine von Seltzas Marlboros an.

Dann kam Prendegast jr. in den Raum. Er sah sich um und kam dann zu uns herüber. »Meine Herren«, sagte er, »die Ermittlungsbeamten sind wieder da. Sie haben noch einige Fragen, und dann muß jeder von Ihnen noch eine Aussage unterzeichnen. Selbstverständlich wird die ganze Zeit über Ihr jeweiliger Anwalt zugegen sein. Es gibt keinen Grund, sich Sorgen zu machen. Ich wurde gebeten, mit der Polizei zusammenzuarbeiten und Mr. Sharman zu vertreten. Die Aussagen werden im Billardzimmer im Keller gemacht werden.«

»Nur wir?« fragte ich.

»So leid es mir tut.«

»Wir sind die einzigen, die verhört werden?«

»Nein, nein. Alle Anwesenden werden verhört. Aber die

Beamten sind besonders an den Personen interessiert, die den Toten gefunden haben bzw. kurz danach anwesend waren.«

»Was ist mit Jane und Maddy?« fragte Seltza.

»Sie wurden im Hotel untergebracht. Der Hotelarzt hat Miss Hillman ein Beruhigungsmittel verabreicht. Die Polizei wird später mit ihnen sprechen.«

»Wann wollen die mich sehen?« fragte ich.

»Wann wollen Sie sie sehen?« fragte er zurück.

»Ich würde gern vorher noch Ninotchka sprechen.«

Er fragte nicht, warum. Ein Zeichen von Vertrauen und von Respekt vor den Leuten, die sein Gehalt bezahlten. »Dann gehen Sie«, sagte er. »Die Polizei ist sehr kooperativ. Dies ist ein sehr delikater Fall. Sie fassen ihn mit den sprichwörtlichen Samthandschuhen an.«

»Sie meinen, weil reiche und berühmte Leute betroffen sind und die Reporter uns die Türen einrennen?« fragte ich.

»Glauben Sie mir, das ist ein Vorteil. Alles bleibt so ganz legal und übersichtlich. Ich bin sicher, anders würden Sie es gar nicht wollen.«

Sicher. Ich hatte ein paar andere Fälle erlebt, und sie hatten mir keinen großen Spaß gemacht. »Haben sie schon eine Spur?« fragte ich.

»Keine, die sie mir mitgeteilt hätten. Und jetzt gehen Sie besser, wenn Sie wollen, und am besten gehen Sie da lang.« Er zeigte in Richtung Küche. »Vor dem Restaurant stehen eine Menge uniformierte Beamte herum. Ich möchte nicht, daß Sie ihnen in die Fänge geraten, bevor Sie dazu bereit sind.«

Ich tat wie geheißen. Ich ging in die Küche, und nach einem kurzen Gespräch mit dem Kellner, der mich vorher bedient hatte, marschierte ich durch die Personal-Umkleide und die Hintertreppe hoch bis in das oberste Stockwerk, wo Ninotchkas Suite lag.

Auf der Innenseite der Tür, die von der Hintertreppe zum Hotelflur führte, standen zwei Premiere Security-Wächter. Sie mußten mich kommen gehört haben. Das war sicher nicht schwer gewesen. Die Treppe war ganz schön lang gewesen, und ich war nicht mehr so fit, wie ich sein sollte. Sie standen im Dunkeln und streckten ihre *Smith & Wesson Model 38 Bodyguard Airweight* Revolver vor. Mit der Zeit fallen einem solche Kleinigkeiten auf. »Kommen Sie langsam hoch«, sagte der kleinere von beiden. »Und zeigen Sie uns Ihre leeren Hände.«

Ich stieg die letzten paar Stufen hoch und spreizte die Arme vom Körper ab. Ich erkannte sie als das Paar, das bei meiner Ankunft den Lift im Keller bewacht hatte. »Alles in Ordnung«, sagte ich. »Erinnern Sie sich an mich, Ronnie?«

»Mr. Sharman, nicht wahr?« sagte er und senkte seinen Revolver.

»Genau. Ich möchte zu Ninotchka.«

»Warum kommen Sie über die Hintertreppe?« fragte der andere. Der, der im Lift nicht mit mir hatte sprechen wollen. Big Phil. Vermutlich hatte mein Engagement seinen Profi-Stolz verletzt.

»Ich wollte den Jungs in Blau nicht über den Weg laufen, bevor ich mit ihr sprechen konnte.«

Ronnie nickte. Er schien das einleuchtend zu finden. Er holte ein Walkie-talkie aus der Jackentasche und drückte auf einen Knopf. »Premiere zwei an Premiere eins«, sagte er.

»Sprechen Sie, Premiere zwei«, tönte eine metallische Stimme aus dem kleinen Lautsprecher.

»Mr. Sharman ist bei mir. Er möchte zu Ninotchka. Sollen wir ihn durchlassen?«

Eine Pause. Dann: »Premiere eins an Premiere zwei. Mr. Sharman hat unbeschränkten Zugang. Begleiten Sie ihn zu der Suite.«

»Roger«, sagte Ronnie und steckte das W/T weg. »Ich bringe Sie hin, Sir«, sagte er. »Wir haben heute morgen Verstärkung bekommen, und die anderen kennen Sie noch nicht. Und wir wollen doch keine Schwierigkeiten, oder?«

Die wollten wir sicherlich nicht. Nicht, wenn sie so schwer waren wie Big Phil und S&Ws hatten.

»Besten Dank«, sagte ich.

Vor jeder Tür stand ein Mann von Premiere. Alles neue Gesichter. Ich nickte jedem von ihnen im Vorbeigehen freundlich zu. Auch vor Ninotchkas Tür stand ein Fremder. Ronnie klopfte an und ging hinein. »Nur schauen, ob's recht ist«, sagte er. »Warten Sie bitte.« Ich wartete.

Ich sah den Sicherheitsmann an und lächelte mein betörendstes Lächeln. Er nickte mir zu. Wir beide, zwei Ehrenmänner, die versuchten, ihr Geld auf die einzige Art und Weise zu verdienen, die wir kannten. »Wie viele sind drinnen?« fragte ich und nickte in Richtung Tür.

»Genug«, sagte er.

»Gestern ist es nicht so gut gelaufen.«

»Kann man sagen.«

Er war nicht gerade eine Plaudertasche. »Ob es heute wohl noch regnet?«

»Vielleicht.«

Ich lächelte wieder. Er entspannte sich etwas und zeigte mir sein Zahnfleisch.

Die Tür hinter ihm ging auf und Ronnie kehrte zurück. »Okay, Mac«, sagte er zu dem Security-Mann. »Sie ist einverstanden.«

Ich ging an Mac vorbei in das Wohnzimmer der Suite. Dort waren zwei weitere Premiere-Wächter. Auf ihren Namensschildern stand »Stan« und »Hughie«. Stan war ein menschliches Gebirge mit kahlrasiertem Schädel und Straßenanzug. Hughie hatte flammend rotes Haar und sah aus wie ein schottischer Hooligan.

»Sie sagt, Sie sollen da drin warten«, sagte Stan und zeigte auf das Schlafzimmer, das zum Büro umgebaut worden war.

Ich nickte Ronnie zu, ging hinein, setzte mich auf eine Ecke des Tisches und zündete mir eine Zigarette an.

Ninotchka kam ein paar Minuten später und machte die Tür hinter sich zu. Sie sah gut aus. »Hallo«, sagte sie. Ich entdeckte eine Kälte in ihrer Stimme, die vorher nicht dagewesen war. Ich fragte mich, ob das der Anfang der berühmten Ninotchka-Frostattacke wäre. Und wenn schon.

»Warum hast du mir nichts davon gesagt?« fragte ich.

»Wovon?«

»Daß du an der Nadel hängst. Wovon sonst?«

»Es ging dich nichts an.«

»Komm schon Ninotchka, nerv mich nicht«, sagte ich.

»Ging es aber nicht.«

»Doch, ging es, unter den gegebenen Umständen. Ich dachte, du vertraust mir?«

»Habe ich auch. Tue ich auch.«

»Warum hast du's mir dann nicht erzählt?«

Sie zuckte mit den Achseln, sagte aber nichts mehr. Die Stille hing im Raum wie ein Leichentuch. »Und jetzt?« fragte sie. Jetzt war ich dran, die Achseln zu zucken. Wir schwiegen wieder.

Sie holte sich eine Zigarette aus einem Päckchen auf dem Tisch und machte eine große Sache aus dem Anzünden. Sie zischte grauen Rauch durch ihre Zähne. »Wo wir schon bei Vertrauen sind«, sagte sie. »Roger sagt, du glaubst, ich hätte was mit Trashs Unfall zu tun.«

»Das habe ich nicht gesagt. Ich habe gesagt, daß die Polizei es glauben könnte, wenn sie erfährt, was du gestern nacht getrieben hast. Eine Sache weiß ich – wenn, wer auch immer Turdo umgebracht hat, auch Trash auf dem Gewissen hat, warst du es jedenfalls nicht. Als es passierte, war ich bei dir. Es könnte natürlich sein, daß du Komplizen hast und eine ausgesprochen gute Schauspielerin bist. Trotzdem: Ich weiß nur von zwei Leuten ganz sicher, daß sie es nicht waren. Du und ich.«

Sie entspannte sich, drückte die Zigarette im Aschenbecher aus, kam zu mir herüber, und wir hielten einander fest in den Armen. Es war gut, jemanden zu spüren. »Gott sei Dank«, sagte sie. »Nach dem, was Roger gesagt hat, dachte ich ...«

»Nein«, unterbrach ich sie. »Roger war gestern nacht ziemlich aufgeregt. Das waren wir alle.«

»War es so schrecklich?«

»Ich habe Schlimmeres gesehen, aber nicht oft.« Ich wollte nicht daran denken.

»Hast du schon mit den Bullen geredet?« fragte sie.

»Gestern nacht.«

»Sie wollen mich nachher vernehmen.«

»Sie wollen mich jetzt gleich vernehmen. Besteh drauf, daß dein Anwalt dabei ist.«

»Ja, klar.«

»Ihr habt eine erstklassige Kanzlei angeheuert. Die beste. Selbst die Cops haben Schiß vor den Jungs. Das einzige, worüber du dir Sorgen machen müßtest, sind irgendwelche Drogen, die du irgendwo gebunkert hast.«

»Roger war letzte Nacht da und hat das ganze Zeug durch's Klo gespült. Das ist ja das Problem.«

»Wieso?«

»Ich brauche was.«

»Ninotchka!« sagte ich.

»Ich brauche es.«

»Verdammt noch mal.«

»Was weißt du schon davon?«

»Okay«, sagte ich und hielt meine Hände hoch. »Dann besorg dir halt was.«

»Wie soll ich das denn anstellen, wenn der Schuppen hier nur so von Bullen wimmelt?«

»Du bist nicht im Knast«, sagte ich. »Nachher darfst du das Gebäude verlassen.«

»Hast du rausgeguckt? Ein Irrenhaus. Reporter überall.«

»Was ist mit Don?«

»Er macht's nicht. Ich hab ihn gefragt, bevor er Schluß hatte. Er sagt, soviel ist sein Job nicht wert.« Ich mußte grinsen. Die ultimative Entschuldigung der Kleingeister. »Machst du's?« fragte sie.

»Ich?«

»Alles, was du zu tun hast, ist, ein Päckchen in Empfang zu nehmen. Alles ist bereit.«

»Von Elmo?«

Sie nickte.

»Das ging schnell.«

Sie nickte wieder.

Wenn sie erwartete, daß ich mit ihr darüber debattieren würde, mußte ich sie enttäuschen. Ich fand es prima. Er war genau derjenige, mit dem ich mich unterhalten wollte.

»Okay, Ninotchka«, sagte ich.

»Du machst es? Nick, du bist ein Schatz.«

»Kein Problem. Wann?«

»Am späten Nachmittag.«

»Hauptsache, ich bin bis dahin mit dem Verhör fertig«, sagte ich. »Ich muß nur meine Aussage machen. Ich sage, daß ich bei dir war. Du sagst dasselbe. Ich geh jetzt besser.«

Sie küßte mich auf die Wange, und ich ging. Ich lächelte den Schwergewichtlern im Wohnzimmer freundlich zu. Ninotchka wies sie an, mich jederzeit einzulassen, Tag und Nacht. Ich nehme an, daß ich dadurch in ihrer Achtung stieg.

Ich machte mich auf die Suche nach Prendegast jr. und dem langen Arm des Gesetzes.

Vor dem Billardzimmer entdeckte ich ein Rudel uniformierter Cops. »Mein Name ist Sharman«, teilte ich einem Sergeant mit. »Mr. Carpenter wollte mich sehen?«

»Wenn Sie bitte warten möchten«, sagte er.

Ich setzte mich auf einen der Stühle, die man an der Wand aufgebaut hatte, und wartete. Chick und ein Mann Mitte Vierzig in einem eleganten dunkelgrauen Anzug kamen heraus. Ich hatte den Mann noch nie gesehen.

»Hi, Nick«, sagte Chick. »Das ist Mr. Sebastian, mein Anwalt.« Ich stand auf und wir reichten uns die Hände. »Der junge Prendegast kümmert sich um Sie?« fragte Sebastian.

»Ja«, bestätigte ich.

»Gut. Wie ich schon Mr. Wallace hier sagte, es gibt nichts, worüber Sie sich sorgen müßten.«

»Gut zu wissen«, sagte ich. »Allerdings glaube ich, mein Bankier sieht das anders.«

Sebastian kicherte trocken, so wie man das macht, wenn man weiß, daß der andere einen Witz gemacht, man aber die Pointe nicht kapiert hat. Wenn ich ihn so ansah, hätte ich darauf gewettet, daß er noch nie in seinem Leben Probleme mit seiner Bank gehabt hatte. Wahrscheinlich spielte er mit seinem Bankier Golf. Prendegast jr. kam aus dem Billardzimmer, entschuldigte mich bei Sebastian, nahm meinen Arm und zog mich hinein. Ein großer Snooker-Tisch, der normalerweise vermutlich unter der großen grünen Lampe stand, die von der Decke hing, war mit einem Tuch bedeckt und in eine Ecke geschoben worden. Carpenter und Ripley saßen hinter einem neu aufgebauten Schreibtisch und sahen die Tür an. Zwei unbequem aussehende Stühle mit grüner Samtbespannung und geschwungenen hölzernen Armlehnen standen auf unserer Seite des Schreibtisches. An einem kleineren Tisch hockte ein uniformierter Constable in Hemdsärmeln. Vor ihm lagen ein Stift und ein Stenoblock. Außerdem stand auf seinem Tisch eine elektrische Schreibmaschine. Daneben lag ein Stapel A4-Blätter.

»Mr. Sharman«, sagte Carpenter freundlich, »vielen Dank für Ihre Mühe.« Mein Gott, dachte ich, ist der aber plötzlich bemüht. Ich fragte mich, wann er sein wahres Gesicht zeigen würde. »Bitte setzen Sie sich«, fuhr er fort. »Der Constable wird unser Gespräch mitschreiben und abtippen. Nachdem Sie diese Aussage unterschrieben haben, können Sie wieder tun, was Sie wollen. Ist das in Ihrem Sinne?«

Ich sah Prendegast jr. an. Ich fand, es klang gut, aber ich wartete noch immer auf den Haken an der Sache und wollte lieber sichergehen. Er nickte, also nickte ich auch, und wir setzten uns.

Ich berichtete über den vergangenen Abend, von dem Moment an, wo ich Turdo kennengelernt hatte, bis zum Eintreffen der Polizei. Wieder verzichtete ich auf die Rauschmittel. Wahrscheinlich dachten sie, wir hätten eine züchtige Teeparty gefeiert.

Der Uniformierte schrieb alles mit und hämmerte es dann in Maschinengewehrgeschwindigkeit in die Tasten. Ich las die Aussage durch, unterzeichnete jede Seite und ging. So einfach ist das.

Draußen fragte Prendegast jr.: »Alles in Ordnung?«

»Ja«, sagte ich. »Außer, daß der arme Hund tot ist. Die Polizei scheint nicht viel zu tun.«

»Glauben Sie mir, sie geben ihr Bestes«, sagte er. »Sie haben einen Raum draußen neben dem Tennisplatz okkupiert und arbeiten wie wild. Das hier war nur die Spitze des Eisbergs.«

Er sah auf die Uhr und runzelte die Stirn. »Ich muß Sie jetzt verlassen«, sagte er, »aber ich werde bald wieder da sein. Wir sehen uns.«

»Aber sicher«, sagte ich. Wir schüttelten einander die Hände. Ich ging auf meine Suite. Mittlerweile war es beinahe zehn Uhr, und um elf war ich mit Pandora zum Frühstück verabredet. Das wollte ich auf keinen Fall versäumen.

17

Genau. Richtig geraten. Vor Pandoras Suite hielt ein weiterer Riese in grauem Anzug gemeinsam mit seinem Namensschildchen Wacht. Das Hotel wimmelte nur so von denen. Als ich auf die Tür zuging, trat er einen Schritt nach vorn und hob die linke Hand, wie ein Polizist, der den Verkehr regelt. Die rechte Hand hielt er vor seinem offenen Jackett. »Nicht schießen«, sagte ich. »Ich komme in Frieden.«

»Was?«

»Nichts. Ich möchte zu Keith Pandora. Wir sind verabredet. Mein Name ist Sharman.«

»Weshalb wollen Sie zu ihm?«

»Das ist meine Angelegenheit.« Diese Typen wurden langsam aufdringlich. Sie schienen das Gefühl zu haben, selbst das Gesetz zu sein. Der Security-Mann stand einfach nur da, steif wie eine Wachsfigur. »Nun gehen Sie schon«, sagte ich. »Melden Sie mich an.«

Seine Hand näherte sich dem Jackett. »Smith & Wesson, nicht wahr?« fragte ich. Seine Hand stoppte. Er sagte nichts. »Haben Sie ein Funkgerät?« fragte ich.

»Und wenn?«

»Lassen Sie den Quatsch. Rufen Sie Ihren Boß. Er wird Ihnen bestätigen, daß ich okay bin.«

»Scheiß drauf«, sagte er und klopfte an die Tür. Sie öffnete sich sofort. »Sagt, er heißt Sharman«, nuschelte der Wachmann aus dem Mundwinkel und ließ mich nicht aus den Augen.

Stille von der anderen Seite der Tür.

Wir warteten ein oder zwei Minuten. »Yo«, sagte eine Stimme von drinnen. »Kann reinkommen.«

Der Wachmann trat einen Schritt zur Seite, und ich ging hinein. Das Zimmer war nur von Lampen erhellt. Alle Vorhänge waren zugezogen. Zwei Security-Männer. Einer saß auf dem Sofa. Der andere stand dicht hinter der Tür. Er war hemdsärmelig. Um die Hüfte trug er einen Patronengurt, in den er seine S&W gesteckt hatte. »Der Boß is' noch nich' auf«, sagte er.

»Ich warte.«

»Das würd ich an Ihrer Stelle auch machen. Er mag's, wenn Leute auf ihn warten.«

»Was schätzen Sie, wie lange dauert das?« fragte ich.

»Weiß nich'.«

»Sprechen wir von Minuten, Stunden oder Tagen? Kann ich mir Lunch bestellen oder um den Hyde Park joggen?«

»Weiß nich'«, sagte er wieder. »Was soll's? Ham Sie was besseres zu tun?«

»Nein«, sagte ich.

»Dann setz'n Sie sich. Er kommt, wenn er soweit is'.«

Ich setzte mich in einen Sessel. Ich holte meine Zigaretten heraus und zündete mir eine an. Im Zimmer war es ganz still. Hätte ich eine Stecknadel gehabt, ich hätte sie fallen gelassen, um das Schweigen zu brechen. Ich rauchte eine Zigarette. Noch eine. Die Uhr zeigte mittlerweile 11.20. Dann flog die Tür zu einem der Schlafzimmer auf, und Keith Pandora rauschte ins Zimmer.

»Morgen, Jungs«, sagte er mit affigem Cockney-Akzent.

Die beiden Wachmänner entgegneten unisono: »Morgen.« Ich sah ihn nur an. Sein Haar sah aus wie eine Löwenmähne. Strähnen in allen möglichen Blondtönen hingen über seinen mit einem blauen Paisley-Muster verzierten seidenen Morgenrock. Der stand bis zur Hüfte offen, und graues Haar quoll mir von seiner knochigen Brust entgegen. Der Morgenrock endete knapp über den Knien. Seine Beine waren dünn, aber durchtrainiert und braungebrannt. »Ich möchte nachher Tennis spielen«, sagte er. »Ich denke, ich werde nach dem Lunch auf den Platz gehen.«

»Soweit ich weiß, haben sich dort die Cops eingerichtet.«

»Oh Gott! So ein Mist. Meinen Sie, ich kann woanders spielen?«

Ich überlegte, für wen er mich wohl hielt. Den Vorsitzenden des britischen Tennisverbandes? »Keine Ahnung«, sagte ich. »Sport langweilt mich.«

Er starrte mich an, als wäre ich gerade aus dem Ei gekrochen.

»Wie interessant«, sagte er.

»Nicht so interessant wie Mord«, sagte ich. »Aber das sehen Sie offenbar anders.«

»Sie klingen wie mein schlechtes Gewissen.«

Ich sagte nichts. Die beiden Security-Männer sahen drein wie die dressierten Affen, die sie waren.

»Hab ich recht?« fragte er.

»Vielleicht.«

»Und was gibt Ihnen das Recht, mir zu sagen, was mich interessiert und was nicht?«

Ich zuckte mit den Achseln. »Ich dachte, es interessiert Sie, wenn einer Ihrer Leute ermordet wird.«

Er starrte mich an. »Wissen Sie, mit wem Sie reden?« fragte er.

»Durchaus«, sagte ich, »das weiß ich.«

»Dann erzählen Sie mir nichts über meine Leute. Sie werden sehr gut bezahlt. Das wissen Sie. Schließlich leiden Sie auch nicht gerade Hunger im Moment. Wenn den Leuten was passiert, ist das ihr Problem. Und Ihres.«

»Sie sind ein Schatz, wissen Sie das?«

»Ich schreib's mir lieber auf. Aber vergessen Sie eines nicht – wir sind eine Rock'n'Roll-Band, keine Chorknaben. Wir haben Leute verloren, und das wird immer wieder passieren.

Und wenn das passiert, halten wir zusammen. Wir weinen nicht über vergossene Milch. Wir feiern eine Party. Vielleicht bin ich nächstes Mal dran, und ich möchte dann keine verdammte Trauerarie hören. So ist das nun mal. Turdo war echt okay. Jetzt ist er weg. Wir werden ihn in guter Erinnerung behalten, und wir werden uns um alle nötigen Arrangements kümmern. Aber das Leben geht weiter. Das ist das erste, was man in diesem Busineß lernt. Und ihr zwei«, sagte er zu den beiden Muskelmännern, »haut ab. Nick und ich haben was zu bereden.« Ich erwartete, daß sie widersprachen, aber er starrte sie einfach nur an, und sie sagten nichts. »Und wo zum Teufel ist mein Frühstück?« fügte er hinzu.

Wie bestellt klopfte es an der Tür. Der Typ in Hemdsärmeln packte seinen Revolver und öffnete mit der anderen Hand die Tür einen Spaltbreit. Dann machte er sie ganz auf, und ein Kellner vom Jones rollte einen Servierwagen herein. »Klasse«, sagte Pandora. Der Kellner breitete ein sauberes weißes Tischtuch auf dem Tisch aus und stellte seine Servierplatten darauf. Die Hauben nahm er jeweils ab und legte sie auf den Wagen zurück. Dann verneigte er sich, als habe er gerade Prinz Charles das Frühstück serviert.

»Okay«, sagte Pandora. »Ihr könnt abziehen.«

»Gewiß, Mr. Pandora«, sagte der Hemdsärmelige, nahm sein Jackett und zog es über. »Wir warten draußen, falls Sie uns brauchen.«

»Mit Nick bin ich sicher«, sagte Pandora.

Die beiden nickten und gingen. Pandora setzte sich an den Tisch und schaufelte seinen Teller voll. Keine Hemmungen. Er nahm Rührei, Speck, zwei verschiedene Würstchen, Niere, Reis mit Fisch und warme Brötchen. Beim Geruch des Essens wurde mir wieder übel. »Wollen Sie was?« fragte er mit vollem Mund.

Ich schüttelte den Kopf.

»Kaffee?«

»Gerne.« Ich stand auf, ging zum Tisch, goß mir schwarzen Kaffee in eine saubere Tasse, kippte Milch und Zucker hinein und ging wieder zurück zu meinem Sessel.

»Tja, Nick«, sagte Pandora. »Ihre Arbeit scheint nicht den gewünschten Effekt zu haben.«

»So wie die Extra-Wachmänner«, sagte ich.

»Stimmt.« Er zögerte. «Wollen Sie sich rausreden?«

Ich schüttelte den Kopf. »Nein. Ich sollte einen Mordversuch untersuchen. Jetzt haben wir einen richtigen Mord. Jemand hat das Tor verschoben. Die Regeln geändert. Wir spielen jetzt ein ganz anderes Spiel.«

Er kniff die Lippen zusammen. »Haben Sie Turdo gesehen?«

Ich nickte. »Mies«, sagte ich. »Wer immer das getan hat, muß verrückt sein. Und stark. Turdo war ganz schön groß.«

Pandora nickte nur.

»Andererseits«, sagte ich, »scheint Ihre Band auch eine Menge Pech zu haben.«

»Ach?«

»Ja. Ich habe mir sagen lassen, daß Sie einige Male Zwangspausen einlegen mußten. Wie Sie schon sagten, Sie haben bereits Leute verloren.«

»Da sind wir nicht die einzigen. Dieses Busineß zieht kaputte Typen magisch an, und deswegen passieren auch 'ne Menge kaputter Sachen. Natürlich auch bei uns.«

»Ganz besonders bei Ihnen, wenn Sie mich fragen.«

Er ging nicht darauf ein. Er aß seinen Teller leer, trank seinen Kaffee aus und wischte sich den Mund mit der Serviette ab.

»Ham Sie 'ne Zigarette?« fragte er.

Ich warf ihm das Päckchen rüber. Er zündete sich eine mit einem Streichholz aus einem Streichholzbriefchen mit Hotelwerbung drauf an, lehnte sich zurück und blies den Rauch aus. »Danke«, sagte er. »Ich hab aufgehört.«

»Danach schmecken Sie immer besser«, sagte ich.

»Stimmt«, sagte er. Dann wechselte er das Thema. »Haben Sie schon alle Bandmitglieder kennengelernt?«

»Nein«, sagte ich. »Es ist etwas hektisch gewesen in den letzten Tagen.«

»Wen haben Sie schon getroffen?«

»Sie. Box. Shapiro. Und Ninotchka.«

»Ah, Ninotchka. Ich hab von euch beiden gehört. Hat sie Sie schon flachgelegt?«

»Nein«, sagte ich. »Falls Sie das etwas angeht.«

»Alles, was mit der Band zu tun hat, geht mich was an. Trotzdem, sie läßt nach. Sie wird wohl alt.«

Er sah in mein Gesicht.

»Verstehen Sie mich nicht falsch«, sagte er. »Ich liebe diese Frau. Wenn die Dinge anders lägen ...« Er brachte den Satz nicht zu Ende. »Aber das tun sie nicht. Also stehen Ihnen Shorty, Baby Boy und Scratch noch bevor? Hören Sie, heute abend essen wir alle zusammen. Die Band und Rodge the Dodge. Wollen Sie auch kommen?«

»Gern«, sagte ich.

»Neun Uhr unten im Restaurant. Danach gehen wir ...« Das Klingeln des Telefons unterbrach ihn. Er beugte sich vor, griff sich den Hörer und sagte: »Pandora.« Er hörte einen Augenblick lang zu. »Klar«, sagte er. »Kommt hoch.« Er legte auf. »Ich kriege Besuch. Ich muß mich anziehen. Dauert nicht lange.« Er ließ die brennende Zigarette in seine Kaffeetasse fallen, stand auf und ging zurück zu der Tür, durch die er hereingekommen war.

»Soll ich gehen?« fragte ich.

»Nein«, sagte er. »Bleiben Sie.«

Er war nach ein paar Minuten wieder da. Er hatte sich eine enge, weiße Jeans, ein Chambray-Hemd und dunkelblaue Plateauschuhe angezogen. Keine Socken. Es klopfte an der Tür. Er ging hin und machte auf. Seine zwei Teenie-Freundinnen kamen herein. »Das sind Slash und The Flea«, sagte er. Er tippte gegen die Blonde, als er »Slash« sagte, und gegen die Brünette bei »The Flea«.

»Hallo«, sagte ich. Sie sagten nichts und glotzten mich an, als käme ich direkt aus einer Museumsausstellung. Und zwar aus einer, die sie nun wirklich nicht die Bohne interessierte. Ich fragte mich, ob sie diesen starren Blick vor dem Spiegel übten, wenn sie allein waren. Pandora machte die Tür zu. Er stand zwischen den beiden und legte besitzergreifend jeder einen

Arm über die Schultern. Beide Mädchen kauten Kaugummi. Ihre Kiefer wippten im Gleichtakt auf und ab. Slash war die größere von beiden, und ihr Blondhaar war so hoch toupiert, daß sie noch größer wirkte. Sie trug Schwarz. Schwarze Jeans, schwarzes T-Shirt und schwarze Turnschuhe. Sie sah aus, als ernährte sie sich ausschließlich von Lakritz. The Flea trug eine weiße Bluse, die sie in einen Jeans-Minirock gesteckt hatte. Unter der Bluse trug sie einen schwarzen BH. Subtil.

Pandora ließ die beiden los und ging zu dem Sofa, das mir gegenüber stand. Er setzte sich. »Wissen Sie, wer es getan hat?« fragte er.

»Nein.«

Er nickte. »Versuchen Sie, es herauszubekommen.«

»Sie meinen, ich soll weiterarbeiten?«

»Klar. Heute Abend ist ein großer Empfang ...«

»*The Miracle*?«

Er nickte. »Sie wissen Bescheid. Gut. Dahin gehen wir nach dem Essen. Alle. Band, Crew, Buchhalter, Anwälte. Eben alle. Eine Geste der Solidarität. Wir müssen zeigen, daß wir gut drauf sind. Voll dabei. Verstehen Sie? Und Sie kommen auch mit.«

Ich nickte wieder.

«Ihr Job ist, ein Auge auf Ninotchka zu haben, okay?«

»Wie für mich gemacht.«

»Seien Sie nicht so schüchtern. Es gäbe Männer, die würden für den Job töten. Oh. Nicht witzig, stimmt's? Naja, vielleicht haben Sie Glück. Wer weiß?« Er grinste wieder und zeigte mir die Zähne. Sie waren groß und naß und gelb. »Soweit, so gut«, sagte er und sah hinüber zu den beiden Schwestern. »Hey, Mädels, kommt her und setzt euch zu mir. Ich fühl mich auf einmal so allein.«

Slash setzte sich zu ihm aufs Sofa. Sie rückte ganz nah an ihn ran. Er legte seinen rechten Arm über ihre Schultern. Seine Hand lag auf ihrer Brust. Er fing an, daran herumzukneten. Nur so, ohne darüber nachzudenken. Der Nippel richtete sich auf und drückte gegen das T-Shirt. Während er sie streichelte, quatschte er mich immer noch voll. Gott weiß, womit. Ich hörte nicht zu. Das Mädchen sah mir direkt in die Augen, als erwarte sie eine bestimmte Reaktion. Plötzlich begriff ich, daß sie den ganzen Zirkus nur für mich aufführten. Um zu sehen, was ich tun würde. The Flea gesellte sich zu den beiden, sie setzte sich auf Pandoras linke Seite. Er ließ seine Hand an ihrem Rücken herabgleiten. Sie kicherte. Dann rutschte sie hin und her, damit ich sehen konnte, daß seine Finger unter ihrem Rock waren. Und auch das taten sie nur für mich.

In diesem Augenblick fiel mir auf, daß ich Pandora haßte. Wirklich *haßte*. Und mir fiel auch auf, daß ich, da seine Hände beide belegt waren, schnell aufstehen und ihm in die Fresse treten könnte. Ihm seine Hakennase breitmatschen. Kein Problem. Ganz einfach.

Und wäre das kein Spaß für die beiden kleinen Honigmäuse? Sie könnten hinterher versuchen, ihren Hampelmann wieder heil zu machen. Dann fiel mir noch was auf. Daß ich eifersüchtig war. Was der ganzen Sache eine völlig neue Wendung gab.

Ich stand auf, trat ihn aber nicht. Ich hätte dabei nur verlieren können.

»Was ist?« fragte er.

»Nichts. Ich muß los. Wir seh'n uns beim Dinner.«

Er grinste, als wüßte er ganz genau, was ich dachte. »Kommen Sie nicht zu spät.«

18

Nachdem ich Pandoras Suite verlassen hatte, machte ich mich auf die Suche nach Lomax. Er saß in der Bar und tat sich an einem mexikanischen Bier samt Limone gütlich. Ich bestellte dasselbe und nahm es mit in seine düstere Nische. »Wie sieht's aus?«

»Beschissen«, sagte er. »Das ist genau das, was wir nicht

wollten – einige Bandmitglieder überlegen, ob sie in die Staaten zurückfliegen.«

»Was ist mit den Aufnahmen?«

»Sie sagen: Scheiß drauf. Wir könnten ja in L. A. weitermachen.«

»Und die Veröffentlichung verschieben?«

»Aber am Leben bleiben.«

»Ich hab gerade mit Pandora gesprochen.«

»Wie schön.«

»Das finden Sie. Ich kann dieses dumme Arschgesicht nicht ausstehen.«

»Willkommen im Club.«

»Sind Sie sicher, daß Sie so über den Big Boss sprechen sollten?«

»Ich pfeif doch auf den Big Boss. Ich kann ihn nicht leiden. Aber ich muß zugeben, daß er viel getan hat, seit ich ihn zu irgendeiner unchristlichen Zeit heute früh geweckt habe.«

»Was denn?«

»Organisiert. Das kann er gut. Die Band zusammenhalten.«

»War er allein?«

»Wann?«

»Als Sie ihn geweckt haben.«

»Ja.«

»Keine Teenies?«

»Nein, Gott sei Dank. Das hätte mir noch gefehlt. Die beiden Engelchen schliefen brav in ihren eigenen Bettchen.«

»Das hatte ich nicht erwartet. Sie sind vor ein paar Minuten bei ihm aufgelaufen. Er schien ziemlich begeistert zu sein.«

»Hat er eine seiner Shows abgezogen?«

»Woher wissen Sie das?«

»Das macht er immer. Er glaubt, dann hält man ihn für den Meisterficker.«

»Ich halte ihn für Arschloch Nummer eins.«

»Das können Sie laut sagen.«

»Ich hätte ihm fast die Fresse poliert.«

»Was hat Sie davon abgehalten?«

Ich sagte nichts.

Dann ging das Licht über seinem Kopf an. Wie in einem Tom & Jerry-Cartoon. »Hat es Sie angemacht?« fragte er.

»Es fing an. Da bin ich gegangen.«

»Sie hatten Glück. Die meisten von uns müssen auf Erlaubnis warten, um den King verlassen zu dürfen.«

»Vielleicht sollte ihn jemand vom Thron stoßen?«

»Jemand versucht es.«

»Glauben Sie, er wird Erfolg haben?«

»Nach dem, was ich letzte Nacht gesehen habe, ist alles möglich.«

»Es war hart.«

»Mehr als das. Turdo war ein Steh-auf-Männchen.«

»Haben Sie 'ne Idee, wer sowas anstellt?«

»Scheiße, woher soll ich das wissen. Bin ich der Detektiv?«

»Ich scheine auch nicht weiter zu kommen.«

»Irgendeine Idee?« fragte er.

»Das fragen alle. Ich hab keine Ahnung. Soweit ich weiß, geht es den Cops ähnlich.«

»Wie ging es Keith heute morgen? Ich hab ihn seit Tagesanbruch nicht mehr gesehen.«

»Ganz gut. Er scheint das Gefühl zu haben, alle halten fest zusammen.«

»Das war klar«, sagte Lomax.

»Er will bleiben.«

»Er wird auch bleiben. Seine Mutter ist immer noch krank.«

»Er verbringt nicht besonders viel Zeit bei ihr.«

»Manchmal doch.«

»Sicher. Übrigens, wir essen heute abend zusammen.«

»Ach ja?«

»Der Boß höchstselbst hat mich eingeladen.«

»Welch eine Ehre.«

»Und danach auf eine Party.«

»Der *Miracle*-Empfang. So ein Scheiß. An jedem anderen Tag würde ich mich darauf freuen.«

»Ich soll Ninotchka begleiten.«

Er sah mich komisch an. »Ach ja?« sagte er wieder.

»Es ist ein mieser Job, aber irgendeiner muß es ja tun.« Er schüttelte nachdenklich den Kopf. Plötzlich kam *ich* mir wie ein Arschloch vor. »Tut mir leid«, sagte ich. »War nicht so gemeint. Ich bin müde.«

»Sind wir das nicht alle?«

»Haben die Bullen Sie auch gestern nacht durch die Mangel gedreht?«

»Nein. Eigentlich nicht. Ich bestand auf meinem Anruf und hab unsere Anwälte aus dem Bett geholt. Schon die Erwähnung ihres Namens hat die Polizisten dazu gebracht, ausgesprochen höflich zu werden.«

»Das ist mir auch aufgefallen. Wär toll, wenn ich immer solche Verstärkung hätte.«

»Sie haben sie, solange Sie hier sind. Sie standen unter dem Schutz der Firma, seit Sie an Bord gekommen sind.«

»Das ist gut zu wissen. Aber ich frage mich, wie lange das hilft.«

»Wir werden uns später was anderes einfallen lassen. Ich werd mit der Crew reden. Ihnen sagen, daß jeder seinen Hut nehmen kann. Kein Problem. Rückflug und ein Monatsgehalt bar. Ich kann nicht erwarten, daß sie bleiben und sich fragen, wann sie dran sind.«

»Also hat er gewonnen?«

»Wer?«

»Wer auch immer dahinter steckt.«

»Sieht so aus.«

»Ich glaube, die meisten werden bleiben.«

»Ich hoffe es. Dann kriegen wir das Album vielleicht doch noch rechtzeitig fertig.«

»Und Sie?«

»Ich?«

»Bleiben Sie?«

»Klar. Der gute alte Roger. Ich bleibe, bis meine Tanzschuhe kaputtgehen.«

»Obwohl Sie Pandora nicht ausstehen können?«

»Hey, er ist nicht der schlechteste Arbeitgeber der Welt. Für manche ist er sogar ein echter Prinz. Mann, ich könnte Ihnen Sachen erzählen. Haarsträubend. Ich hab überlebt, und zwar gar nicht so schlecht. Außerdem ist er nicht der einzige in der Band. Ich hab nicht viel mit ihm zu tun, wenn ich nicht will. Reden wir nicht mehr darüber. Es deprimiert mich. Kommen Sie zu dem Meeting?«

Ich schüttelte den Kopf. »Sie können mir davon erzählen. Beim Essen. Ich hab heute nachmittag was zu erledigen.«

»Was denn?«

»Nicht viel. Ein kleiner Botengang.«

Er sah mich wieder so komisch an. »Seien Sie vorsichtig.«

»Ich geh nur ein bißchen bummeln.« Was ja auch irgendwie stimmte.

»Lassen Sie sich kein Falschgeld andrehen«

»Ich versuch's.«

»Okay. Dann bis später.«

Ich trank mein Bier aus. »Wir sehen uns«, sagte ich und ging.

Ich spazierte rüber zum Empfang. In jedem Hotel der beste Platz, um Klatsch und Tratsch aufzuschnappen. Ich kam an, als Shapiro aus dem Krankenhaus kam. Er hatte sich bei Lindy Hopp eingehakt und wurde von zwei Premiere-Bodyguards begleitet. Sie stürmten im Blitzlichtgewitter durch die Eingangstüre. Die Reporter brüllten Fragen. Kaum waren Shapiro und Lindy drin, blockierte ein Security-Mann den Eingang. Ich schlenderte zu ihnen hinüber.

»Morgen«, sagte ich.

»Gott!« sagte Shapiro. »Was ist hier los? Wäre ich doch bloß im Krankenhaus geblieben.«

»Keine schlechte Idee«, sagte ich. »Guten Morgen, Mrs. Shapiro.«

»Lindy«, sagte sie, kam auf mich zu und überraschte mich mit einem Kuß auf die Wange. Ich nahm an, das bedeutete, daß sie mir die Miesmacherei von gestern verziehen hatte.

»Was ist los, Mann?« fragte Shapiro. »Was ist mit Turdo passiert? Verdammt, er war wie einer aus der Band.«

»Nicht das gesündeste, was man im Moment sein kann«, sagte ich.

»Er hat recht, Trash«, sagte Lindy. »Wir sollten abhauen.«

»Kann ich nicht, Lindy. Das Album ...«

»Scheiß auf das Album!«

»Wenn ich das tue, bin ich dran. Ich hab heute morgen mit Keith gesprochen. Er hat mich im Krankenhaus angerufen. Ich hab versprochen, zu bleiben.«

»Ich hoffe nur, du bereust das nicht. Oder ich«, sagte sie.

Ich wollte nicht in ihren Streit verwickelt werden. »Hört mal, ich hab noch zu tun«, sagte ich. »Wir sehen uns nachher, okay?«

»Okay«, sagte Shapiro. Seine Frau und er gingen mit den Bodyguards im Schlepptau zum Lift. Ich nahm die Treppe. Ich ging runter in die Garage. Im Kofferraum habe ich immer eine alte Jeans, eine zerschrammte Avirex-Lederjacke und ein Paar Schuhe. In meinem Job weiß man nie, wann es nötig ist, sich umzuziehen.

19

Ich ging auf meine Suite und zog mich um. Wenn ich draußen einen Stich machen wollte, mußte ich wenigstens so aussehen, als gehörte ich auch auf die Straße. Ich kombinierte die alten Klamotten zwar mit einem senffarbenen Leinenhemd, dessen Preisschild einen großen Haps von zwei Hunderten verschlungen hatte, aber allzu glaubwürdig darf man eben auch nicht sein wollen.

Als ich fertig war, marschierte ich die Treppe hoch zu Ninotchkas Suite. Die Jungs in Grau wachten immer noch, diesmal vor allem über Steak-Sandwiches und Light-Bier:

Lunch. Ninotchka gab mir ein richtiges Bier aus dem Kühlschrank hinter ihrer Bar, und dann verzogen wir uns in ihr Büro. »Ich wäre nicht gern berühmt«, sagte ich und zündete mir eine Zigarette an. »Man hat so viel Platz und muß dann hier reingehen, um sich zu unterhalten.«

»Eine der Strafen des Ruhms«, sagte sie. »Ich muß auch alle zwei oder drei Tage meine Telefonnummer zu Hause ändern lassen.«

»Echt?«

»Klar.«

»Komisch, so zu leben.«

»Man gewöhnt sich dran.«

»Ich weiß nicht, ob ich das könnte.«

»Du hattest deine Chance.«

Ich lächelte. »Ja, ich weiß.« Dann wurde ich wieder ernst. »Was soll ich tun?« fragte ich.

Sie wußte, was ich meinte. »Du erreichst ihn hier.« Sie gab mir einen Zettel mit einer Adresse drauf. Ich las. Smith Street, Chelsea.

»Nette Gegend«, sagte ich.

»Was hast du erwartet? Ein Kalt-Wasser-Appartement in einem der Silos?«

»Wie bitte?«

»Du weißt schon, Billig-Wohnungen. Wie nennt ihr das hier?«

»Sozialwohnungen?« sagte ich.

»Genau.«

»Ich weiß nicht, was ich erwartet habe«, sagte ich. »Ist der Stoff bezahlt?«

»Geht auf meine Rechnung.«

»Dreimal klopfen und nach Elmo fragen, ja?«

»So ungefähr.«

»Erwartet er mich?«

Sie nickte.

»Mit Namen?«

»Nur Nick.«

»Ich hoffe, alles geht glatt.«

»Wird schon, Nick. Heute siehst du sogar wie ein Junkie aus.«

Witzigerweise tat *sie* das nicht. »Das ist ja gerade mein Problem«, sagte ich. »Wieviel krieg ich?«

»Genug.«

»Gib mir 'n Tip. Genug, um wegen mittelschwerem Handel einzufahren?« Ich wartete nicht auf ihre Antwort. »Wo ich darüber nachdenke, sag's mir vielleicht lieber doch nicht«, sagte ich. »Ich will's gar nicht wissen.«

»Oh, Nick. Es tut mir leid. Ich wollte dich nicht in Schwierigkeiten bringen.«

»Vergiß es. Gehört zum Service. Wird bestimmt gutgehen.«

Das hoffe ich sehr, dachte ich.

»Nimmst du deinen Wagen?«

»Nein. Zu riskant. Ich nehm ein Taxi. Wink mir eins von der Straße.«

»Du hast Verfolgungswahn, Nick.«

»Wenn ich keinen hätte, wäre ich tot.«

»Du mußt es ja wissen.«

»Stimmt«, sagte ich. »Ich weiß es.« Ich steckte den Zettel mit der Adresse ein, küßte sie auf die Wange und ging. Ich fuhr mit dem Lift nach unten und spazierte durch den Haupteingang hinaus, vorbei an den geifernden Reportern, die nicht wußten, wer ich war. Ich hielt Ausschau nach einem Taxi. Ich mußte nicht lange warten. In der Brompton Road hielt eines an, und ich ließ mich an die Ecke Smith Street/King's Road fahren. Es war ein schöner Tag. Schön genug, um mir klar zu machen, wie sehr ich meine Freiheit vermissen würde, wenn man mich bis zur Halskrause mit Smack vollgepackt aufgreifen würde.

Nachdem ich die Fahrt bezahlt hatte, schlenderte ich wie ein Tourist die Smith Street entlang. Das Haus, nach dem ich suchte, war ein kleines, nettes, weißgestrichenes Reihenhaus. Ich verschwendete keine Zeit damit, daran vorbei und wieder zurück zu gehen. Aber ich schlenderte langsam genug, um die parkenden Wagen auf beiden Seiten der Straße in Augenschein zu nehmen. Keine verdächtigen Trottel in verdächtigen Ford Sierras. Wenn die Bullen hier auf der Lauer lagen, hatten sie sowieso genug Zeit gehabt, sich was Besseres einfallen zu lassen.

Ich ging ein paar steinerne Stufen hinauf und klingelte. Beim Warten betrachtete ich das Haus gegenüber. Dort würden sie stecken, wenn überhaupt. Ninotchka hatte recht, ich litt unter Verfolgungswahn.

Die Tür ging hinter mir auf, und ich drehte mich auf dem Absatz um. Ich stand Aug' in Auge mit einem fetten, sorgfältig frisierten Typ mit langen Koteletten und einem halben dutzend Kinne, deren unterstes über eine braunrote Fliege schlabberte, die den Hals eines blauweiß gestreiften Hemdes umschloß, welches sich prächtig als Tagesdecke auf einem Doppelbett gemacht hätte. Sein Bauch war schier unglaublich. Er blockte den Flur ab wie ein Sumo-Ringer. »Elmo?« fragte ich.

»Wer will's wissen?« Seine Stimme war überraschend hoch für seine ausladende Statur.

»Nick.«

»Kommen Sie doch bitte herein. Er erwartet Sie.« Er drehte sich mühsam um und führte mich ins Innere des Hauses. Ich schloß die Eingangstüre hinter mir.

Wir gingen nach rechts in ein kleines Zimmer, vollgestopft mit Möbeln, auf denen allerhand Trödelkram herumstand. Vor allem ein Sideboard, gegenüber der Zimmertür, war mit chinesischem Porzellan-Nippes, kleinen Kristallglastierchen, Fotos in winzigen Silberrähmchen, Wachsfrüchten und allem möglichen anderen Mist überladen.

Auf einem Berg marokkanischer Kissen saß in einer Ecke ein gutaussehender junger Mann in Lederhose und weißem Seidenhemd vor einem Fernseher mit Videorecorder. Sein helles Haar fiel über seine Schultern bis auf den Rücken. Er rollte auf einem Lacktablett, das er auf seinem Schoß balancierte, einen Joint und guckte *Nachbarn*. »Besuch für dich, Elmo«, jubilierte der fette Mann. »Ein netter Junge mit Namen Nick.«

Elmo blinzelte mich durch seinen Fransenvorhang an. »Für Nin, ja?« fragte er.

Ich nickte.

»Möchten Sie einen Kaffee, Nick, oder ein gezuckertes Biskuit?« fragte der Dicke.

»Gloria«, sagte Elmo, »nun hau schon ab. Ich hab zu tun, und du machst mich nervös.«

»Aber gern«, sagte Gloria und marschierte hinter seinem Bauch her.

»Wichser«, sagte Elmo. Ich wußte nicht, ob er Gloria oder mich meinte.

Er drehte seinen Joint zu Ende, steckte ihn in seinen Mund und zündete ihn mit einem Wegwerffeuerzeug an. »Streß auf der Ranch, was?« fragte er.

Ich nickte.

»Echt irre, Mann mit Pfahl durchs Herz. War in den Nachrichten.«

»Irre, aber wahr.«

»Wie so'n alberner Vampirfilm.«

»Yeah«, stimmte ich wiederum zu.

»Ist nicht gut für mein Geschäft.«

»Ich bin sicher, Turdo würde Ihnen beipflichten, wenn er noch am Leben wäre.«

»Yeah. *Bad Vibrations*. Naja, war ja nur'n Roadie. Die sind wie 11er-Busse. In ein paar Minuten kommt der nächste.«

»So kann man's auch sehen.«

»Wollen Sie mal?« Er hielt mir seinen Joint hin.

»Nein, danke«, sagte ich. Wahrscheinlich wäre ich daran erstickt.

»Klar«, sagte er. »Dienst ist Dienst.«

»Genau.« Ich stimmte einfach immer zu. Eines der einvernehmlichsten Gespräche, an die ich mich erinnern kann. »Haben Sie viel im Jones verkauft, seit die Band da ist?« fragte ich.

»Klar. Mega.«

»Waren Sie Montagabend da?«

Er zog seine Augenbrauen zusammen, während er über die Frage nachdachte. »Könnte sein«, sagte er schließlich. »Ich bin oft da.«

»Kann ich mir vorstellen. Aber am Montag?«

»Ziemlich sicher.«

»Zum Dealen?«

»Jup.«

»Mit wem?«

Gerade, als er antworten wollte, kam Gloria mit einer Schürze von den Ausmaßen Surreys auf dem kolossalen Leib wieder herein. Er trug pinkfarbene Gummihandschuhe und hielt eine Abwaschbürste aus Plastik in der einen Hand. »Sind Sie sicher, daß ich Ihnen nichts anbieten kann, Nick?«

»Verpiß dich, alte Sau«, sagte Elmo gehässig. »Geh und polier deinen Wok.«

Dauergereizt. Diesen Typ kannte ich gut. Ich war lange genug mit so jemandem verheiratet.

Gloria machte einen Schmollmund. »Elmo, Herzchen«, sagte er. »Sei doch nicht so gemein. Dein Freund Nick wird das nicht mögen, wenn du so gemein zu mir bist.«

»Na und?«

»Wenn du weiter so gemein sein willst, geh ich wieder abwaschen.« Er ging.

»Sie leben ganz gut davon.«

»Man lebt.«

»Verkaufen Sie viel an *Pandora's Box*?«

»Unter anderen.«

»Zum Beispiel?«

»Bands, Diplomaten, die königliche Familie ... Sie kennen die Szene. So ein Haus«, er machte eine Geste, die den ganzen Raum einschloß, »verdient man sich in meinem Alter nicht, indem man Haarspangen vor Schultoren verscherbelt.«

»Das ist Ihr Haus?«

»Klar.«

»Ich hätte gedacht ...«

»Dann haben Sie falsch gedacht«, unterbrach er mich. »Es *ist* mein Haus. Gloria kocht und wäscht ab und kauft ein. Vor allem im Einkaufen ist er ganz groß. Er ist überhaupt ganz groß. Er ist okay. Er ist sein Geld wert.«

»Freut mich zu hören«, sagte ich. »Und wo wir schon beim

Thema sind: Wo ist der Stoff, mit dem ich mir mein Geld verdienen soll?«

Elmo wühlte zwischen den Kissen und holte einen braunen Umschlag hervor. Er warf ihn zu mir herüber. Ich fing ihn mit einer Hand auf. Öffnete ihn. Darin lag ein halbes dutzend Briefchen aus Papier. Ich nahm eines heraus und faltete es auf. Sah aus wie brauner Zucker.

»Okay?« fragte er.

»Sieht so aus. Ich nehm das Zeug nicht.«

»Nin schon.«

»Und wer von meinen Bekannten noch?«

»Warum sind Sie eigentlich so neugierig?« fragte er. Eine durchaus nachvollziehbare Überlegung unter den gegebenen Umständen.

»Gewohnheit.«

Sein Körper wurde steif. Falsch, Nick, dachte ich.

»Beruhigen Sie sich«, sagte ich. »Ich bin kein Bulle. Sagen Sie mir einfach, wem Sie noch was verkaufen.«

»Das fällt unters Berufsgeheimnis.«

»Das tut Ihre Adresse auch. Aber ich kenne sie, und ich kann sie jederzeit an ein paar sehr interessierte Mitmenschen weitergeben.«

»Bitte sehr. Dann liefere ich Ninotchka ans Messer. Und glauben Sie nicht, daß ich das nicht wage.«

Ich war mir sicher, daß er seine Großmutter für ein Kilo Stoff verkaufen würde. Aber ich war mir auch sicher, daß er mir alles erzählen würde, was ich wissen wollte, wenn ich ihn nur massiv genug bedrohte.

»Elmo«, sagte ich, »wenn Sie mir nicht sagen, wem Sie in diesem gottverdammten Hotel Dope verkauft haben, schmeiße ich Sie durch das Fenster da, und zwar, ohne es vorher aufzumachen. Das würde Ihrem hübschen Gesicht nicht gut tun, glauben Sie mir.« Ich war ohnehin versucht, desgleichen zu unternehmen. Gerechtigkeitswahn. Schon für das, was er über Turdo gesagt hatte.

Er starrte mich an, angespannt und ängstlich. Diesmal nahm er mich ernst. Kluges Kerlchen.

Also sagte er es mir.

»Danke«, sagte ich, als er fertig war und ich mich zum Gehen wandte. Gloria stand hinter mir und blockierte die Tür. Er trug immer noch die Schürze und die Gummihandschuhe, hatte die Bürste aber gegen ein Küchenmesser mit einer zwanzig Zentimeter langen, funkelnden Klinge eingetauscht.

Ich stand still. Hob meine Hände, als wollte ich mich ergeben. Aus dem Augenwinkel sah ich Elmo grinsen.

»Du Schwein«, sagte Gloria. »Du hast mein Baby erschreckt.«

»Dein Baby frißt Scheiße, Gloria«, sagte ich. »Frißt Scheiße und fickt Scheiße. Du fette, häßliche alte Fotze.«

»Bastard«, schrie er und kam auf mich zu, das Messer nach vorn gereckt. Ich trat einen Schritt zur Seite, packte sein Handgelenk und ließ ihn an mir vorbeirasen. Ich ließ nicht los, und der Knochen brach wie Stangensellerie. Er schrie und knallte mit vollem Tempo gegen das Sideboard mit dem Kitsch drauf. All die kleinen Schätze purzelten zu Boden. Sein etwas größerer Schatz wollte aufstehen, und ich tat, was ich schon bei Pandora hatte tun wollen. Ich kickte ihn ins Gesicht, und er flog über den Kissenhaufen und krachte gegen den Fernseher. In einem Funkenregen zerbarst das Gerät.

Ich nahm das Messer hoch, steckte es zwischen Tür und Rahmen, brach die Klinge ab und ließ den Griff fallen.

»Tschüssie«, sagte ich zu Elmo. »Und ruf Gloria besser einen Krankenwagen. Wenn er kein Pflaster auf sein Ärmchen kriegt, kann er nicht mehr ordentlich abwaschen.« Ich ging.

Ich spazierte die King's Road entlang bis zum Chelsea Potter. Dort bestellte ich mir ein Bier und trank es halb aus. Dann ging ich aufs Klo, schloß mich in einer Kabine ein und schüttete eine winzige Menge Heroin in einen Umschlag, den ich in meiner Jackentasche hatte.

Anschließend machte ich mich auf die Suche nach einem Taxi.

20

Ich ließ mich zum Cromwell fahren und bat den Taxifahrer, zu warten. Drinnen fragte ich nach dem Arzt, der sich um Shapiro gekümmert hatte. Ich hatte Glück. Er war da. Ich fand ihn in seinem Büro. Ich gab ihm den Umschlag und bat ihn, den Stoff darin mit dem aus Shapiros Suite zu vergleichen. Er sagte, das würde er tun. Ich ging zurück zum Taxi und ließ mich zum Hotel fahren.

Ich lieferte den Stoff bei Ninotchka ab. Danach fühlte ich mich so mies, daß ich mich auf meine Suite verzog, das »Bitte nicht stören«-Schild raushängte, den Telefonhörer von der Gabel nahm und alle Vorhänge zuzog. Dann ging ich zu Bett. Und das war's, bis ich mit einem eiskalten Handtuch im Gesicht wieder aufwachte. Ich träumte, daß ich ertrank, und dann wachte ich auf, weil ich tatsächlich ertrank. Wissen Sie, wie das ist? Wenn Sie urplötzlich aus dem Schlaf gerissen werden? Ich dachte, ich wäre unter fünfzehn Tonnen schwarzen Wassers begraben. Ich schwamm auf dem Trockenen. Paddelte mit Armen und Beinen. Ich hörte ein Kreischen und sah Ninotchka rückwärts von meinem Bett springen. »Was zum Teufel ...?« fragte ich.

»Du hättest mich beinahe k.o. geschlagen, du Töffel«, rief sie.

Ich lag im Bett, in mein Laken verwickelt, nackt bis auf meine Shorts, mit einem Handtuch im Nacken, eiskaltes Wasser auf der Brust. Ich war naß, verschlafen und total durcheinander. »Was ist los?« frage ich wieder.

»Beruhige dich«, sagte Ninotchka und fing an zu lachen. Sie hielt sich die Seiten. Zwei Minuten später hatte ich mich aus dem Laken gewickelt, mit meiner Bettdecke abgetrocknet und das Handtuch auf den Nachttisch geknallt. Sie erholte sich langsam. »Scheiße«, keuchte sie. »Oh, Nick, das war das Größte.«

»Was tust du hier?« fragte ich.

»Du begleitest mich zum Dinner, erinnerst du dich? Niemand konnte dich erreichen. Ich hab den Hauptschlüssel vom Hotelmanager bekommen. Du hast geschlafen wie ein Baby. Du hast so süß ausgesehen ...«

»Und du hast es kaum übers Herz gebracht, mich aufzuwecken, ich weiß.«

»Ich wollte mich nicht versetzen lassen.«

»Wie spät ist es?«

»Kurz vor neun.«

»Wann ist das Dinner?«

»Um neun.«

»Dann kommen wir zu spät.«

»Je später, desto besser. Ich hasse es, pünktlich zu sein.«

»Prima, denn wir werden es sowieso nicht sein. Ich muß erst duschen. Wenn du im anderen Zimmer wartest ...«

»Bist du prüde?«

»Ja. Und jetzt raus hier, in Ordnung?«

Sie ging.

Ich kletterte aus dem Bett und ging ins Bad. Ich starrte in den Spiegel und wurde blaß. Aber mit etwas Weichzeichner würde das alles schon viel besser aussehen.

Rasieren, duschen, Haare waschen. Danach sah ich schon etwas besser aus und fühlte mich auch so. Ich schlüpfte in meinen Bademantel und ging zum Schrank. Ich wollte den Schlips, den Ninotchka mir gekauft hatte, tragen, also wählte ich einen mitternachtsblauen, einreihigen Anzug, ein weißes Hemd mit schmalem Kragen, schwarze Socken und schwarze Schuhe. Ich knotete den Schlips zu und trat einen Schritt zurück, um mich im Spiegel zu bewundern. Nicht schlecht, mußte selbst ich zugeben. Nachdem ich mein Aussehen überprüft hatte, ging ich hinüber ins Wohnzimmer. »Wer sind Sie, und wo ist Nick?« fragte Ninotchka, die sich auf dem Sofa mit etwas, das wie Gin-Tonic aussah, vergnügte.

»Sehr witzig«, sagte ich. »Und dabei seid ihr Amerikaner doch gar nicht für euren überbordenden Humor bekannt.«

»Und was ist mit Steve Martin?«

»Also bitte.«

»Robin Williams?«

»Meinetwegen.«

»Pee Wee Herman?«

»Gehen wir essen«, sagte ich und bot ihr meinen Arm. Sie stand auf, fragte: »Magst du mein Kleid?« und drehte sich einmal um ihre eigene Achse. Es war schwarz, Satin und Spitze, mit einem kurzen Rock über einer Reihe Petticoats und einem enganliegenden Body, der ihre Brüste nach oben und nach draußen schob. Dazu trug sie eine schwarze Strumpfhose und Stiefeletten aus Wildleder.

»Du siehst aus wie Annie Oakley an ihrem freien Abend«, sagte ich. »Ein echtes Cowgirl.«

»Das war genau das, was ich von dir hören wollte. Los, machen wir sie neidisch.« Sie nahm meinen Arm, und wir gingen.

Das Essen war, gelinde gesagt, höchst eigenartig. Ninotchka und ich waren die letzten. Als wir unten ankamen, wartete der Hotelmanager bereits auf uns. Er führte uns nicht in das normale Restaurant, sondern in einen großen, direkt daneben gelegenen Raum. Darin stand ein großer, runder Tisch. Er war für zweiundzwanzig Personen gedeckt, und zwanzig saßen bereits daran. Sie alle starrten uns an, als wir hereinkamen. In der Mitte des Tisches stand eine kunterbunte Eis-Skulptur. Zwei große Gitarren, gekreuzt wie Schwerter. »Wow!« sagte Ninotchka und kniff mich kräftig in den Arm. »Das ist toll. Eine Vox Teardrop und eine Gretsch Double Anniversary. Und sie sehen so echt aus.«

»Ganz wunderbar«, sagte ich.

Als wir näher kamen, stand Pandora auf. »Ninotchka«, sagte er, »wir dachten schon, du kommst nicht. Schönes Kleid. Und Nick. Sie müssen mir verraten, woher Sie die Krawatte haben.«

Er trug einen Anzug mit rotem Schottenkaro, ein schwarzes Hemd und einen Schottenkaro-Schlips. Er sah schrecklich aus. »Setzt euch«, sagte er, und ein Kellner rannte los, um unsere Stühle zurechtzurücken.

Als wir Platz genommen hatten, begutachtete ich die restliche Dinner-Runde. Ninotchka saß rechts von mir. Links saß

Box' Frau Barby. Sie trug ein kleines schwarzes Lycra-Top, das die obere Hälfte ihrer Brüste freiließ. Sie lächelte mich an und sagte Hallo. Ich lächelte auch, sagte Hallo und versuchte, nicht zu lange auf ihre Titten zu glotzen. Obwohl mir das gut gefallen hätte. Neben ihr saß Box selbst, dann Lindy Hopp und ihr Mann. Sie winkte mir mit den Fingerspitzen zu. Er grinste. Neben Shapiro saß eine Frau, die ich nicht kannte, dann ein Langhaariger, den ich auch nicht kannte. Er trug eine Lurex-Jacke und eine Sonnenbrille und kaute auf seinen Nägeln, als wäre das Küchenpersonal im Streik. Neben ihm saß eine steife Matrone in etwas Grünem, das aussah, als wäre es aufgeplatzt, als sie gerade nicht guckte. Daneben der amerikanische Anwalt Louis Pascall.

Dann kamen Pandora, der zwischen seinen beiden Püppchen saß, und deren Mutter. Alle vier ignorierten mich. Links von ihnen zog eine aufgedonnerte Blondine ihren Lippenstift nach. Dann Lomax, der uns breit angrinste. Dann wieder eine Frau, die ich noch nie gesehen hatte. Sie sah aus wie eine der drei Hexen aus *Macbeth* auf Diätpillen. Neben ihr saß Tony Tune, der Produzent, den ich am Vortag kennengelernt hatte. Er nickte mir zu. Ich nickte zurück. Dann war da ein fetter Kerl in vollem Abendanzug mit Frackhemd und sein Date, eine tolle Rothaarige, an deren violettem Kleid ich gern mal die Reißverschlüsse auf Funktionstüchtigkeit überprüft hätte. Daneben noch ein Langhaariger in Lederjacke, und neben ihm, direkt neben Ninotchka, saß eine tolle Brünette mit durchsichtiger Bluse und ohne BH. Die pinkfarbenen Spitzen ihrer Nippel waren gut zu sehen, wenn sie sich bewegte. Was sie tat, als hätte sie Ameisen im Höschen. Falls sie welche trug. Das war's. Wie eine Massenszene aus *Die zehn Gebote*. Cecil B. DeMille, wo bist du, wenn man dich wirklich braucht?

»Meine Güte, wer ist denn hier wer?« fragte ich Ninotchka.

»Wen kennst du nicht?«

Ich sagte es ihr. Sie erklärte, wer diese Leute waren. Der Fingernagelbeißer war Baby Boy Valin, der Drummer. Er saß neben seiner Freundin. Die Diät-Hexe war Scratch, die andere

Sängerin. Die aufgedonnerte Blondine war eine vom Lomax' Freundinnen. Der Typ im Abendanzug war Spike Leonard, der Boß von Cobra Records, die *Pandora's Box* weltweit unter Vertrag hatten. Der Rotschopf war eine Promotion-Frau von der Plattenfirma. Der Rock'n'Roller mit den langen Haaren war Shorty Long, der Bassist. Samt Groupie. Während Ninotchka mich einweihte, nahm ein Kellner unsere Getränkewünsche auf. Ich orderte Whisky Sour. Ninotchka blieb bei Gin.

Als der Kellner zur Bar zurück eilte, stand Pandora auf. »Willkommen, Leute«, sagte er. »Ich werde keine Rede halten. Nur ein paar Worte, jetzt, wo alle da sind.« Er sah Ninotchka und mich an. »Heute ist nicht gerade der tollste Tag in der Geschichte der Band. Aber es gab auch schon schlimmere. Viel schlimmere. Nach ausführlichen Beratungen und Überlegungen mit Spike«, der Abendanzug nickte mit dem Kopf, »und Tony und unseren Beratern und den Mitgliedern der Band und der Crew – haben wir entschieden, in London zu bleiben und das Album fertigzustellen.« Er machte eine Pause. Falls er Applaus erwartet hatte, wurde er enttäuscht. »Und heute nacht werden wir losziehen und aller Welt zeigen, daß *Pandora's Box* lebt und gut drauf ist und daß wir im Herbst alle Verkaufsrekorde brechen werden. Wir beginnen mit einem Besuch beim Empfang von *The Miracle*. Der ist um Mitternacht, nach ihrem Konzert im Wembley Stadion. Ich habe Limousinen bestellt. Wir werden um zwölf Uhr dreißig unseren großen Auftritt haben. *Pandora's Box* en masse. Wir machen diese Arschlöcher platt. *The Miracle* – was für ein Scheiß! Ihr letztes Album war ein Flop, und soweit ich weiß, haben sie für die Show heute nacht überall plakatiert. Diese Säcke *bezahlen* die Leute, damit sie ihnen die Tickets abnehmen. Wir hingegen haben denselben Gig für fünf Nächte hintereinander ausverkauft. Muß ich mehr sagen? Klasse siegt. Und nun genießt euer Essen. Ich werde das auf jeden Fall tun.« Er klatschte in die Hände. Die Türen zur Küche gingen auf, und eine Horde Kellner quoll heraus. Jeder von ihnen trug zwei Tabletts hoch über dem Kopf.

»Als nächstes kommt ein Streichorchester«, sagte Ninotchka. »Oder Feuerschlucker oder so.«

»Ich wäre nicht überrascht. Der Kerl ist heute echt von sich überzeugt. Ich schätze, vor allem, weil ihr bleibt. Das letzte, was ich gehört habe, war die Ankündigung von einem Exodus nach L. A.«

»Keith hat mich überzeugt, zu bleiben. Er kann sowas sehr gut.«

Ich wußte, daß Pandora mit mindestens vier der anwesenden elf Frauen etwas gehabt hatte. Mir blieb kaum etwas übrig, als ihr zuzustimmen.

Das Essen war okay. Offensichtlich hatte Pandora selbst das organisiert. Zuerst gab es Satay mit Erdnußsauce, Chili, Reiskeksen und Zwiebelscheiben oder Wasserkresse-Suppe. Als Hauptgang konnte man zwischen Lammkoteletts in Orangen-Minz-Sauce und *Mange tout* mit Crabmeat und Stubenkücken in Calvados wählen. Dazu gab es jeweils Gemüse. Zum Dessert gab es Limonen-Zitronen-Sorbet oder Schokoladenpudding mit Rum. Danach Wein, Kaffee und Likör. Ich nahm Satay und Lamm.

Beim Essen fiel mir auf, daß Tony Box sich systematisch dem *vino collapso* näherte. Er hatte zwei Flaschen Wein hinter sich gebracht, bevor das Hauptgericht aufgetragen wurde. Während ich versuchte, an meinem Nouvelle-cuisine-Kotelett ein wenig Fleisch zu finden, schob er Barby beiseite und beugte sich zu mir herüber. »Wann spielen wir heut nacht?«

Meine Gabel schwebte zwei Zentimeter über dem Teller. Ich sah Barby an, die eines dieser Gesichter zog, die Leute machen, wenn ein Verrückter in der U-Bahn anfängt, mit sich selber zu reden. »Wie bitte?« fragte ich.

»Wann?« fragte er wieder.

»Wann was? Der Empfang?«

»Nein, der Gig. Du bist der verfluchte Tourmanager! Zahlen wir dir nicht genug, damit du sowas weißt?«

»Ich bin nicht der Tourmanager«, sagte ich.

»Was zum Teufel machst du dann hier?«

»Ich versuche zu essen«, sagte ich. Ich fing an, mich zu

ärgern. Alle anderen hatten aufgehört zu reden und starrten uns an. Lomax kam zu Hilfe. Er stand auf und kam herüber. »Hey, *big Box*«, sagte er. »Was ist los?«

»Der Wichser macht seinen Job nich'.«

»Tja, er ist neu, Mann. Gib ihm Zeit. Worum geht's denn überhaupt?«

»Wann spielen wir?«

»Mach dir darüber keine Sorgen. Wir haben noch ein paar Stunden. Ich sag dir Bescheid, wenn wir dich brauchen.«

»Ich muß mich umziehen«, sagte Box.

»Verlaß dich auf mich.«

»Okay«, nickte Box und steckte seine Schnauze wieder in sein Glas. Langsam nahmen die anderen ihre Gespräche wieder auf.

Lomax haute mir auf die Schulter und zwinkerte. »Alles in Ordnung, Tourmanager?«

»Klar«, sagte ich.

»Gut. Das hör ich gern.«

Barby beugte sich zu mir herüber und flüsterte in mein Ohr: »Tut mir leid. Manchmal wird er etwas komisch.«

Ich zuckte mit den Achseln. »Kein Problem.«

Ich wandte mich an Ninotchka. »Ist er immer so?» fragte ich. »Ich fand ihn schon ziemlich verrückt, als ich ihn das erste Mal getroffen habe, aber heute abend ist er völlig daneben.«

»Manche Tage sind schlimmer als andere. Der arme Tony. Er sollte nicht trinken, wenn er kifft.« Sie seufzte. »Aber er wird sich nie ändern. Er war so oft auf Entgiftung, daß er inzwischen 'ne goldene Kundenkarte hat. Und ich wette, er geht nur zu den Anonymen Alkoholikern, um seine alten Freunde zu treffen.«

»Wie gemein«, sagte ich.

»Eigentlich nicht. Du solltest ihn mal hören, wenn er über mich und die Männer redet. Er ist okay. Der beste von denen hier. Wir verstehen uns.«

»Aber an einigen Tagen vermutlich besser als an anderen, so wie's aussieht.«

»Stimmt.«

Ich ließ das Dessert aus und bestellte Kaffee und Grand Marnier. Ich plauderte mit Ninotchka über dies und das, als Pandora aufstand. »So«, sagte er. »Ich habe eine Überraschung für euch.«

Als er das sagte, flogen die Türen auf und zwei Frauen mit schwarzen Baskenmützen, schwarzen Strumpfhaltern, schwarzen Netzstrümpfen und schwarzen hochhackigen Schuhen eilten herein. Jede trug ein silbernes Tablett, auf dem in Silberpapier eingewickelte und mit silbernen Schleifen verzierte Päckchen lagen. Sie gingen zum Eßtisch. »Was ist das?« fragte ich Ninotchka.

»Keine Ahnung«, sagte Ninotchka. »Wieder eine von Keiths kleinen Überraschungen, nehme ich an.«

»Hat der Kerl einen Abschluß in schlechtem Geschmack?« fragte ich.

Das Pärchen reichte jedem von uns eines der Päckchen. Alle rissen die Verpackung auf und machten Ooohh und Aaahh. Sogar ich bekam eins. Es war klein, aber schwer. Darin war eine Samtschachtel. Und in der war eine goldene Rolex mit schwarzem Zifferblatt und Diamanten statt Zahlen. Fühlte sich an wie ein Original. Ninotchka hatte die Damenversion, wie das so schön heißt. Am ganzen Tisch: Die Männer hatten die größere, die Frauen die kleinere Uhr. »Mein Gott!« sagte ich. »Sind die echt?«

»Keith würde sich nicht mit Fälschungen abgeben«, sagte Ninotchka. »Das würde sein Ego verletzen.«

»Die kosten zehn Riesen das Stück«, sagte ich. »Das macht über zweihunderttausend Pfund.«

Ninotchka zuckte mit den Achseln. »Er liebt extravagante Gesten.«

»Das kann man wohl sagen.« Ich band meine Uhr um. Sah gut aus, muß ich zugeben.

Pandora erhob sich wieder. »Eine kleine Geste meines Dankes für eure harte Arbeit und Loyalität.« Diesmal bekam er den Applaus, den er erwartet hatte. Verrückt, was ein Haufen Glitzerkram ausmachen kann. Alle klatschten, außer Tony

Box. Er hatte sein Päckchen nicht aufgemacht, sondern es achtlos auf den Tisch geworfen, zwischen seine Essensreste und das Leergut aus dem Weinkeller. Plötzlich stand er auf und stand schwankend da. Mit einer Hand hielt er sich am Tisch fest. Der Beifall erstarb. »Scheiße!« rief er. »Dumme Scheiße, Keith.«

Barby legte ihm die Hand auf den Arm, aber er schüttelte sie ab. »Scheiß-Loyalität«, sagte er. »Ihr Scheißer wißt ja nich' mal, was das heißt. Keiner von euch.« Und dann beugte er sich vor und packte die Eis-Skulptur, die langsam vor sich hin schmolz. Er hob sie hoch, ging ein paar Schritte und stemmte sie durch das geschlossene Fenster. Draußen zersplitterte das Eis in tausend kleine Stücke, zusammen mit dem Fensterglas und dem Holzrahmen. Keiner sagte ein Wort. Box drehte sich um und stand einfach da. Er schwankte wie ein Baum im Wind. Dann fing Pandora an zu grinsen und zu klatschen. Einer nach dem anderen klatschten die übrigen Dinner-Gäste mit, außer Ninotchka und mir. Ich bewunderte sie dafür. Die anderen krochen einfach in den nächstbesten Arsch. Ich sah Ninotchka an und schüttelte den Kopf. Sie schüttelte ihren auch. Als der Applaus abflaute, kam der Hotelmanager herein. Er schien den Schaden gar nicht wahrzunehmen, aber ich hätte darauf gewettet, daß er ihn im Geiste bereits auf die Rechnung setzte. Er ging zu Pandora und flüsterte ihm etwas ins Ohr.

»Die Autos sind da. Gehen wir«, sagte er. »Und macht die Jungs platt, wenn wir kommen.«

Nach diesem Dinner wußte ich, warum sie ihn den Zar nannten, und wieso es *Pandora's Box* immer noch gab. Alle standen auf und wieselten umher. Ich nahm Ninotchkas Arm und klemmte ihn unter meinen. »Dieser Box ist echt verrückt«, sagte ich. »Was sollte das eben?«

»Rock'n'Roll, Nick. Einfach nur Rock'n'Roll«, sagte sie. »Komm jetzt, wir machen ein Faß auf. Und du bist mein Beau.«

21

Wir gingen raus, und vor dem Hotel warteten acht schwarze Mercedes 600 Limousinen auf uns, die für Linksverkehr umgerüstet worden waren. Jede einzelne war etwa sechs Meter lang, und alle hintereinander ließen die Straße wie einen schimmernden Fluß aussehen. Neben der hinteren Türe jedes Wagens stand ein Premiere-Wachmann in vollem Abendanzug. Ein prachtvoller Anblick. Ninotchka und ich nahmen den dritten Wagen, Chas fuhr, und mein alter Freund Don bediente das Maschinengewehr. Er überwand sich sogar, mich beinahe menschenwürdig zu behandeln, als ich hinter Ninotchka einstieg. Als wir uns niedergelassen hatten, sagte ich: »Das ist wie in *Alice im Wunderland.*«

»Lehn' dich zurück und genieß es einfach, Nick«, sagte sie. »Nächste Woche mußt du vielleicht schon wieder Hamburger essen.« Wie wahr. Ich hatte längst gelernt, daß es ohnehin unsinnig war, dem geschenkten Gaul ins Maul zu sehen, zumal, wenn er Goldzähne hatte. Also tat ich wie geheißen und genoß die kurze Fahrt zum *Inn On The Park*.

Selbst zu dieser späten Stunde waren noch genug Leute unterwegs, daß wir kleinere Menschenaufläufe auslösen konnten. Acht lange, schwarze, deutsche Limos mit getönten Scheiben, in voller Beleuchtung, im Konvoi unterwegs. Das ist selbst in London kein allnächtlicher Anblick. Als wir vorfuhren, wußte der Pförtner gar nicht recht, wie ihm geschah. Die *Paparazzi* waren in ihrem Element, und Pandora samt Anhang zeigten, was sie hatten.

Im Hotelfoyer sammelten wir uns. Es war viel los, und alle glotzten uns an. Der Empfang fand im großen Ballsaal statt. Wir taten uns in Zweier-Paaren zusammen, begleitet von den Sicherheitsleuten, und bahnten uns einen Weg durch die Gäste, Schaulustigen, Groupies und enttäuschten 24-Stunden-Party-Typen, die nicht ans Freibier rankamen. Als wir durch die großen Türen marschierten, Pandora und seine Teenies vorneweg, traten die Securityleute einfach zur Seite und ließen uns ein. Exzellentes Timing. Drinnen schien die Zeit stehen zu bleiben, und alle starrten uns an.

Wir blieben in der Türe stehen und badeten im Ruhm.

Nach ein paar Minuten, als der Auftritt vorbei war, stieß mich Ninotchka mit ihrer Hüfte an. »Ich muß nach meinem Make-up sehen«, sagte sie. Es war perfekt, aber ich sagte lieber nichts. Statt dessen wanderte ich umher und sah mich um. Das erste Gesicht, das ich kannte, gehörte Seltza. Er stand seitlich von der Eingangstür, an die Wand gelehnt, und sah cool drein. Ich ging zu ihm hinüber.

»Hi«, sagte ich.

Er drehte sich um und grinste. »Hi, Mann. Du bist mit den Wichtigen gekommen.«

»Genau«, bestätigte ich.

»Toller Auftritt. Und einen netten Fummel hat unsere wunderschöne Blonde an.«

»Stimmt. Bist du allein hier?«

»Im Moment. Die meisten von der Crew sind hier. Befehl vom Chef. Treiben sich rum. Ich bin gerade auf der Pirsch.«

»Hast du was bestimmtes im Auge?«

»Nur den Alk. Ich bin nicht in der Stimmung für Weiber, nach der letzten Nacht.« Er trat mit einer Stiefelspitze auf den Teppich. »Ich werd' mir 'ne Flasche schnappen und mich besaufen wie ein Stinktier. Und den Mond anheulen.«

»Tun Stinktiere das?« fragte ich.

»Scheiße, was weiß ich«, sagte er. »Ich bin aus Los Angeles.« Er sprach ein hartes ›g‹. Angle-lees.

Ninotchka kehrte von der Toilette zurück. »Steh gerade, Nick. Dein Kommando-Offizier ist wieder da«, sagte Seltza.

»Laß das, Seltz. Sie ist okay, glaub mir.«

»Wenn du es sagst. Man sieht sich.« Er stieß sich von der Wand ab und verschwand in der Menschenmenge.

Ninotchka kam zu mir herüber und nahm meinen Arm. »Alles okay, Nick?«

»Ja, klar.«

»War das Seltza?«

»Ja.«

»Er mag mich nicht. Alle Männer, die mich ficken wollen und nicht dürfen, können mich nicht leiden. Und die meisten, die dürften, auch nicht. Magst du mich, Nick?«

»Klar.«

»Nicht mehr lange. Du wirst dich ändern.« Sie zuckte mit den Achseln. »Alle haben sich geändert.«

»Nur du nicht?« fragte ich.

Sie sah mich mit ihren schönen blauen Augen an. »Ich wechsele nicht meinen Charakter, sondern nur meine Unterwäsche«, sagte sie. Und zwinkerte mir dabei zu.

»Vielleicht brauchst du einfach nur einen Freund«, sagte ich.

»Einen Mann als *Freund*? Das wäre eine Premiere. Aber vielleicht brauche ich das. Und vielleicht bist du der richtige dafür. Was meinst du?«

»Ich meine, daß wir uns amüsieren sollten. Der Alk ist umsonst, die Nacht ist jung, du bist schön, und wir haben eine Menge Sorgen zu ertränken.«

»Amen«, sagte Ninotchka, und wir gingen zur Bar.

Ich hatte schon ein paar Empfänge zu allen möglichen Anlässen mitgemacht, aber das hier war der größte Affenzirkus, den ich je gesehen hatte. Der Ballsaal war dekoriert, wie sich irgendein durchgeknallter Schwachkopf einen Tanzschuppen in den tiefsten Südstaaten vorstellte. Der Holzboden war mit Sägespänen bestreut worden. An den Wänden hingen allerhand Neonschilder und dazu ein paar Stars-and-Stripes- und Konföderierten-Flaggen. An der Bar gab's ausschließlich Margueritas, Champagner, Schlitz, Rolling Rock, Budweiser, Southern Comfort und Jack Daniels, was mir gut gefiel. Auch zu essen gab's Südstaatenzeug: Grillhühnchen, Spare Ribs, Flußkrebse, Gumbos, Poor-Boy-Sandwiches mit Austern in Sauce Piquante und dazu große Schüsseln mit Kohlsalat. Serviert wurde von hochgewachsenen Jünglingen mit weißen Schürzen und hohen Kochmützen und Kellnerinnen in lächerlichen Wildwestklamotten und Cowboystiefeln, mit Stetsons auf den Köpfen. Ninotchkas Aufzug paßte perfekt. In einer Ecke des Raumes war eine Bühne aufgebaut und mit noch mehr Fahnen dekoriert worden, und darauf spielte eine Cajun-Band Zydeco und Western-Swing. Langsam fing die Party an zu brummen, und die ersten Opfer zeigten sich.

Pandora hatte irgendwoher eine Wasserpistole, die er sich an der Bar mit JD nachfüllen ließ. Dann lief er herum und spritzte in fremde Drinks und sogar in die aufgesperrten Münder irgendwelcher Deppen. Und davon gab's eine Menge. Ein oder zwei Leute würden in dieser Nacht mit Sicherheit die Schmerzgrenze durchbrechen.

»Was hat es mit dieser Band *The Miracle* eigentlich auf sich?« fragte ich Ninotchka, nachdem wir es uns neben ein paar Gläsern gemütlich gemacht hatten.

»Weißt du das nicht?«

»Leider nein«, entschuldigte ich mich.

»Scheißkerle sind das«, erläuterte sie. »Gute alte Südstaaten-Jungs. Deswegen das alles hier.« Sie zeigte einmal im Kreis. »Viel Haare und wenig Talent. Sie wären gern *Guns'n' Roses* oder die *Stones*. Aber das war wohl nichts. Kann man ablegen unter ›an der ersten Hürde gestürzt‹. Da drüben stehen sie. Sieh sie dir an.« Sie zeigte auf vier Typen in ausgewaschenen, zerrissenen und zu engen Jeans, die neben der Bühne standen. Einer trug einen Frack mit roten Litzen. Ein anderer, ein kleines Kerlchen, war in eine Offiziersjacke der Konföderierten geschlüpft und hatte einen schwarzen Zylinder schief auf die Rübe gebrezelt. Sie hatten alle lange Locken. Eine besonders zottelige Mähne reichte sogar bis zur Hüfte ihres Trägers. Jeder von ihnen hatte eine blonde Tussi im Arm. »Sie mögen uns nicht«, sagte Ninotchka. »Wir haben ihnen zuviel Wasser abgegraben.«

»Sie scheinen trotzdem noch genug Kohle für so eine Veranstaltung zu haben.«

»Quatsch. Die Plattenfirma ist in Panik. Du hast gehört, was Keith gesagt hat. Er ist vielleicht ein Bastard, aber ein cleverer Bastard. Er kennt den Marktwert und die Verkaufszahlen der fünfzig gefragtesten Bands der Welt auf zehn Cent genau.«

»Und auf welchem Platz steht *The Box* da?«

Sie zuckte mit den Schultern und sah zur Decke. »Top ten.«

»Nicht schlecht.«

»Ich kann mir mein Parfum davon leisten.«

»Ich dachte, ich leiste mir dein Parfum.«

»Du bist süß. Kannst du es riechen?«

»Ich bin trunken von dem Duft.«

»Ich dachte, das käme vom Wein.«

Während wir so dastanden und plauderten, kamen eine Menge Leute zu Ninotchka und versuchten, sie in ein Gespräch zu verwickeln. Die meisten ließ sie gleich abblitzen. Ich fand das unhöflich, und daß sie damit durchkam, erschien mir als ein Merkmal ihres Ruhmes. Schließlich konnte doch jemand ihre Aufmerksamkeit auf sich ziehen: eine spröde Blondine von OnLine Publicity. Sie hieß Dorothy und sah aus, als habe man sie in der Sonne zum Trocknen aufgehängt, so ausgemergelt und zerknittert war sie.

»Darling«, sagte sie zu Ninotchka und betrachtete mich aufmerksam, »wir müssen über Foto-Möglichkeiten sprechen.« Ich schwöre, so hat sie es gesagt, und zwar ohne dabei auch nur zu grinsen.

Ninotchka sah mich an. »Tut mir leid, Nick«, sagte sie. »Die Pflicht ruft.«

»Was muß, das muß«, sagte ich. »Wir seh'n uns später.« Sie küßte mich auf die Wange und verzog sich mit Dorothy in ein stilles Eckchen.

Ich sah mich um. Pascall, der amerikanische Anwalt, keilte mich ein. »Schöner Abend«, sagte er. »Wie geht's denn so?«

»Ich denke, das wissen Sie schon.«

»Nicht gut?«

»Schlecht.«

»Ich hatte gehofft, daß es nicht soweit kommt.«

»Scheiße passiert immer«, sagte ich.

»Wie wahr.«

»Immerhin haben Sie noch 'ne Band.«

»Wenn alles gut geht.«

»Glauben Sie, daß nicht?«

»Wie Sie ganz richtig gesagt haben: ›Scheiße passiert immer.‹«

»Ich tue mein Bestes, damit das nicht passiert.«

»Ich weiß, Mr. Sharman, und, wie gesagt, Sie haben meine hundertprozentige Unterstützung.«

»Gut zu wissen.«

»Wenn Sie etwas brauchen, meine Tür ist immer offen.«

»Ich werde daran denken.«

»Und nun muß ich hinüber zu meiner Frau.« Ich sah mich um. Die Frau in Grün, die beim Dinner neben ihm gesessen hatte, winkte in unsere Richtung. »Amüsieren Sie sich gut, Mr. Sharman«, sagte er.

»Das werde ich.«

Er entschuldigte sich und ging.

Ninotchka schien auch nicht zurückzukommen, also zog ich auf die Suche nach Abenteuern. Statt dessen stolperte ich über Chris Kennedy-Sloane. Er war Steuerberater und Vermögensberater, der sich auf das Musik-Busineß spezialisiert hatte. Er war natürlich ein Reptil, aber immerhin ein nettes. An jenem Abend trug er einen nagelneuen Anzug aus zerknautschter Seide und Baseballstiefel. Er sah aus, als wüßte er nicht recht, ob er zum Sport oder ins Büro wollte. »Chris, alter Junge«, sagte ich, »was zum Teufel tust du hier?«

»Nick! Das ist doch nicht zu fassen«, sagte er. »Ich dachte, ich hätte dich erkannt, als *The Box* ihren Auftritt hatten, aber ich hab meinen Augen nicht geglaubt. Wie zum Teufel geht's dir?«

»Ganz gut. Aber sag mal, ich dachte, du haßt solche Veranstaltungen?«

»Tue ich auch. Aber ich bin auf der Suche nach mehr Geld. Im Moment ist die Sache nicht ganz so einfach.«

»*The Miracle*?« fragte ich.

»Ich weiß nicht recht«, sagte er. »Meiner Meinung nach stürzen sie bald ab.«

»Hab ich auch gehört.«

»Wirklich? Wie interessant.«

»Und?«

»Ich leg mein Netz aus. Geschäft ist Geschäft.«

»Schon was gefangen?«

»Vielleicht. Aber im Moment ist alles so husch-husch. Ich kann dir später mehr darüber sagen, wenn's dich interessiert. Geht um viel Geld.«

»Ich glaub, von solchen Geschichten hab ich schon mehr als genug im Leben gehört, Chris«, sagte ich. »Aber danke für das Angebot.«

»Aber um nochmal darauf zurückzukommen«, sagte er, »was machst du nun eigentlich hier? Ach was, na klar: der Roadie und der Drumstick, richtig?«

»Genau.«

»Dacht ich mir. Üble Sache. Mir läuft 'ne Gänsehaut über den Rücken, wenn ich nur dran denke.«

»Ich hab's *gesehen*. Was glaubst du, wie ich mich fühle?«

»Du hast den Fall übernommen?«

Ich nickte.

»Verrückte Sache. Erst Mark McBain, jetzt *Pandora's Box*. Junge, du solltest ein Büro an der Westküste aufmachen. Ich könnte dir was untervermieten, wenn du willst.«

»Ha-Ha«, sagte ich. »Aber du könntest etwas anderes für mich tun, Chris.«

»Mein Herz sinkt schon in die Hose. Was wäre denn das?«

»Ich wüßte gern mehr über *The Box*.«

»Was denn?«

»Alles. Tratsch. Gemeine Gerüchte. Harte Fakten. Das ganze Zeug, mit dem du Tag für Tag zu tun hast.«

»Ich bin baff. Aber jetzt wo du's sagst, fällt mir ein, daß es da 'ne ganze Menge zu erzählen gäbe.«

»Ach ja? Was denn?«

»Zahlungsschwierigkeiten. Interne Vendettas. Trennungsgerüchte. Tod. Sowas. Das tägliche Brot der Popmusiker.«

»Kannst du mehr rauskriegen?«

»Wenn's sein muß.«

»Muß es.«

»Was hab ich davon?«

»Wer weiß?«

»In der Tat, wer? Okay, Nick, ich hör mal 'rum.«

»Bis wann?«

»Laß mir etwas Zeit. Heute ist Donnerstag. Naja, eigentlich Freitagmorgen. Ruf mich Montag an.«

»Montag könnte zu spät sein.«

»Jetzt machst du mich neugierig. Erzähl, was los ist.«

»Erzähl ich dir, wenn wir uns treffen. Wie wäre es mit heute? Heute abend?«

»Scheint dringend zu sein. Also gut, ich seh, was ich tun kann, für einen alten Freund. Aber das ist wirklich nicht viel Zeit. Komm in mein Büro. Du warst doch nie da, oder?« Er holte eine Visitenkarte aus seiner Brusttasche und gab sie mir. Sein Büro lag in den Docklands. Ich konnte es schon vor mir sehen. »Komm gegen sechs. Dann trinken wir was.«

»Bis dann«, sagte ich. »Ich seh jetzt mal besser nach Ninotchka. Ich soll heute abend auf sie aufpassen.«

»Ich würde jederzeit auf sie aufpassen.«

»Sehr lustig. Also, heute abend um sechs.«

»Bis dann.«

»Sehr gut«, sagte ich und ging los, um mir noch einen Drink zu holen.

The Miracle lauerten an der Bar ihren Gästen auf. Sie waren immer noch jeder mit einer Puppe und einer Flasche ausgerüstet. Der mit den meisten Haaren packte mich mit der Hand, in der er die Flasche hielt, am Aufschlag. Entweder roch es aus der Flasche oder er aus dem Mund. Jedenfalls roch es nicht gut. »Bist du mit dieser Braut hier, Ninotchka?« fragte er.

»Ja«, sagte ich und versuchte, mich aus seinem Griff zu befreien.

»Guter Fick.«

Ich überlegte, ob das eine Frage oder eine Feststellung war. Dann zuckte ich mit den Achseln und versuchte, über seine Schulter den Blick des Barkeepers zu erhaschen.

Der mit der Mütze setzte unsere Unterhaltung fort. »Eins A Fick«, sagte er.

Ich wußte, daß ich mich nicht um Ninotchkas Ruf sorgen

mußte. Er eilte ihr voraus wie eine Trompetenfanfare. Aber ich will gern zugeben, daß ich diese Typen einfach nicht leiden konnte. Ich betrachtete den Kerl mit der Mütze und sein kleines Schweinchengesicht darunter, und ich hätte ihm am liebsten ein neues Kinn verpaßt. »Muß man ein Arschloch sein, um in eurer Band mitspielen zu dürfen?« fragte ich milde.

»Muß man nicht, aber es hilft«, sagte der mit dem Frack, und sie lachten alle laut.

Was sollte das? Ich schob mich an ihnen vorbei zur Bar.

»Schlappschwanz«, sagte einer, aber ich ignorierte ihn einfach. War die Energie nicht wert. Ich bestellte mir ein Bier; die Flasche war eisverkrustet und der Inhalt fast gefroren. Ich trank aus der Flasche. Schlappschwanz? Ich?

Eine Stimme hinter mir sagte: »Das haben Sie gut gemacht.« Ich sah mich um. Eine Frau in einem engen Cocktailkleid stand hinter mir. Sie hatte kurzes, schwarzglänzendes Haar. Pagenschnitt. »Mit Würde und stark«, sagte sie.

»Kaum. Eher würdelos und schwach.«

»Man hätte Sie einfach nur rausgeworfen. Die haben einen Haufen Aufpasser. Fangen gerne Krach an und lassen dann andere Leute weitermachen.«

»Da sind sie nicht die einzigen«, sagte ich.

»Gleich suchen sie sich jemand anderen, Sie werden sehen.«

Ich betrachtete sie genauer. Gefiel mir nicht schlecht.

»Hab ich Dreck an der Nase?« fragte sie.

»Nein«, sagte ich. »Sie haben eine sehr schöne Nase, und sie ist außerordentlich sauber.«

»Sie haben sie so angestarrt.«

»Tut mir leid«, sagte ich. Tat es mir aber nicht. »Ich heiße Nick. Nick Sharman.«

»Ich bin Carol Daley. Aber alle nennen mich Sweetheart.«

»Das wundert mich nicht.«

»Danke.«

»War mir ein Vergnügen.« Dann fiel der Groschen. »Arbeiten Sie bei OnLine?«

»Ja. Woher wissen Sie das?«

»Wir haben gestern über Sie gesprochen. Ich arbeite für *The Box*.«

»Ach. Ich auch.«

»Ich weiß. Sie waren Montagnacht auf Shapiros Suite.«

Sie schnitt eine Grimasse. »War ich. Ich hab gehört, was passiert ist. Und von dem armen Roadie.«

»Bringt die Band in die Schlagzeilen.«

»Stimmt. Aber ich gehe trotzdem nicht wieder in das Hotel, bis sie herausgefunden haben, wer es war.«

»Das soll ich tun.«

»Sind Sie Polizist?«

»Privat.«

»Wie aufregend.« Daß sie mich aufregend fand, baute mich mächtig auf. »Ist Ihnen in jener Nacht etwas Ungewöhnliches aufgefallen?« fragte ich.

»Nichts besonders Ungewöhnliches. Wir saßen rum, kifften und hörten Musik. Ich komm immer wieder auf den Trip, wenn *The Box* hier sind. Ich will es nicht, aber Sie wissen ja, wie das ist.«

Ich sagte, das wüßte ich.

»Ich hab gegen elf ein Taxi nach Hause genommen«, fuhr sie fort. »In der Frühe hat mich Lindy angerufen und mir erzählt, daß Trash beinahe über den Jordan gegangen ist.«

»Keiner hat sich irgendwie komisch aufgeführt?«

»*Alle* haben sich komisch aufgeführt. Darum geht's doch immer, nicht wahr?«

Wiederum mußte ich ihr recht geben. Mehr gab's dazu nicht zu sagen. Noch eine Sackgasse.

»Werden Sie lange dabei sein?« fragte sie.

»Wann, heute nacht?«

»Nein, überhaupt.«

»Das weiß Gott. Ich bin schon verblüfft, daß ich mich so lange gehalten habe.«

Ninotchka tauchte an meinem Ellenbogen auf. »Nick, ich sehe schon, du unterhältst dich mit der schönsten Frau im Raum.«

»Das tue ich immer«, sagte ich. »Deswegen kümmere ich mich auch so aufopferungsvoll um dich.«

»Schmeichler.«

»Keineswegs.«

»Was meinst du, Sweetheart?« fragte sie.

»Ich finde, Nick hat recht.«

»Ich würde dir nur zu gern glauben, Schätzchen, aber du wirst dafür bezahlt, sowas zu sagen.«

In der Zwischenzeit war ein kleiner Streit am anderen Ende der Bar ausgebrochen. Die Typen von *The Miracle* provozierten Tony Box. Und er agierte weit weniger würdevoll und stark als ich. Offenbar war er völlig abgedreht, denn er hatte keine Angst vor ihnen. Vielleicht hatte er auch genau deswegen keine Angst vor ihnen. Und außerdem hatte er sich sowieso schon den ganzen Abend mit jemand streiten wollen.

Der mit den vielen Haaren grinste, die anderen Bandmitglieder lachten, und Box knallte ihm einen Kinnhaken rein, daß der Haarige in die eine Richtung, seine Bourbon-Flasche in die andere und seine Blondine in eine dritte davonsegelten. Er landete als lächerliches Häufchen irgendwo auf der Tanzfläche.

Aye, Aye, dachte ich und bewegte mich vorsichtig auf den Kampfplatz zu. Aus dem ganzen Raum strömten die Schaulustigen dorthin.

Jetzt hieß es *The Box* samt ihrer Security-Leute und Roadies gegen *The Miracle* samt Security und Roadies. Daraus hätte sich mit Leichtigkeit eine kleine Schlacht entwickeln können, und das falsche Saloon-Ambiente paßte perfekt dazu.

Ninotchka rettete die Situation. Sie drängelte sich nach vorn und stellte sich zwischen Box und den gestürzten *Miracle*-Typen; Hände in die Hüften gestemmt. »Ich finde«, sagte sie mit leichtem Südstaatenakzent, »ihr zwei solltet euch schämen. Streitet und schlagt euch, wenn wir alle feiern wollen.« Sie streckte dem Kerl auf dem Boden ihre Hand hin. Er starrte sie eine Sekunde an, dann packte er sie, und Ninotchka zog ihn hoch. »Jetzt reicht euch die Hände und seid Freunde«, sagte sie. »Tony ...« Zum ersten Mal wirkte sie etwas unsicher. »Tony«, wiederholte sie. Er murmelte etwas und streckte die Hand aus. Der Typ von *The Miracle* schüttelte sie. »Gut«, sagte Ninotchka. »Jetzt trinkt was zusammen und hört auf mit diesem Unfug.« Sie kehrte zu mir zurück, die Lage entspannte sich und die Leute verteilten sich wieder auf der Tanzfläche.

»Großartig«, sagte ich.

Sie lächelte. »Ich kann es immer noch«, sagte sie. Konnte sie wirklich.

Wenig später gingen die ersten, allein oder zu zweit. Ninotchka jedoch wollte die Nacht durchfeiern. Als sie genug hatte, waren alle, die ich kannte, schon längst weg, außer Don, der am Rand der Tanzfläche hockte und so aussah, als wünschte er sich nichts sehnlicher, als nach der Highschool einen vernünftigen Beruf ergriffen zu haben. Schließlich mußte selbst Ninotchka sich geschlagen geben. »Nick«, sagte sie, »ich kann nicht mehr. Verschwinden wir.«

»Dein Wunsch ist mir Befehl.«

Es war noch dunkel, aber nur gerade eben noch, als wir mit Don das Hotel verließen. Draußen auf der Straße wartete nur noch ein einziger Mercedes. Chas hatte sich dagegen gelehnt. Als er uns erkannte, stellte er sich gerade hin und öffnete uns die Tür zum Fond. »Tut mir leid, Chas«, sagte Ninotchka. »Wir haben jedes Zeitgefühl verloren. Sind wir die letzten?«

Er nickte. »Kein Problem, Miss. Ich hätte mir diesen Job nicht ausgesucht, wenn ich nicht gerne lang aufbliebe.«

»Du bist ein Engel.«

Wir stiegen hinten ein, Don setzte sich auf den Beifahrersitz, und Chas fuhr uns durch menschenleere Straßen zurück zum Hotel.

22

Die Limo stoppte abrupt vor der Einfahrt zur Tiefgarage. Die Schranke war unten und versperrte uns den Weg. Die Dämmerung zauberte gerade einen rosanen Schimmer auf die Häuserdächer, als wir durch das kleine Gäßchen kamen. Die Lampen auf den Metallpfosten brannten noch und warfen dunkle Schatten über das Kopfsteinpflaster. Das kleine Schrankenwärterhäuschen war leer. Chas hupte kurz. Mit Sicherheit zu dieser frühen Morgenstunde verboten. Ich hoffte nur, daß sich die Nachbarn nicht beschweren würden. Niemand kam. Er wandte sich an Don und sagte etwas, das wir nicht verstehen konnten. Don sah zu uns nach hinten. Er sah besorgt aus. Ninotchka beugte sich vor und ließ die Trennscheibe heruntersurren.

»Irgendwas nicht in Ordnung?«

»Einer von unseren Jungs sollte hier sein. Ich weiß nicht, was los ist. Verriegeln Sie Ihre Türen. Ich sehe mal nach.«

»Soll ich mitkommen?« fragte ich.

»Nein. Bleiben Sie hier. Passen Sie auf Miss Ninotchka auf. Bitte schließen Sie wieder die Trennscheibe, Miss. Ich möchte kein Risiko eingehen. Wenn niemand hier ist, fahren wir vorne herum.«

»Vielleicht sollten wir das gleich tun?« schlug ich vor.

»Ich seh nur mal kurz nach«, sagte Don. »Ich bleib nah beim Wagen. Und jetzt schließen Sie bitte alle Fenster und verriegeln Sie die Türen.«

Ninotchka ließ die Trennscheibe nach oben surren. Ich ließ das Schloß an meiner Tür einrasten und beugte mich dann zur anderen Seite und verriegelte Ninotchkas Tür. Urplötzlich wünschte ich mir, eine Waffe dabei zu haben.

Don stieg aus. Er nahm seine Pistole aus dem Holster und hielt sie in der rechten Hand. Chas ließ den Motor laufen. Don quetschte sich durch den Spalt zwischen Schranke und Zaun und ging hinüber zu dem kleinen Häuschen. Er zerrte am Türknauf, und die Tür ging auf. Er sah nach unten, dann zurück zum Wagen und scheuchte uns mit der Pistole von sich weg. Ich drückte auf den Knopf, um die Trennscheibe herunterzufahren. Chas steckte den Kopf aus dem Fenster, und während die Trennscheibe heruntersurrte, hörte ich Don rufen: »Zurück! Weg! Los, los, los!« Chas rammte den Rückwärtsgang rein und trat auf's Gas. Der Motor soff ab. Er hatte zuviel Gas gegeben.

Ich sah, wie Don den Kopf bewegte und über den Wagen hinweg die Straße entlang sah. Er hob seine Waffe. Ich starrte durch die Heckscheibe. Chas drehte am Zündschlüssel. Jemand rannte auf den Wagen zu. Eine schattenhafte, beängstigende Figur mit wirrem Haar und Armen, die zu lang für seinen Körper zu sein schienen. Beim Rennen huschte sein Schatten über den Boden, was ihn noch furchteinflößender aussehen ließ. Er knallte gegen das Heck und stürzte auf den Kofferraum. Sein Gesicht wurde gegen das getönte Glas gepreßt. Die Lampen an der Einfahrt zur Tiefgarage beleuchteten sein Gesicht. Er sah verrückt aus. Weit aufgerissene, starre Augen. Zottelbart. Verfilztes, mattes Haar. Sein Zahnlückenmund stand weit offen, wie von einem stummen Schrei. Ninotchka starrte ihn an, hob die Hände vor den Mund und schrie. In diesem Augenblick konnte Chas den Wagen starten. Er legte den Rückwärtsgang ein, und wir schossen los, den Mann immer noch hinten drauf.

Chas starrte nach hinten, die Augen genausoweit aufgerissen wie die des Typen an der Heckscheibe. Der große Wagen schaukelte von einer Seite zur anderen, und mit der Stoßstange knallte er gegen einen der Blumenkübel vor den Häuschen hinter dem Hotel. Der Topf zerplatzte, und der Dreck regnete auf uns herunter. Ich schrie »Stop!«, Chas trat auf die Bremse, und der Mann wurde heruntergeschleudert.

Er kollerte ein paar Meter, raffte sich dann auf und rannte weg. Ich konnte Schritte hören, als Don versuchte, ihn zu verfolgen. Ich öffnete den Riegel an meiner Tür und stieg aus. Ich rannte zurück zur Garageneinfahrt, sprang über die Schranke und lief zu dem Häuschen. Die Tür wurde vom Körper eines Wachmannes aufgehalten. Ich erkannte ihn nicht. Sein Hals war zerfetzt. Der Boden der Hütte war blutverschmiert. Ich suchte nicht lange nach Lebenszeichen. Er war tot.

Ich drehte mich um und rannte zurück zum Wagen. Chas saß einfach nur da, wie unter Schock. Ich donnerte mit meiner Faust gegen seine Tür. »Nach vorne«, schrie ich, »schnell!« Er reagierte nicht. Ich riß die Tür auf, schubste ihn auf den Beifahrersitz und ließ mich hinter das Lenkrad fallen. Ich raste das Gäßchen rückwärts entlang, bog dann in den kleinen Tunnel unter dem Hotel ein, raste falschrum die Einbahnstraße entlang und schlidderte vor den Haupteingang. Ich kümmerte mich nicht weiter um Chas. Sprang aus dem Wagen, riß die hintere Tür auf und zerrte Ninotchka heraus, die Treppe hoch, durch die Tür und ins Foyer. Zwei Leute von Premiere wachten in der Lobby. Ich sagte ihnen, was los war und wischte ihre Fragen beiseite. Einer schaltete sein Funkgerät ein, der andere hängte sich an das Telefon an der Rezeption. Ich trieb Ninotchka in den Fahrstuhl und dann in ihre Suite.

Als wir dort waren, fiel sie mir in die Arme und fing an zu weinen. Ich hielt sie fest. Sie schluchzte und zitterte so sehr, daß es schwer war, sie zu verstehen. Schließlich beruhigte sie sich etwas. »Nick«, sagte sie. »Nick ... mein Gott, ich kenne ihn.«

»Wen?«

»Den Mann. Den Mann da draußen.«

»Du kennst ihn?«

»Ja.«

»Bist du sicher?«

»Natürlich bin ich sicher!«

»Wer ist es?«

»Bobby. Bobby Boyle.«

»Wer?«

»Unser alter Drummer.« Und da erinnerte ich mich: Die Roadies hatten beim Essen von ihm erzählt. Wann war das gewesen, vor ein oder zwei Tagen? Alles suppte ineinander wie in einem schlechten Traum.

»Gott«, sagte ich, und sie fing wieder an zu weinen.

23

Ich setzte Ninotchka auf das Sofa, ging zur Bar und goß uns Drinks ein. Zwei sehr große Brandys. Nach dem, was wir gerade durchgemacht hatten, fand ich, wir hätten sie verdient. Und selbst wenn nicht, ich zumindest brauchte dringend einen, und so wie Ninotchka aussah, sie auch. Der Adrenalinschub schien den Alkohol der ganzen Nacht verjagt zu haben. Ich fühlte mich absolut nüchtern. Und eiskalt. Das Glas klirrte gegen Ninotchkas Zähne, als sie einen Schluck nahm. Als ihr Gesicht wieder Farbe bekam, fragte ich: »Bist du absolut sicher, daß du diesen Typen erkannt hast?«

Sie nickte.

»Ich kann es nicht fassen. Für mich sah er wie ein Berber aus.«

»Ein was?«

»Ein Penner. Ein Obdachloser. Einer von der Straße. Einer der wenigen Glücklichen, die für lau im West End schlafen dürfen.«

»Ich würde Bobby überall erkennen.«

»Er sah nicht so aus, wie ich mir einen Rockstar vorstelle.«

»Er hat sich verändert, Nick. Er war krank. Er hat nicht immer so ausgesehen. Er war hübsch. Wirklich hübsch. Er hat einfach nur zuviel Stoff geschluckt. Das ist alles.«

»Trotzdem.«

»Nick, ich habe mit diesem Mann sechs Monate zusammengelebt. Manche Dinge vergißt man nie.«

»Gibt es eigentlich überhaupt jemanden, mit dem du noch keine Affäre hattest?«

»Oh, Nick. Verdammt, du Moralapostel.« Sie war schon die zweite innerhalb von ein paar Tagen, die ähnliches zu mir gesagt hat. Vielleicht sollte ich mir einen Apostelbart wachsen lassen. »So ist das nun mal«, fuhr sie fort.

Draußen kreischten Sirenen heran. »In der wunnervollen, wunnervollen Welt des Rogg'n'Roll?« sagte ich. »Für ein paar

Leute waren die letzten Tage nicht sehr lustig. Du hast nicht gesehen, wie der Parkplatzwächter aussah.«

»Gott!« sagte sie. »Das arme Schwein. Den hatte ich ganz vergessen.«

»Sieht so aus, als wäre dein Freund der Hauptverdächtige. Was auch immer du sagst.«

»Nein. Nicht Bobby.«

»Komm schon, Ninotchka. Denk doch mal nach.«

»Nein!«

»Es ist lange her, daß du ihn besser kanntest.«

»Nein.«

»Und du hast selbst gesagt, daß er zu viele Drogen genommen hat.«

»Nein«, sagte sie wieder. »Nicht Bobby. Er ist der liebste Mensch, den ich je kannte.«

»Leute ändern sich.«

»Nicht so sehr. Er könnte so etwas nicht tun.«

Die Sirenen hielten vor dem Hotel. Sie jaulten direkt zu unseren Füßen. »Ich muß es der Polizei mitteilen«, sagte ich.

»Nein. Nein, das kannst du nicht machen.«

»Ninotchka, zwei Menschen sind tot.«

»Dann streite ich alles ab. Sage, ich hätte mich geirrt. Daß es gar nicht Bobby war. Sondern, was du gesagt hast. Ein Penner. Von der Straße.«

»Zum Teufel, Ninotchka, hör auf damit. Ich sage ihnen trotzdem, was du gesagt hast.«

»Bitte nicht.«

»Und was soll ich dann tun?«

»Versuch, ihn zu finden. Er leidet, Nick. Hast du nicht seine Augen gesehen?«

Doch, dachte ich. Die Augen eines Irren. Vielleicht die eines Killers. »Und wenn er noch jemanden umbringt?«

»Ich sage dir, er hat niemanden umgebracht. Finde ihn, dann wirst du mir glauben. Rette ihn vor den Bullen. Die machen ihn nur noch verrückter. Du schaffst das. Du bist gut.«

»Ich denke darüber nach«, sagte ich. »Aber ich muß es Roger sagen.«

»Warum?«

»Weil er vielleicht irgendeine Idee hat, wo ich suchen könnte. Und weil er der Boß ist. Oder zumindest der einzige Boß hier, dem ich traue.«

Sie lächelte. Sie war wunderschön, wenn sie lächelte. Trotz der Tränen. »Du vertraust Roger?« fragte sie.

»Ja.«

»Ich mag dich, Nick. Weißt du das? Du hast viel Menschenkenntnis.«

»Das hoffe ich.«

»Versprichst du's mir? Versprich, daß du es nicht sagst.«

»Okay«, sagte ich zögernd. »Aber ich sage Roger, was ich tun werde.«

Ich schnappte mir das Telefon. Lomax nahm erst nach dem neunten oder zehnten Klingeln ab. »'lo?« sagte er.

»Roger? Sharman.«

»Was? Was zur Hölle? Wissen Sie, wie spät es ist?«

»Na und? Die Bullen wecken Sie sowieso gleich auf. Haben Sie sie nicht gehört?«

»Was? Was ist denn *jetzt* wieder passiert?«

Ich sagte es ihm, so präzise wie möglich, und ich sagte kein Wort von Bobby Boyle. »Aber ich möchte mit Ihnen reden, bevor die Bullen es tun«, sagte ich am Schluß.

»Worüber?«

»Nicht am Telefon. Kommen Sie auf Ninotchkas Suite. Ich kann sie nicht allein lassen, und Don hat anderes zu tun.«

»Ich bin gleich da.«

»Gehen Sie nicht nochmal ans Telefon. Kommen Sie einfach her.« Knapp fünf Minuten später war er da. Seine Haare standen ab, und er hatte einen dunklen Bartschatten. Er trug Jeans, ein Rugby-T-Shirt und Timberland-Schuhe. »Was ist?« fragte er, kaum daß ich ihm aufgemacht hatte. »Ich wäre besser unten. Ich glaube, die Hölle bricht gerade los.«

»Einen Drink?« fragte ich, bevor ich antwortete.

»Perrier.«

Ich goß ihm Wasser in ein hohes Glas mit Eiswürfeln drin. »Bobby Boyle«, sagte ich, als ich es ihm gab.

»Was ist mit ihm?«

»Wo ist er?«

»Slough, glaube ich. Ich hab seine Adresse. Er wohnt bei seinem Vater. Warum?«

»Holen Sie sie mir.«

»Warum?« fragte er wieder.

Dann sagte ich ihm, was ich am Telefon verschwiegen hatte. Während ich sprach, schaute er immer wieder zwischen Ninotchka und mir hin und her.

»Scheiße«, sagte er, als ich fertig war. »Alle dachten, er wäre okay.«

»Wie meinen Sie das?«

»Er war in einer Heilanstalt. Paranoide Schizophrenie war die Diagnose. Sie scheinen es unter Kontrolle gekriegt zu haben. Keith und ich waren letztes Jahr mal da und haben ihn besucht. Es schien ihm gut zu gehen. Er ist vor ein paar Monaten entlassen worden.«

»Verdammt!« sagte ich. »Siehst du, Ninotchka? Der Typ ist ein toller Hund.«

»Nein«, sagte sie. »Ist er nicht. Er ist einfach nur krank. Das hab ich dir doch schon gesagt.«

»Sag das den Männern in den weißen Kitteln.«

»Ist mir doch egal, was du sagst, er hat bestimmt keinen umgebracht. Roger, du kennst ihn doch.«

Lomax zuckte mit den Achseln. »Vor ein paar Jahren, klar. Aber jetzt? Wer weiß?«

»Nick wird ihn finden«, sagte Ninotchka, »und beweisen, daß er nichts mit den Morden zu tun hatte.«

»Ach ja?« fragte Roger. »Aber wenn er rumläuft und Leute umbringt ...« Er sprach nicht zu Ende.

»Ich weiß, Rog«, sagte ich. »Aber ich hab's Ninotchka versprochen. Geben Sie mir nur ein paar Stunden. Sie sagen, er lebt in Slough?«

»Zumindest schicken wir da die Schecks mit seinen Tantiemen hin. Er kriegt immer noch 'ne Menge. Sein Anteil am Ruhm. Ninotchka, wir *müssen* es den Cops erzählen.«

»Nein«, drängte sie.

»Hören Sie zu«, sagte ich, »ich habe versprochen, die Klappe zu halten, bis ich diesen Bobby Boyle aufgestöbert habe. Belassen wir es einfach dabei, okay?«

Lomax öffnete den Mund, um mir zu widersprechen, aber wir wurden von einem Hämmern an der Tür unterbrochen.

24

Natürlich waren es die Bullen. Ein paar Uniformen suchten das Pärchen, das den Schauplatz des Verbrechens in einem Wagen verlassen hatte. Als sie Ninotchka sahen, nahmen sie ihre Mützen ab und fingen an, sich wie Groupies bei einer *Bay City Rollers*-Reunion aufzuführen. Ninotchka war der Charme in Person. Ich konnte kaum glauben, daß sie keine dreißig Minuten zuvor zu Tode erschrocken und vollkommen verängstigt gewesen war.

Zu Lomax und mir waren die Cops nicht ganz so zuvorkommend. Aber Lomax machte das nichts aus. Er marschierte zum Telefon und rief den Chef von *The Box'* Anwaltskanzlei an. Diesmal nicht den Junior, sondern den Oberrechtsverdreher persönlich. Als er ihn dran hatte, reichte er dem nächststehenden Bullen den Hörer. Der Cop wurde erst rot, dann weiß, schließlich grün, und das alles in einer halben Minute. Als der Polizist ganz sicher war, daß es vorbei war, legte er den Hörer äußerst vorsichtig, als sei er aus Zuckerbackwerk, auf, lächelte Lomax blöde an und bat uns sehr höflich, ob wir, wenn es uns keinerlei Umstände machte, wohl so freundlich wären, zu warten, bis einer seiner Vorgesetzten käme.

Wir sagen, das sei in Ordnung. Der Cop, der das Telefonat geführt hatte, informierte uns darüber, daß sein Kollege vor unserer Tür warten würde, falls wir irgend etwas benötigten. Dann gingen die beiden. »Sehr gut«, sagte ich. »Was er wohl gesagt hat?«

Lomax warf mir einen Blick zu.

»Um ihn so einzuschüchtern«, erläuterte ich.

»Er mußte nicht allzu viel sagen«, sagte Lomax. »Er ißt heute mit dem Polizeichef zu Mittag, und morgen diniert er mit dem Premierminister. Und er war nicht besonders begeistert darüber, geweckt zu werden.«

»Mit unserem Premierminister?« fragte ich.

»Nein, mit dem Premier von Litauen. Natürlich mit unserem«, sagte Lomax sarkastisch.

Ich überlegte, ob ich ihn darauf hinweisen sollte, daß ich hier der Komiker war, ließ es dann aber lieber bleiben. »Jedenfalls hat er ihn auf seinen Platz verwiesen«, sagte ich.

Zehn Minuten später erschienen Carpenter und Ripley. Sie waren nicht so leicht zu beeindrucken wie die Uniformierten, aber selbst sie waren vorsichtig, das konnte ich erkennen. Ich an ihrer Stelle wäre das auch gewesen.

Ninotchka und ich erzählten unsere Geschichte. Keiner von uns erwähnte Bobby Boyle. Ich war mir immer noch nicht sicher, ob das eine gute Idee war, aber es war einer der Fälle, wo man, wenn man nun schon mal angefangen hat zu lügen, besser dabei bleibt. Ganz egal, wie es ausgeht.

Schließlich wurde uns erlaubt, zu Bett zu gehen. Ich schätze, es war mittlerweile kurz nach sechs. Ich blieb auf. Ich duschte und trank Wilfreds Kaffee, und dann machte ich mich auf nach Slough. Zuerst besuchte ich Lomax auf seiner Suite, und er gab mir die Adresse. Er war nicht glücklich damit, aber ich überredete ihn dazu, den Mund zu halten, bis ich mich zurückmeldete. Falls ich mich zurückmeldete. Ich vermute, was er jetzt am wenigsten brauchen konnte, war noch ein Skandal um *Pandora's Box*.

Dann ging ich in die Tiefgarage. Mein Wagen sprang beim ersten Versuch an, ich fuhr die Schräge hoch, durch die Ausfahrt und das Gäßchen entlang. Das Häuschen, in dem der Schrankenwärter gesessen hatte, war mit Klebeband weiträumig abgesperrt. Zwei Polizisten, die ich nicht kannte, betrachteten dieses und jenes. Ein paar Premiere-Leute patrouillierten innen am Zaun. Alle, die auch nur einen Funken Verstand besaßen, arbeiteten in Zweiergruppen. Nur ich war allein. Wie immer.

Andererseits war Verstand auch nicht meine starke Seite.

25

Slough ist eine Scheiß-Gegend, glauben Sie mir. Ich hab' mal irgendwo gelesen, daß man Slough mit einer öffentlichen Toilette in Belgrad verschwistern wollte, aber die Bürger von Belgrad haben abgelehnt. Nach Slough kommen Pit-Bulls, um zu sterben, aber normalerweise keine Rockstars, um zu leben. Die Adresse, nach der ich suchte, lag am äußersten Ende der Stadt. Ein roter Ziegelklotz in einer Straße, die genauso aussah wie alle anderen Straßen im Umkreis von einer Meile. Der Vorgarten war ungefähr einen Meter breit, vom Bürgersteig bis zum Fenster. Ich stieß eine quietschende Gartenzauntür auf und klopfte an eine Haustür, die das letzte Mal gestrichen worden war, bevor die Liter die Gallonen abgelöst hatten und der New Pence eingeführt worden war.

Keine Antwort, also klopfte ich noch mal. Dann hörte ich irgendwo tief drinnen im Haus ein Geräusch und erahnte durch eine staubige Milchglasscheibe eine Bewegung.

Ich klopfte zum dritten Mal, und eine müde alte Stimme fragte: »Wer ist da?«

Ich beantwortete die Frage nicht. »Mister Boyle?« fragte ich.

»Ja.«

»Ich möchte mit Ihnen über Ihren Sohn sprechen.«

»Er ist nicht da.«

Mein Herz sank. »Wissen Sie, wo er ist?«

»Nein.«

»Machen Sie mir auf?«

»Wer sind Sie?«

»Mein Name ist Sharman. Ich bin Privatdetektiv, und ich würde gern in Ruhe mit Ihnen reden.«

Eine Minute lang war es still, aber es schien, als wäre es viel länger. Dann sagte die Stimme: »Können Sie sich ausweisen?«

Ich schob eine meiner Visitenkarten durch den Briefschlitz. Nach einer Minute hörte ich Ketten rasseln, dann wurden Schlösser aufgeschlossen, und schließlich ging die Tür einen Spalt breit auf. Ein Gesicht, grau wie Zigarettenrauch, erschien in der Lücke.

»Was ist mit meinem Sohn?«

»Können wir drinnen reden?« fragte ich.

Einen Moment glaubte ich, er würde mir die Tür vor der Nase zuschlagen, und das hätte mich noch nicht mal gewundert. Doch dann seufzte er und machte die Tür ganz auf. Er schlappte vor mir durch den schäbigen Flur. Ich trat ein, zog die Tür hinter mir ins Schloß und folgte ihm in das erste Zimmer gleich rechts. Der winzige Raum war dreckig, und auf allen Oberflächen flockte Staub. Der Mann stand auf einem Stückchen durchgewetzten Teppich und sah mich an. Es war heiß und roch nach altem Frittenfett. Die Vorhänge sperrten die Welt aus. Der Fernseher war an, aber der Ton war heruntergedreht. Eine kleine Lampe mit einem Leinenschirm, auf den Beachy Head aufgedruckt war, zierte den Fernseher. In dem sanften Lichtschein sah der Mann aus, als hätte die Welt ihm schon genug Leid zugefügt. Er trug eine löchrige Strickjacke mit Essensresten oder Rotz vorne drauf, darunter ein gelbes – ehemals weißes – Hemd, und eine blaue Hose, speckig und zerknittert. Seine nackten Füße steckten in grauen Filzpantoffeln. Einer der deprimierendsten Anblicke, die ich je gesehen hatte.

»Mein Sohn«, sagte er. »Was ist mit ihm? Geht es ihm gut?«

»Soweit ich weiß, ja. Aber Sie sagten, daß er nicht hier lebt?«

»Das habe ich nicht gesagt. Ich sagte, daß er im Moment nicht hier ist.«

»Aber er lebt hier bei Ihnen?«

»Ja.«

»Wann haben Sie ihn das letzte Mal gesehen?«

»Vor ein paar Tagen.«

»Können Sie sich erinnern, wann genau das war? Es ist sehr wichtig.«

»Nein. Montag, Dienstag. Wer weiß?«

Ich trieb ihn in die Enge. «Bitte versuchen Sie, sich zu erinnern.«

»Ich sage doch, ich kann nicht.«

Er wurde wütend, also versuchte ich es anders.

»Verschwindet er oft für ein paar Tage?«

Er zuckte mit den Achseln. »Manchmal für Monate. Sogar Jahre. Er war in einer Pop-Band. Am einen Tag hat er noch bei uns gelebt, am nächsten nicht mehr.«

Zumindest wußte ich jetzt, daß wir über denselben Menschen sprachen. »Bei uns?« vergewisserte ich mich.

»Bei mir und seiner Mutter. Sie ist tot. Schon lange. Es hat ihn schwer getroffen. Er hat seine Mutter geliebt.« Der Mann setzte sich in einen alten Sessel vor dem Fernseher. »Warum all die Fragen?« sagte er, mehr zum Fernseher als zu mir.

»Zwei Menschen sind ermordet worden, diese Woche. Jemand sagt, er habe Ihren Sohn an einem der Tatorte gesehen«, erklärte ich.

Er wandte sich vom Bildschirm ab und sah mich an. »Mord? Sie glauben, mein Sohn hätte einen anderen Menschen getötet?«

»Ich weiß nicht. Was glauben Sie?«

Er antwortete nicht. »Wer waren die Leute?« fragte er stattdessen.

»Der eine war Road-Manager bei seiner alten Band *Pandora's Box*. Der andere war ein Security-Wachmann in dem Hotel, wo die Band in London untergebracht ist. Und am Montag wollte offenbar jemand einen der Gitarristen umbringen. Ohne Erfolg.«

»Diese Schweine«, spie er aus. »Sie haben es nicht anders verdient.«

»Warum?« fragte ich.

»Sie haben Bobby wie Dreck behandelt.«

»Wie meinen Sie das?«

»Sie haben ihn verrückt gemacht. Vor allem dieser verfluchte Pandora. Es waren die verdammten Drogen. Und dann haben sie ihn fallen lassen.«

»Sie bezahlen ihn immer noch, soweit ich weiß.«

»Geld«, sagte er voller Verachtung. »Er dachte, sie seien seine Freunde.«

So ist das Leben, dachte ich. »Ich glaube, er kriegt immer noch eine Menge Geld«, sagte ich.

»Und?«

»Dieses Haus – ist nicht, was ich erwartet hatte.«

»Ich weiß. Sie dachten, er lebt in 'ner Villa.«

»So ungefähr.«

»Er behält das Geld nicht. Er will nichts von denen haben.«

»Was macht er damit?«

»Er gibt es weg.«

»Alles?«

»Jeden Penny.«

»An wen?«

Er zuckte mit den Achseln. »Kirche. Wohltätigkeitsvereine. Manchmal läuft er einfach durch die Straßen und verteilt Fünfzig-Pfund-Noten. Deswegen haben sie ihn eingesperrt. Weil sie das nicht verstehen.«

»Wovon leben Sie?«

»Ich hab was gespart, und eine kleine Pension. Wir haben in einem größeren Haus gewohnt. Bobby hat es uns gekauft, vor langer Zeit. Ich hab's verkauft, und wir sind hierher gezogen.«

»Versuchen Sie nicht, ihn aufzuhalten? Daß er das Geld nicht weggibt?«

»Es ist sein Geld.«

Stimmt auch wieder, dachte ich.

»Sie sagten, jemand habe ihn gesehen. Wer?« fragte Boyle.

«Ninotchka.«

Zum ersten Mal schien er ein wenig zu lächeln. »Sie war die einzig Anständige von ihnen. Ich dachte, die beiden heiraten, sie und Bobby. Er hat sie ein paar Mal zu uns mitgebracht, in das alte Haus, wenn sie in der Gegend waren.«

»Sie macht sich immer noch Sorgen um ihn«, sagte ich. »Sie wollte der Polizei nicht sagen, daß sie ihn gesehen hatte. Und sie hat es auch mir verboten.«

»Gutes Mädchen«, sagte er.

»Aber das ändert nichts daran, daß sie ihn erkannt hat. Und daß nur wenige Minuten zuvor ein Mann ermordet wurde.«

»So etwas würde er nie tun.«

»Das hat sie auch gesagt.«

»Glauben Sie ihr nicht?«

»Ich weiß nicht, Mr. Boyle. Deswegen bin ich hier. Sie sagen, die Band habe ihn schlecht behandelt. Glauben Sie, daß er sich rächen will?«

Der alte Mann stützte sein Gesicht in die Hände. Ich hörte ihn weinen. Sein schmaler Rücken zitterte.

»Mr. Boyle?« sagte ich.

Er sah zu mir auf. Die Tränen hatten glänzende Schneckenspuren auf seinen Wangen hinterlassen. »Ich weiß nicht.«

»Sie sagten, man hätte ihn eingesperrt?«

»Ja.«

»In eine Anstalt?«

Er nickte.

»Eine Irrenanstalt?«

»Ja.« Er schämte sich dafür. Das war nicht nötig. Ich hab ein paar nette Leute kennengelernt, als ich in der Klapse war. Aber das ist lange her. Ein anderes Leben. Ein anderes Ich.

»Sie sagten, er wäre jetzt okay«, sagte Boyle.

Das sagen sie immer, wenn sie einen rauslassen, dachte ich. Manchmal stimmt's, manchmal nicht.

»Kann ich einen Blick in sein Zimmer werfen?« fragte ich.

»Warum?«

»Warum nicht?«

»Stimmt, warum nicht.« Er stand auf und führte mich in den ersten Stock. Der Treppe gegenüber war eine Tür. Er öffnete sie. Die Vorhänge im Zimmer waren zugezogen. Es war dunkel. Bobby Boyles Vater langte hinein und schaltete die Deckenleuchte ein. Das Zimmer war recht groß. Zwei kleinere, die man zusammengelegt hatte, vermutete ich. Es roch unangenehm. Eine Mischung aus dreckigem Bettzeug, dreckiger Wäsche und dreckigem Menschen. Von einer Ausnahme abgesehen war es ein Saustall. Das Bett war ein Wust aus grauen Laken und dreckstarrenden Bezügen. Überall lagen Klamotten, Zettel, volle Aschenbecher, leere Bierflaschen und Tassen mit angetrockneten Kaffee- oder Tee-Resten, Staubflocken und aller möglicher anderer Krempel herum.

Die Ausnahme nahm die andere Hälfte des Zimmers ein. Ein Schlagzeug. Aber diese Bezeichnung war eigentlich ein Hohn. Als würde man einen Rolls Royce als schlichtes Auto bezeichnen. Es war eher die Königin aller Schlagzeuge. Die Trommeln waren rot lackiert, ein grelles, vulgäres Rot mit winzigen Silberglittersplittern, die im künstlichen Licht glänzten. Ich ging näher heran. Zwei Bass-Drums mit jeweils einem kleinen Paar Tom-Toms und einer Kuhschelle darüber. Dahinter eine verchromte Snare-Drum und ein Drumstuhl. Nicht weniger als zehn verschieden große, auf dem Boden stehende Tom-Toms, fünf auf jeder Seite. Ein Hi-Hat und fünfzehn weitere unterschiedliche Cymbals waren in verschiedenen Höhen angebracht. Das Drum-Kit war absolut makellos, was durch den Zustand des übrigen Raums noch unterstrichen wurde. Die Drums waren blankpoliert, die Felle leuchteten weiß, die Cymbals und Ständer blinkten und glänzten golden und silbern.

»Es spielt nie darauf«, sagte Boyle. »Er poliert es nur. Den ganzen Tag, wenn er hier ist. Er poliert es.« Mit das Traurigste, was ich je gehört hatte.

Ich ging um das Schlagzeug herum. Dahinter kam ich mir vor wie in Fort Drums.

An den beiden größten Tom-Toms waren an den Silberringen, die die Felle straff gespannt hielten, Ledertaschen für die

Drumsticks befestigt. Sie sahen aus wie lange, schmale Messerscheiden in verschiedenen Längen. Mindestens zwanzig Sticks konnten hier untergebracht werden. Und die größte Scheide war leer.

»Wo sind die Sticks, die hier reingehören?« fragte ich.

»Woher soll ich das wissen?«

»Wissen Sie, welche Größe die hatten?«

Er sah mich irritiert an. »Größe? Nein, weiß ich nicht. Ich weiß überhaupt nichts über Schlagzeuge.«

»Waren es 2Bs?« insistierte ich.

»Ich sagte doch schon, ich weiß es nicht.«

Und es interessiert dich auch nicht, dachte ich. Wer könnte ihm das verübeln? Er hatte einen Sohn verloren. Was waren da schon ein paar Drumsticks? »In Ordnung, Mr. Boyle«, sagte ich. »Ist in Ordnung, das macht nichts.« Aber das tat es.

»War das alles?« fragte er.

»Ja. Für jetzt. Aber ich muß Ihnen sagen, ich denke, die Polizei wird mit Ihrem Sohn sprechen wollen, Mr. Boyle.«

Er sagte nichts.

»Wenn Sie etwas von ihm hören«, sagte ich, »sollten Sie ihn bitten, sie anzurufen. Auf lange Sicht ist das besser für ihn.«

Er nickte und verließ das Zimmer.

Plötzlich fragte ich mich, ob Bobby Boyle im Haus war. Dann zuckte ich im Geiste mit den Achseln. Ich konnte nichts daran ändern, wenn es so war.

Ich folgte Boyle zurück nach unten, und er öffnete mir die Haustür. Als ich gehen wollte, sagte er: »Mr. Sharman?«

Ich drehte mich um und blieb stehen. »Ja?«

»Wenn sie ihn finden und Sie dabei sind, können Sie dafür sorgen, daß sie ihm nichts tun?«

In diesem Augenblick wußte ich, daß er die Wahrheit gesagt hatte. Er wußte wirklich nicht, wo sein Sohn steckte.

»Natürlich«, sagte ich. »Natürlich. Das werde ich.« Dann ging ich zurück zu meinem Wagen.

26

Ich fuhr geradewegs zurück ins Jones. Als ich dort ankam, war es schon beinahe Mittagszeit. Ich bahnte mir ohne große Probleme meinen Weg durch das Polizei- und Security-Aufgebot und stellte meinen Wagen in die Garage. Es war einigermaßen ruhig. Zumindest waren keine weiteren Leichen gefunden worden, was alle ausgesprochen angenehm fanden. Ich parkte und ging auf meine Suite. Ich rief im Cromwell an und ließ mich mit dem Doktor verbinden, dem ich am Vortag die Heroinprobe übergeben hatte. Er bestätigte, daß allem Anschein nach dieser Smack aus derselben Quelle stammte wie das Zeug, das Shapiro mattgesetzt hatte. Dann machte ich mich auf die Suche nach Ninotchka.

Sie war auf ihrer Suite. Wieder einmal kam ich problemlos rein. Als wäre ich von einem goldenen Schimmer umgeben. Zumindest, bis wir uns in ihr Büro verzogen hatten und sie mich anfauchte: »Was zum Teufel hast du gestern mit Elmo veranstaltet?«

Ich mußte einen Moment nachdenken. »Was?« fragte ich verdutzt. Ich hatte so lange nicht geschlafen, daß ich schon Schwierigkeiten hatte, mich daran zu erinnern, wer ich war, von allem anderen mal ganz abgesehen.

»Du hast ihm die Nase gebrochen. Und Glorias Handgelenk«, sagte sie. »Sie waren den ganzen Tag im Krankenhaus.«

Jetzt fiel es mir wieder ein. »Ich hoffe, es hat richtig wehgetan«, sagte ich. »Dieser Fettsack wollte mich mit einem Küchenmesser erstechen.«

»Vielleicht hast du nichts anderes verdient.«

»Wie charmant! Ich hab dir einen Gefallen getan, erinnerst du dich? Und wo wir schon dabei sind, du solltest dir einen neuen Lieferanten besorgen. Er verkauft dir Straßenstoff. Du solltest einfach nicht mit Arschgeigen dealen. Sie sind nicht zuverlässig.«

»Du Bastard«, schrie sie.

»Manchmal. Wer ist das nicht? Und wo wir schon von Unzuverlässigkeit sprechen, ich habe gerade versucht, deinen Ex-Freund zu finden.«

»Wen?«

»Oh, das hatte ich ja ganz vergessen. Es waren ja so viele, nicht wahr? Da mußt du ja durcheinander kommen.« Kaum hatte ich es gesagt, bereute ich es auch schon.

»Meine Güte«, sagte sie. »Du bist wirklich ein gemeiner Hund.«

»Tut mir leid. Vergiß, was ich gerade gesagt habe. Ich war nicht ganz bei mir«, sagte ich.

»Ich schätze, du meinst Bobby«, sagte sie; so müde, daß es ihr schon Mühe machte, zu sprechen.

»Genau.«

»Und?«

»Und: Er ist verschwunden.« Ich sagte nichts von den Drumsticks, die ebenfalls verschwunden waren. Ich dachte, ich hätte schon genug gesagt.

»Seit wann?«

»Weiß keiner. Ein paar Tage. Ich hab mit seinem Vater geredet. Nicht gerade der zuverlässigste Zeuge, mit dem ich je zu tun hatte.«

»Ich mochte ihn.«

»Ich nehme an, er hat sich mächtig verändert, seit du ihn kennengelernt hast. Das haben sie beide.«

»Du willst Bobby einfach nur die Schuld in die Schuhe schieben.«

»Tut mir leid, Ninotchka«, sagte ich. »Ich weiß, wie du für ihn empfindest.«

»Was hast du jetzt vor?«

»Mit den Bullen reden. Das hätte ich schon heute nacht tun sollen.«

»Dann fahr zur Hölle.«

Ich war langsam genervt. Was ich auch tat, ich konnte nur verlieren. »Was brauchst du, um zu glauben, daß er's war?« fragte ich. »Einen Bekennerbrief?«

Sie antwortete nicht.

»Tut mir leid«, sagte ich zum dritten Mal. »Aber was soll ich denn tun?«

»Wie gesagt, fahr zur Hölle.«

Ich machte mich auf den Weg. Zuerst ging ich zu Shapiros Suite. Lindy und er waren da und aßen gerade zu Mittag. Ich bat darum, allein mit ihm zu sprechen, und wir verzogen uns in eines der Schlafzimmer. Als wir allein waren, stellte ich ihm eine Frage. Zuerst verweigerte er mir die Antwort. Also antwortete ich an seiner Stelle. Er war überrascht, daß ich es wußte. Aber dann bestätigte er, daß meine Vermutung korrekt war. Ich bedankte mich und überließ sie wieder ihrer Pasta mit Knoblauchsauce. Dann suchte ich Lomax. Wie immer saß er in der Bar. Ich lehnte einen Drink ab. Er bestätigte mir, daß Turdo Bobby Boyles Roadie gewesen war, bevor Boyle die Band verlassen hatte. Danach ging ich runter ins Bullenhauptquartier, wandte mich an Carpenter und Ripley und erzählte es ihnen. Eins nach dem anderen.

Ich erzählte ihnen, was Elmo mir einen Tag zuvor verraten hatte. Daß er am Montagabend zwei Gramm Smack an Turdo verkauft hatte. Daß Turdo zum ersten Mal bei Elmo Stoff gekauft hatte. Ich erzählte ihnen, daß Turdo für Boyle gearbeitet hatte. Ich erzählte ihnen, was in jener Nacht mit Shapiro geschehen war, und warum die Band mich engagiert hatte. Dafür interessierten die beiden Bullen sich ganz besonders. Als nächstes erzählte ich ihnen, was Shapiro mir gegenüber gerade zugegeben hatte: Daß Turdo ihm das Briefchen, in dem kein Schnee, sondern gestreckter Smack gewesen war, gegeben hatte. Auch das interessierte die beiden Ermittler. Ich erzählte ihnen, daß dieser Stoff identisch mit dem war, den Elmo mir gegeben hatte. Ich erzählte ihnen nicht, für wen ich den Stoff geholt hatte. Aber ich erzählte ihnen, daß wir Bobby Boyle am Tatort gesehen hatten. Ich erzählte ihnen von den fehlenden Drumsticks, gab ihnen Bobbys Adresse in Slough und sagte, daß er schon die ganze Woche weg wäre. Schließlich gab ich ihnen auch noch die Adresse von Elmo. Ich vergaß vollkommen, ihnen mitzuteilen, was ich mit dem hübschen Pärchen veranstaltet hatte. Wie gesagt, ich war hundemüde.

Als ich fertig war, teilte ich ihnen auch noch meine Vermutungen mit: Daß Bobby Boyle zweier Morde und eines Mordversuchs schuldig war. Ob er dafür zur Rechenschaft gezogen werden könnte, war natürlich eine ganz andere Angelegenheit. Sein Motiv: Rache.

Carpenter hörte sich das alles schweigend an, dann schickte er Ripley los, eine Beschreibung Boyles an alle Streifenwagen durchzugeben.

Und dann zog er mir die Ohren lang. Er drohte mir mit einer Haftstrafe wegen wissentlicher Falschaussage und der Behinderung polizeilicher Ermittlungen. Er verbreitete sich über die Konsequenzen von Drogenbesitz und Komplizenschaft mit Elmo und Gloria. Dann sagte er, falls noch irgend jemand zu Schaden käme, weil ich Informationen zurückgehalten hatte, würde ich wegen Beihilfe zum Mord angeklagt werden.

Ich saß da und ließ ihn reden. Ich hatte keine andere Wahl.

Als er mich entließ, ging ich auf meine Suite und legte mich ins Bett.

Zur Hölle mit ihnen allen, dachte ich.

27

Natürlich konnte ich nicht schlafen; dazu war ich einfach *zu* müde. Ich lag im Bett und starrte die Decke an. Plötzlich hatte ich Lust, schwimmen zu gehen. Lomax hatte irgendwas von einem Olympia-Schwimmbecken im Untergeschoß gesagt. Aber da gab es ein Problem. Ich hatte keine Badehose. Ich rief im »Men's Shoppe« an und fragte nach Jeremy. Er übernahm das Gespräch sofort. Ich sagte, was ich brauchte.

»Kein Problem, Mr. Sharman«, sagte er. »Einer meiner Assistenten wird Sie in fünf Minuten am Pool erwarten, selbstverständlich mit einer angemessenen Auswahl Badebekleidung.«

»Danke, Jeremy«, sagte ich.

»War mir ein Vergnügen«, sagte er, und wir legten beide auf.

Ich zog mir Jeans und ein T-Shirt an und steckte meine nackten Füße in ein Paar Slipper, und dann fuhr ich mit dem Lift ins Tiefgeschoß. Der Weg zum Pool war ausgeschildert, und vor dem Eingang erwartete mich einer der Jungs, die vor drei Tagen die Klamotten auf meine Suite geschleppt hatten.

»Mr. Sharman«, begrüßte er mich. »Jeremy bat mich, Ihnen die hier mitzubringen. Größe M?«

Ich nickte.

»Haben Sie einen besonderen Wunsch, was Farbe oder Stil angeht?«

Ich nahm mir eine dunkelblaue Badehose vom Stapel. »Die hier tut's.«

»Sind Sie sicher? Möchten Sie sie anprobieren?«

»Die ist ganz prima.«

»Freut mich, Sir. Handtücher und Bademäntel finden Sie in den Umkleidekabinen. Viel Spaß beim Schwimmen.«

»Werd ich haben«, sagte ich und wartete, bis er gegangen war, bevor ich die Tür zum Pool öffnete. Die Decke war gewölbt, und auf beiden Seiten des Beckens reihten sich Umkleidekabinen mit grünen Türen aneinander. Der Pool selbst war riesig. Tatsächlich Olympiamaße. Und völlig ausgestorben. Es stank nach Chlor. Jedes Geräusch, das ich machte, wurde verstärkt und hallte von den Wänden wider. Ich betrat die nächststehende Umkleidekabine und zog mich um. Die Badehose paßte genau. Ich ging wieder raus und sprang ins Wasser. Es war warm, und ich paddelte ein paar Minuten vor mich hin. Dann legte ich los und schwamm drei Bahnen Brust, anschließend drei Bahnen Rücken. Danach fühlte ich mich angenehm erschöpft, ließ mich treiben und wäre beinahe eingeschlafen. Schließlich stemmte ich mich heraus und trocknete mich ab. Ich zog mich wieder an und ging zurück auf meine

Suite, wobei ich die ganze Zeit gähnte. Diesmal schlief ich sofort ein.

Ich wachte um fünf Uhr nachmittags wieder auf. Im Zimmer war es dunkel, kalt und still. Ich dachte an meine Verabredung mit Chris Kennedy-Sloane, an die Drinks und an einen lustigen Plausch über *Pandora's Box*. Es schien sich erledigt zu haben, aber ich beschloß, trotzdem hinzugehen. Ich hatte nichts besseres zu tun, und in meinen Ohren hallten noch die Verwünschungen von Ninotchka und Carpenter nach. Ein Trip in die Londoner Innenstadt würde mich ablenken.

Ich duschte, rasierte mich, zog einen Anzug an und band mir einen Schlips um. Mittlerweile war es kurz vor halb sechs. Ich ging hinunter in die Lobby und bat den Pförtner, mir ein Taxi zu rufen. Ich hatte schon einmal ‹ein paar Drinks› mit Kennedy-Sloane getrunken und war nicht so blöde, selber zu fahren. Außerdem war gerade die Freitagnachmittag-Rushhour. Ich sagte dem Taxifahrer die Adresse, machte es mir bequem und beobachtete durchs Fenster die armen Irren, die sich nach einer harten Woche im Büro nach Hause kämpften.

Um fünf vor sechs hielt das Taxi vor dem Haus, in dem Kennedy-Sloane & Partner residierten. Ich nahm den Lift und meldete mich um Punkt sechs am Empfang. Die Empfangsdame sagte Kennedy-Sloanes Sekretärin Bescheid. Die Leute gingen ins Wochenende, und ich vermutete, daß ich gerade noch rechtzeitig gekommen war. Als wollte sie mir recht geben, räumte die Sekretärin gerade ihren Schreibtisch auf, führte mich aber, bevor sie ging, noch ins Büro ihres Chefs.

Es sah so aus, wie ich erwartet hatte, nur noch schlimmer. Dachgeschoß, großes Panoramafenster mit Blick auf die Tower Bridge auf der einen Seite und den NatWest-Tower auf der anderen. Wenig Möbel und unglaublich edles Parkett. Eine Bar mit mehr Flaschen als eine gemeine Kneipe, und Chris Kennedy-Sloane hinter einer halben Meile Schreibtisch, auf dem nichts lag außer seinen Füßen. Er redete mit einem tragbaren Telefon. Ganz toll, dachte ich.

Er beendete sein Gespräch mit »*Ciao, bambino*«, legte das

Telefon weg, schwang seinen Chefsessel herum, sprang auf und begrüßte mich. Ich sah mich ihm zuliebe noch einmal um. »Ganz toll«, sagte ich.

»Ich wußte, daß es dir gefällt. Komm, trinken wir was.«

Wir ließen uns in zwei Leder-Chrom-Stühlen vor dem Fenster nieder, mit Blick über die Themse, und Kennedy-Sloane steuerte zwei japanische Biere in eiskalten, schwarzen Flaschen bei. »Kann man hier nicht kaufen«, sagte er. »Ich importier es.«

»Chris«, sagte ich, »du bist dekadent.«

»Stimmt, aber das Bier ist klasse.«

Er hatte recht, das war es.

Nachdem wir uns beide Zigaretten angezündet und es uns bequem gemacht hatten, fragte Kennedy-Sloane: »Also, was willst du wissen?«

»Inzwischen hat es nur noch akademischen Wert«, sagte ich. »Die ganze Sache ist ohnehin hochgegangen.«

»Wie kommt das?«

Ich erzählte es ihm. Die ganze Geschichte von Anfang bis Ende. Es war alles drin, was er liebte. Mord, Chaos und Intrigen. Alles, was das Herz begehrt. Als ich fertig war, holte er noch zwei Bier aus dem Kühlschrank. »Tja, Sherlock«, sagte er, »gute Arbeit.«

»Danke«, sagte ich. »Aber witzigerweise bin ich nicht besonders stolz auf mich.«

»Solltest du aber.«

Ich schnitt eine Grimasse, steckte mir eine neue Zigarette an und sah hinunter auf die kleinen Menschen und ihre kleinen Autos. Ich beneidete sie. Ich wünschte mir, ich könnte nach Hause zu Frau und Kind und einem warmen Essen gehen und mich am Abend vor der Glotze langweilen.

»Kopf hoch«, sagte Kennedy-Sloane. »Du würdest es keine Woche ertragen.«

»Seit wann kannst du Gedanken lesen?« fragte ich.

»Ich kenne diesen Blick. Dabei geht's dir nicht annähernd so mies wie *Pandora's Box*.«

»Was meinst du damit?«

»Sie stecken tief in der Scheiße. Bis über beide Ohren. Der Band geht's ganz und gar nicht gut.«

»Ich dachte, sie verkaufen zentnerweise Platten.«

»Lang ist's her.«

»Und sie haben fünf Shows in Wembley ausverkauft.«

»Wenn du das glaubst, Freundchen, bist du selber schuld.«

»Ist das wahr?«

Er nickte.

»Also, wie sieht's aus?«

»Der Geschmack hat sich verändert. Die Band hat sich verändert.«

»Das machen sie nun schon seit zwanzig Jahren.«

»Vielleicht werden sie alt?«

»Werden wir das nicht alle?«

»Aber wir verkaufen nicht Liebe, Glück und *Happiness.*«

»Und der Refrain?« fragte ich.

»Ganz einfach. Wenig Einnahmen. Viele Ausgaben. Diese Bande schmeißt mit Geld um sich, als ob es heute abend aus der Mode käme.«

»Ich dachte, sie können sich das leisten.«

»Konnten sie.«

»Können sie immer noch.« Ich zeigte ihm meine neue Rolex.

»Nett«, sagte er. »Wenn auch etwas protzig.«

»Chris, ich habe noch nie erlebt, daß ausgerechnet du dich über Protzerei beschwerst.«

»Die Zeiten ändern sich. Ich hab's dir gesagt. Es ist hart heutzutage.«

»Tja, vielleicht ist es hart da draußen, aber Pandora hat letzte Nacht über zwanzig von diesen Dingern verschenkt.«

»Hat er das?« Er klang beeindruckt.

»Jup. Zehn Riesen das Stück.«

»Alles nur Show«, sagte Kennedy-Sloane. Ich nahm die Uhr ab und gab sie ihm. Er ging damit zum Fenster. Es hätte mich nicht gewundert, wenn er sie aufgeschraubt und das Werk mit einer Juwelierlupe untersucht hätte.

»Und?« fragte ich.

»Echt«, sagte er.

»Das hätte ich dir gleich sagen können.«

»Über zwanzig, sagst du.«

»Ja. Und du behauptest, er sei klamm?«

»Ist er. Sie verdienen nur noch wenig. Und zumindest zwei Mitglieder stecken in ernsten finanziellen Schwierigkeiten.«

»Wer?«

»Pandora und Box. Die Gründerväter der Band.«

»Was für Schwierigkeiten?«

»Falsche Investitionen und zuviel Schnee. Wo wir gerade darüber reden, möchtest du ...?« Er fischte ein Briefchen aus seiner Brusttasche. Ich hatte Lust, wollte mich aber nicht so lange aufhalten oder gar um drei Uhr morgens in irgendeiner Nuttenkneipe enden, wo Kennedy-Sloane mir die Hucke vollheulte. »Heute nicht«, sagte ich. »Lieber noch 'n Bier. Aber nimm ruhig.«

»Vom Feinsten.«

»Ist es doch immer. Vielleicht nächstes Mal.«

»Wie du willst«, sagte er, stand auf und ging hinüber zu seinem Schreibtisch. Er faltete das Briefchen auf und ließ ein paar Bröckchen auf die blanke Oberfläche fallen, zerhackte sie mit einer seiner Kreditkarten, rollte einen Zwanziger auf und zog eine Line in jedes Nasenloch. Dann holte er noch zwei Bier und kam zu mir zurück. »Zu dumm, daß Shapiro das Heroin überlebt hat«, sagte er, als er sich hinsetzte.

»Wie bitte?«

»Zu dumm für den Rest der Band. Und natürlich jeden, der ein bißchen was von Musik versteht.«

»Wieso?«

»Das Beste, was ihnen jetzt passieren könnte, ist, daß einer draufgeht.«

»Erzähl weiter«, bat ich.

»Wenn eine Band so riesig wird wie diese, könnte der Tod eines Bandmitgliedes eine Katastrophe für die anderen sein. Oft sogar das Ende des Traums. Und je berühmter eine Band wird, desto mehr Risiken können diese kleinen Arschlöcher sich leisten. Deswegen schließen alle Bandmitglieder Lebensversicherungen zugunsten der anderen ab. Über richtig hohe Summen.«

»Wieviel?«

Er zuckte mit den Achseln. »Wer weiß? Eine Million Dollar. Vielleicht auch fünf. Kommt drauf an. Die Beiträge sind nicht gerade niedrig, aber es lohnt sich.«

»Ist das legal?«

»Absolut. Kann man sogar absetzen.«

»Wenn jemand also eine schnelle Mark machen will ...«, sagte ich.

»... bringt er einfach einen von den anderen um«, beendete er den Satz für mich.

»Genau. Und wenn eine Band auf dem absteigenden Ast ist, so wie *The Box*, dann könnte das die anderen aus der Scheiße reißen.«

»Kaltblütig.«

»So ist das Leben auf der Überholspur nun mal.«

»Und *The Box* leben auf der Überholspur. Jemand hat mir erzählt, sie wären die tödlichste Band der Welt.«

»Nett, nicht wahr?«

»Sehr.« Zum ersten Mal zweifelte ich an Boyles Schuld. Aber er mußte es einfach gewesen sein, dachte ich. »Ich nehme an, wenn man die Band verläßt, erlischt auch dieser Anspruch?«

»Ja. Das wird in den Policen festgelegt.«

»Also hätte Bobby Boyle nichts davon, wenn einer von ihnen draufgeht?«

»Nein. Aber wenn das, was du sagst, stimmt, und er seine Tantiemen ohnehin verschenkt ...« Er sagte das so, als sei das schlimmer als ein Sakrileg. »Ich schätze, dann interessiert es ihn auch nicht, ob er was kriegt, wenn einer von denen stirbt.«

»Ich glaube sowieso nicht, daß es ihm ums Geld geht. Ich glaube, er haßt sie einfach, weil sie ihn rausgeworfen haben.«

»Wer könnte ihm das verdenken?«

»Tja, Chris«, sagte ich, nachdem ich mein Bier ausgetrunken hatte, »vielen Dank für die Infos.«

»Gern geschehen. Eine Schande, daß mir nicht einfällt, wie ich damit ein bißchen Geld verdienen kann. Aber trotzdem ist es immer wieder schön zu sehen, daß es einem alten Freund gutgeht.«

»Ich wußte nicht, daß es mir gutgeht.«

»Tut es. Glaub mir.«

»Nochmal danke. Ich muß jetzt los.«

»Wollen wir nicht noch was essen?«

»Nein, ich glaube nicht. Bin nicht in der Stimmung.«

»Dann ein andermal.«

»Klar.«

»Bald.«

»Unbedingt«, sagte ich.

»Ruf mich an.«

»Mach ich.«

»Ich bring dich raus«, sagte er.

Ich winkte auf der Straße ein Taxi heran und ließ mich zurück ins Hotel fahren.

28

Um acht oder halb neun war ich zurück im Hotel. Ich ging auf meine Suite und rief bei Lomax an. Niemand meldete sich, und er war auch weder in der Bar noch im Restaurant aufzutreiben. Ich fragte mich, was ich eigentlich noch hier suchte. Ich bekam zwar immer noch Geld, hatte aber meinen Job erledigt, zumindest soweit ich das überblicken konnte. Jetzt mußten die Bullen nur noch Boyle schnappen. Sollte ich bleiben oder Leine ziehn? Ich entschied mich dafür, abzuwarten. Ich zog meine Jeans an, mixte mir einen Drink und schaltete den Fernseher ein. Ich setzte mich und dachte über das nach, was Chris Kennedy-Sloane mir erzählt hatte.

Kurz vor zehn, ich wartete gerade auf die Nachrichten, klopfte es an meine Tür. Ich stand vom Sofa auf und sah nach, wer da war.

Pandoras winzige Bettgefährtinnen standen vor meiner Tür. Slash trug einen Minirock, der so Mini war, daß ich ihn als Schweißband hätte tragen können. Dazu gesellten sich ein nabelfreies, schwarzes Top, eine schwarze Strumpfhose und schwarze Schuhe. Sie hatte eine kleine schwarze Samthandtasche bei sich. The Flea trug schwarze Leggings, hochhackige Schuhe und ein riesiges *Pandora's Box*-Sweatshirt, von dem die Arme, das untere Ende und der Halsausschnitt abgesäbelt worden waren. Es hing über eine ihrer Schultern und präsentierte die Oberseite einer ihrer winzigen Brüste. Offensichtlich hatte sie nichts darunter. Sie sahen aus wie Mini-Nutten. »Hi«, sagte Slash. »Erinnern Sie sich an uns?«

»Klar«, sagte ich. »Was wollt ihr?«

»Mit jemandem reden. Wir langweilen uns. Können wir reinkommen?«

Ich schüttelte den Kopf. »Nein.«

»Warum nicht?«

»Ich hab nicht aufgeräumt.«

»Stört uns nicht.«

»Aber mich.«

»Geben Sie uns dann einen aus?« fragte The Flea. »Wir sind ganz allein.«

»Okay«, sagte ich. »Ich lad euch zu einer Cola ein. In der Bar.« Warum nicht? dachte ich. Sie sind nur Kinder, und ich konnte ein wenig Gesellschaft vertragen.

»Eine Cola?« sagte Slash angewidert. »Wir wollen richtige Drinks.«

»Eine Coke oder nichts«, sagte ich.

The Flea zog ihre Nase kraus und warf ihrer Schwester einen fragenden Blick zu. »Slash?« sagte sie.

»Okay«, sagte Slash. »Dann eben Coke. Gehen wir.«

Wir fuhren mit dem Fahrstuhl runter zur Bar im ersten

Stock. Es war dunkel. Niemand war dort. »Wo sind die anderen alle?« fragte ich.

Slash zuckte mit den Achseln. »Wer weiß?«

Wir setzten uns in eine Nische, und ich schaltete das Licht ein, damit ich ihre Gesichter sehen konnte. Ein Barmann kam herübergestelzt. Ich bestellte zwei Cherry Coke und einen Whisky Sour für mich. »Wir wollen auch Whisky Sours«, nervte Slash.

»Die jungen Damen bekommen jede eine Cherry Coke«, versicherte ich dem Kellner. »Pur. Kein Schuß.«

Die Mädchen sahen etwas irritiert aus, sagten aber nichts mehr. Der Barmann machte sich davon. »Ham Sie 'ne Fluppe?« fragte Slash.

»Ja, danke.«

»Geben Sie uns eine?«

Ich schüttelte den Kopf.

»Teufel auch! Warum nicht? Es stört keinen, wenn wir rauchen.«

»Das ist ja das Problem«, sagte ich.

»Wie meinen Sie das?« fragte The Flea. »Wir haben doch gar kein Problem.«

»Ach, nichts«, sagte ich. Dann schwiegen wir, bis die Getränke kamen. »Wo ist eure Mutter denn heute abend?« fragte ich, nachdem der Kellner die Gläser abgestellt und sich verzogen hatte.

»Aus. Ficken, schätz ich«, sagte Slash.

Wie schön, dachte ich. »Und ihr langweilt euch?«

»Ja.«

»Das tut meine Tochter auch oft.«

»Sie haben eine Tochter?« sagte The Flea. »Wie alt ist die?«

»Elf.«

»Ein Baby«, sagte Slash verächtlich.

»Hört euch das an«, sagte ich. »Wo hast du denn deinen Rollstuhl, Oma?«

Darüber kicherten sie beide. »Wie heißt Ihre Tochter?« fragte The Flea.

»Judith«, sagte ich. Das schien sie nicht weiter zu beeindrucken. Nicht verrückt genug, vermutlich. »Und wie heißt ihr wirklich?«, fragte ich.

»Slash«, sagte Slash.

»The Flea«, sagte The Flea.

Ich schüttelte den Kopf. »Nein«, sagte ich. »Ich meine die Namen auf euren Geburtsurkunden.«

Sie sahen einander an und kicherten wieder. »Erzählen Sie's auch nicht weiter?« fragte Slash.

»Versprochen.«

»Clarissa und Alice«, sagte sie. »Ich bin Alice. Ist das nicht komisch?«

»Ich mag die Namen«, sagte ich.

Ihr Blick sagte: So siehst du auch aus. »Kommen Sie, geben Sie uns 'ne Fluppe», sagte sie. »Sonst kauf ich uns welche.«

»Dann kauf dir welche«, sagte ich. »Ich rauch dann eine von deinen.«

»Dann geben Sie mir 'n Fünfer für den Automaten.«

»Nimm doch dein Taschengeld«, sagte ich. Sie strafte mich mit einem wütenden Blick, sprang auf und ging zur Bar. Beim Gehen wackelte sie mit dem Hinterteil. Sie kam mit einem Päckchen Marlboros wieder und zündete sich eine mit einem goldenen Dunhill-Feuerzeug an, das sie aus ihrer Handtasche genommen hatte. Zum Teufel, dachte ich und nahm mir auch eine. Ich war schließlich nicht für die beiden verantwortlich.

»Wo ist Ihre Tochter jetzt?« fragte The Flea.

»Bei ihrer Mutter.«

»Gehen Sie mit Ninotchka?«

»Eigentlich nicht«, sagte ich. »Wir sind nur Freunde.«

»Verarschen Sie uns nich'«, sagte Slash.

»Tu ich nicht«, sagte ich.

»Sind Sie geschieden?« fragte The Flea.

»Ja.«

»Und Ihre Frau hat Ihre Tochter mitgenommen?«

»Ja«, sagte ich wieder. Obwohl mir nicht ganz klar war, warum ich mein Privatleben mit zwei Teenies diskutierte.

»Sehen Sie sie oft?« Wieder The Flea.

»So oft wie möglich.«

»Und was machen Sie dann?«

»Was alle geschiedenen Väter tun. Ich gebe zuviel Geld für sie aus.«

»Wo gehen Sie hin?«

»McDonald's. In den Zoo. Ins Kino. Bummeln im West End.«

»Nur Sie zwei?«

»Meistens. Als ich 'ne Freundin hatte, ist die oft mitgekommen. Aber wir haben uns getrennt.«

»Warum?« fragte The Flea.

Ich zuckte mit den Achseln. »Einfach so.«

»War sie nett?« fragte Slash.

»Ich fand, ja.«

»Und jetzt wieder nur Sie und Ihre Tochter?«

»Genau. Ihr beide könnt ja mal mitkommen, wenn ihr Lust habt. Judith würde das gefallen.«

»Aber würde sie uns gefallen?« fragte Slash.

The Flea brachte sie zum Schweigen. »Das geht schon klar«, sagte sie. »Geht sie zur Schule?«

»Natürlich.«

»Ich nicht«, sagte The Flea. »Ich hab aufgehört.«

»Klasse Idee.«

»Was für Bands mag sie? Ihre Tochter?« fragte The Flea.

Ich zuckte wieder mit den Achseln. »Das ändert sich ständig«, sagte ich. »Aber sie steht immer noch auf Madonna.«

»Oh, *Maddie*«, sagte Slash. »Wir haben sie mal Backstage im L. A. Forum getroffen. Sie ist cool. Und so klein. Sie ist genauso groß wie ich. Aber stark. Mann! Und die Jungs drehen durch, wenn sie sie sehen.«

»Das glaub ich gern«, bemerkte ich trocken.

»Sie ist super«, sagte Slash.

»Haben Sie eine Kanone?« wechselte The Flea erneut das Thema.

»Nein«, sagte ich.

»Wie können Sie dann Detektiv sein?« fragte Slash. »Alle Detektive haben Kanonen.«

»Ich nicht«, sagte ich. »Hab damit aufgehört.«

»Hatten Sie mal eine?« Wieder Slash.

Ich nickte.

»Haben Sie jemanden erschossen?«

Ich nickte wieder.

»Wie war das?«

»Schrecklich. Genauso furchtbar wie erschossen werden.«

»Hat man schon mal auf Sie geschossen?« fragte Slash, die Augen weit aufgerissen.

Ich nickte wieder im Dämmerlicht.

»Ich hab's dir gesagt«, sagte sie zu ihrer Schwester.

»Was?« fragte ich.

The Flea zog wieder ihre Nase kraus. »Sie sagt, Sie sind wie Sonny aus *Miami Vice*.«

»Ich hab alle Folgen gesehen«, sagte Slash aufgeregt. Wie eine richtige 14jährige eben. »Wir haben sie alle auf Video.«

»Ich finde überhaupt nicht, daß er wie Sonny ist«, sagte The Flea. »*Der* sieht gut aus.«

Geschah mir ganz recht.

»Stimmt«, sagte ich.

»Aber Nick hat genau solche Haare«, sagte Slash. Es war das erste Mal, daß eine von ihnen meinen Namen benutzte. Irgendwie machte mich die Vorstellung an, daß sie über mich diskutiert hatten.

»Er hat schwarze Haare, Dummchen«, sagte The Flea. »Sonny ist blond.«

»Aber davon abgesehen«, sagte Slash.

Langsam nervte mich das ganze, und eine von ihnen füßelte auch noch unter dem Tisch. Ich zog mein Bein weg.

»Können wir bei Ihnen schlafen, heute nacht?« fragte Slash. »Wir sind einsam.«

Die zwei waren ganz schön raffiniert. Ich schämte mich wegen meiner Gedanken. »Nein«, sagte ich.

»Warum nicht?«

»Ihr seid zu jung. Und ich bin zu alt.«

»Ich hab schon mit vielen Älteren geschlafen«, sagte Slash. So wie sie das sagte, fühlte ich mich gleich noch älter. Falls das überhaupt möglich war. Und sehr traurig. Und ich war froh darüber, daß ich sie nicht in meine Suite gelassen hatte.

»Bist du stolz darauf?« fragte ich.

Sie zuckte mit den Achseln.

»Du solltest es nicht sein. Das mein ich ernst. Es ist nicht gut für dich.«

»Warum?«

»Frag deinen Gynäkologen.«

»Wen interessiert das schon?« fragte Slash.

»Mich, wenn schon niemand anderen. Wenn ich euch zwei sehe, muß ich an Judith denken.«

»Unsere Mutter stört's nicht«, sagte Slash.

»Dann sollte sie sich schämen.«

»Sie findet es cool.«

»Ist es aber nicht.«

»Keith findet's auch cool.«

»Diesen Wurm sollte man platt treten.«

»Mögen Sie ihn nicht?«

»Was glaubst du?«

»Er ist cool. Er kauft uns Sachen.«

»Darauf hätte ich wetten können.«

»Kaufen Sie uns Geschenke?«

»An euren Geburtstagen.«

»Ich hab' bald Geburtstag«, sagte Slash.

»Was möchtest du haben?«

»Neue Dessous. Sexy Sachen. Die trag ich dann für Sie.«

Ich schüttelte den Kopf.

»Was dann?«

»Ich überleg mir was.« Ich sah auf die Uhr. Es war nach elf. »Solltet ihr nicht schon im Bett sein?« fragte ich. Dumme Frage. Ich hätte es besser wissen müssen. Sie sahen einander an und kicherten. »Das haben wir doch gerade vorgeschlagen, Mann«, sagte Slash.

»In euren eigenen Betten«, sagte ich. »Und jetzt zieht Leine.«

»Bringen Sie uns hoch?«

»Nein«, sagte ich. »Ihr findet euch allein zurecht.«

»Ham Sie noch'n Rendezvous?«

»Nein«, sagte ich. »Ich nehm noch einen Drink. Und jetzt ab.«

Sie gingen. Viel ruhiger, als ich gedacht hatte. Sie warfen mir Kußhände von der Türe aus zu.

Ich saß noch ungefähr zehn Minuten da, trank aber nichts mehr. Ehrlich gesagt fühlte ich mich beschissen. Schließlich ging auch ich und verzog mich auf meine Suite. Allein.

29

Nach diesem ganzen Gequatsche hatte ich Lust, noch mal schwimmen zu gehen, um meine Birne klar zu kriegen. Ich hatte mich danach schon einmal besser gefühlt, und ich hoffte, daß dieser Effekt wieder eintreten würde. Also griff ich mir meine neue Badehose und marschierte hinunter zum Pool.

Zuerst dachte ich, ich sei wieder allein. Es war warm und feucht, roch nach Chlor, und über dem Wasser hing feiner Nebel wie Rauch. Erst als ich direkt am Rand des Beckens stand, sah ich, daß noch jemand sich zu einem nächtlichen Bad entschlossen hatte. Dann schaute ich genauer hin, und mir fiel auf, daß irgend etwas nicht stimmen konnte. Plötzlich kapierte ich. Wer auch immer das da im Wasser war – er war angezogen und lag ganz ruhig. Zu ruhig. Er trieb am flachen Ende mit dem Gesicht nach unten knapp unter der Wasseroberfläche, Arme und Beine ausgebreitet. Ein Strahlenkranz langer, blonder Haare umgab den Kopf wie bei einem exotischen Unterwasserlebewesen. Ich rannte am Pool entlang, kickte meine Schuhe von den Füßen und ließ mich ins Wasser gleiten. Es reichte knapp bis zu meiner Hüfte. Ich watete auf den Körper zu und drehte ihn mühsam um. Ein Mann. Ein nasses Pflaster pellte sich von seiner Nase ab. Elmo.

Ich zog ihn zum Beckenrand und schob und zerrte ihn auf

die Kacheln neben dem Pool. Ich stemmte mich hoch und kniete mich neben ihn. Kein Puls. Kein Herzschlag. Ich hatte nicht vor, einem Junkie ohne Schutz Mund-zu-Mund-Beatmung zu geben. Scheiß drauf. Das Leben ist ohnehin schon gefährlich genug. Ich ließ ihn liegen und rannte aus der Schwimmhalle heraus, einen langen Gang entlang zu den Bullen. Dort war es still. Ein paar hemdsärmelige Uniformträger saßen herum. »Rufen Sie einen Krankenwagen, schnell«, befahl ich der nächstsitzenden Polizistin. »Im Swimming-pool treibt einer.«

»Was?« fragte sie und betrachtete mich von oben bis unten.

»Krankenwagen«, wiederholte ich. »Swimming-pool. Jetzt!«

Sie schnappte sich das Telefon. Ich packte mir einen anderen Cop, und wir rannten zu Elmo zurück. Der Bulle hatte einen Erste-Hilfe-Koffer mitgenommen. Er benutzte einen Plastikschutz und versuchte es mit Mund-zu-Mund. Kluges Kerlchen. Aber es half nicht. Ich wußte, daß es nichts bringen würde. Nach ein paar Minuten gab er auf, ließ sich auf seine Fersen zurücksinken und sah mich an. »Am besten erzählen Sie mir jetzt mal, was passiert ist.«

Das tat ich.

Ich brauchte nicht lange, und als ich fertig war, kamen die Sanitäter. Sie hatten alle möglichen Gerätschaften dabei, aber ich wußte, daß ihr Einsatz Zeitverschwendung war. Ich hatte keine Lust zuzugucken. Ich fragte den Constable, ob ich mich umziehen könnte. Er begleitete mich auf meine Suite. Ich trocknete mich ab und zog mir frische Boxershorts, Socken, eine Hose und ein Hemd an. Als ich damit fertig war, kamen Carpenter und Ripley. Ich fragte mich, ob die beiden vielleicht an der Hüfte zusammengewachsen waren.

»Sie haben ihn im Pool gefunden?« fragte Carpenter.

»Ja.«

»Sind Sie sicher?« fragte Ripley.

»Natürlich bin ich sicher. Sie glauben doch wohl nicht, daß ich ihn da reingeworfen hab, oder?«

Sein Blick verriet, daß er mir alles zutraute.

»Das habe ich nicht. Und wenn ich es getan hätte, wäre ich abgehauen. Still und heimlich. Und hätte nicht einen Ihrer Leute verständigt.«

Er zog die Nase hoch. Meine Logik schien ihn nicht sonderlich zu beeindrucken.

»Oder?« fragte ich. »Hätte ich doch nicht.«

Keiner von ihnen antwortete mir. »Haben Sie dort jemanden gesehen?« fragte Carpenter.

»Keine Seele«, sagte ich. »Heißt das, Sie haben Boyle noch nicht gefunden?«

»Heißt es.«

»Dabei scheint er in der Nähe zu sein.«

»Ja, aber wer weiß, wo er mittlerweile steckt? Trotzdem, den kriegen wir schon noch. Wann genau haben Sie die Schwimmhalle betreten?«

»Ich weiß nicht, wann *genau*. Fünf oder zehn Minuten, bevor ich diesen Constable hier kennengelernt habe.«

Carpenter sah den Uniformträger an. »Elf zweiundfünfzig genau, Sir.«

»Und wo waren Sie vorher?«

»In der Bar.«

»Alleine?«

»Mit zwei anderen Gästen«, sagte ich.

»Mit wem?«

»Ihre Namen sind Alice und Clarissa. Sie wohnen bei ihrer Mutter.«

»Die beiden«, sagte Ripley. »Sind die nicht ein bißchen jung für Sie?«

»Sie sind alleine durchs Hotel gestrolcht. Ich hab ihnen je eine Cola spendiert und sie auf ihr Zimmer geschickt. Verdammt, ich hoffe nur, daß sie auch dort angekommen sind.«

»Wir werden alle Appartements überprüfen«, sagte Ripley.

In diesem Augenblick klopfte es an der Tür zu meiner Suite. Ohne auf eine Antwort zu warten, öffnete der Klopfer die Tür.

Noch ein uniformierter Bulle. Er winkte Ripley zu sich und flüsterte ihm etwas ins Ohr. Ripley sah plötzlich nicht mehr besonders gut aus. Er ging zu Carpenter und flüsterte ihm etwas ins Ohr. Carpenter seufzte.

»Oben ist noch 'ne Leiche«, sagte er.

»Wer?« fragte ich, und fürchtete mich gleichzeitig vor der Antwort. Soweit ich wußte, war Ninotchka oben.

»Einer von der Band. Valin. Das macht zwei. Jetzt stecken Sie richtig in der Scheiße. Ich hab Ihnen gesagt, was mit Ihnen passiert, wenn noch jemand draufgeht«, sagte er.

Er hätte darauf nicht herumreiten müssen. Ich fühlte mich so schon mies genug. Selbst wenn einer der beiden nur ein dummes Dealerschwein gewesen war.

»Komm schon«, sagte Carpenter zu Ripley. »Sehen wir mal nach.« Die beiden gingen. Ich hängte mich an sie ran. Ich hatte sowieso nichts Besseres zu tun. Valins Suite lag ein Stockwerk höher direkt neben Ninotchkas. Die Tür stand offen, und Cops sausten herum wie Fliegen auf einem Haufen Scheiße. Ich ging nicht in das Zimmer hinein, sondern guckte nur durch die Türe. Baby Boy Valin lag auf einem der Sofas. Selbst von dort, wo ich stand, konnte ich sehen, daß sein Hals abgeknickt und sein Gesicht schwarz war. Seine Zunge und seine Augen waren aufgequollen. Genau wie bei Turdo. Ich hätte darauf gewettet, daß sich eine Gitarrensaite tief in das Fleisch seines Halses eingeschnitten hatte.

Oh Scheiße, dachte ich.

Ich sah den Korridor entlang in Richtung von Ninotchkas Suite. Dann setzte ich mich in Bewegung und klopfte an ihre Tür. Don machte auf. Er stand im Rahmen und blockierte die Tür vollständig. »Ist sie da?« fragte ich.

»Ist das Nick?« kam Ninotchkas Stimme von drinnen.

»Ja«, sagte Don.

»Laß ihn rein.«

Don trat einen Schritt zurück, und ich ging hinein. Big Phil lehnte neben dem Fenster an der Wand. Ninotchka stand mitten im Zimmer. Sie hielt sich an einem Glas fest. »Oh, Nick«, sagte sie, »sieht so aus, als hättest du recht gehabt.«

»Du hast es schon gehört?«

»Ja, Phil hat es uns gesagt.«

»Ich bin nicht gerade begeistert darüber«, sagte ich. »Es tut mir leid, Ninotchka. Wirklich.« Und das tat es auch.

»Der arme Elmo«, sagte sie, als hätte sie mich nicht gehört. »Und Baby Boy. Gott, das ist schrecklich.«

Ich wandte mich an Don. »Warum war er allein?« fragte ich. »Wo waren eure Leute?«

Er zuckte die Achseln. »Fragen Sie mich nich'.«

»Wenn ich das nicht tue, fragt es jemand anders.«

Plötzlich brach Hektik auf dem Korridor aus. Ich ging zurück zu Valins Suite. Ein uniformierter Sergeant war irgendwoher gekommen und erklärte Carpenter und Ripley atemlos, daß man jemanden auf dem Dach entdeckt hatte.

»Wir glauben, daß es unser Mann ist, Chef.«

»Mike«, sagte Carpenter streng, »gehen wir.« Er sah mich an. »Und diesmal bleiben Sie hier. Sie haben schon genug Schaden angerichtet.«

Ich stand da und sah den dreien nach.

Dieses eine Mal tat ich, was ich sollte.

30

Ich ging zurück zu Ninotchka. »Was ist los?« fragte sie.

»Jemand ist auf dem Dach.«

»Wer?«

Ich zuckte mit den Achseln. »Wer weiß.«

Sie wußte. »Bobby?«

»Das *glauben* sie jedenfalls.«

»Oh, Gott im Himmel, laß sie bitte recht haben.«

Ich sagte nichts dazu. »Hat jemand 'ne Zigarette für mich?« fragte ich. Big Phil reichte mir ein Päckchen B&H. Ich nahm mir eine, und er gab mir Feuer. Ich ging zur Bar und nahm mir ein Bier. »Noch jemand eins?« fragte ich.

Niemand antwortete.

Ich rauchte und trank und schwieg wie die anderen. Ninotchka lief auf und ab, immer noch mit dem Glas in der Hand.

Nach zehn Minuten betrat Ripley die Suite. »Kann ich Sie kurz sprechen, Miss?«

»Ist es Bobby?« fragte sie.

»Ja«, sagte er. »Wir kommen nicht an ihn ran, und er will nur mit Ihnen reden. Mit niemand sonst. Er sagt, er springt, wenn Sie nicht raufkommen.«

»Okay«, sagte sie ohne zu zögern.

»Moment mal«, unterbrach ich. »Vielleicht will er dich auch noch umbringen.«

»Nein«, sagte sie.

»Du kannst das nicht riskieren. Er hat heute nacht schon zwei Leute ermordet.«

»Das weißt du nicht sicher, Nick.«

»Aber ich würde nicht mein Leben dagegen wetten.«

»Dann komm mit.«

»Er hat gesagt, Sie allein, Miss«, unterbrach Ripley. »Wir wissen nicht, was er macht, wenn noch jemand mit Ihnen rausgeht.«

»Das krieg ich schon hin«, sagte sie. Ich hoffte, sie war wirklich so zuversichtlich, wie sie klang.

»Okay«, sagte ich. »Du bleibst dicht bei mir. Laß dich nicht von ihm anfassen.« Sie nickte, und wir marschierten los.

Ihre Suite lag zwar angeblich im obersten Stockwerk, aber das entsprach nicht ganz der Wahrheit. Darüber befanden sich noch die Dachböden der alten Wohnhäuser. Eine schmale Treppe führte dort hinauf. Die Trennwände waren dort nicht komplett herausgebrochen worden. Wir drei schlängelten uns durch die Lücken, manchmal gingen wir auf Spanplatten, manchmal balancierten wir über dicke Dachbalken. Der Dachboden wurde von staubigen Glühbirnen in Dämmerlicht getaucht. Alte Möbel und irgendwelcher Trödel lauerten im

Schatten. Das einzige, was hier getan worden war, war, daß sie ungefähr alle zehn Meter Dachluken eingebaut hatten. Vielleicht waren dort einmal Fenster gewesen. Jetzt gelangte man so zu den Feuerleitern. Carpenter erwartete uns an einer dieser Luken. Ein batteriebetriebener Strahler auf einem Stativ leuchtete auf das Dach hinaus. »Danke für Ihr Kommen«, sagte er zu Ninotchka. Dann zu mir: »Was zum Teufel machen Sie hier? Ich hab doch gesagt, Sie sollen wegbleiben!«

»Wenn Sie mit ihm reden soll, gehe ich mit.«

»Nein, tun Sie nicht.«

»Sie können sie nicht allein da raus lassen. Sind Sie verrückt? Es ist zu gefährlich. Vielleicht springt er plötzlich runter – mit ihr zusammen.« Ich sah den Schmerz auf Ninotchkas Gesicht, als ich das sagte. »Tut mir leid«, sagte ich und faßte sie am Arm. »Aber es wäre möglich.«

»Ich glaube immer noch nicht, daß er jemand umgebracht hat«, sagte sie. Ich fragte mich, was für ein Mann Boyle gewesen war, um diese Loyalität verdient zu haben. Und was für eine Frau Ninotchka war, um sie ihm zu geben. Einen Augenblick lang beneidete ich die beiden. »Zwei Leute sind heute nacht schon gestorben«, sagte ich zu Carpenter. »Lassen wir es dabei, wenn irgend möglich. Ich bleibe bei ihr, und damit basta. Sie können das nicht riskieren. Ich werde dafür sorgen, daß die Reporter Sie lynchen, wenn Sie das wagen.«

Wenn Blicke einen verbrennen könnten, wäre ich Toast gewesen. Schwarz.

»Es ist okay«, sagte Ninotchka. »Lassen Sie ihn mitkommen.«

Carpenter gab auf. »In Ordnung«, sagte er. »Hören Sie, meine Leute warten unten. Wenn Sie Boyles Aufmerksamkeit auf sich gezogen haben, lasse ich sie hochkommen.«

»Das gehörte nicht zum Deal«, protestierte Ninotchka.

»Entweder so, oder nicht.«

»Sie wollen ihn reinlegen?«

»Nein, ich will ihm das Leben retten. Was für ein Mensch er auch immer sein mag, und was auch immer er getan hat, hier drin bei uns ist er besser aufgehoben als dort draußen.«

Sie dachte darüber nach. Sah mich an. Ich nickte ihr zu. Es war die einzige Möglichkeit. »Also gut«, sagte sie schließlich.

»Können Sie ihr ein Fangseil anlegen?« fragte ich Carpenter.

»Ich will kein verdammtes Seil!« sagte sie. »Höhe macht mir nichts aus.«

Leider erinnerte mich das daran, daß Höhe *mir* sehr wohl etwas ausmachte. Mit einem Fangseil hätte ich mich erheblich wohler gefühlt. »Wie wäre es mit Feuerwehrleuten«, fragte ich. »Mit Netzen.«

»Er sagte, wenn er die kommen sieht, springt er sofort«, entgegnete Carpenter.

Verdammt, der Kerl hatte auch an alles gedacht.

»Gehen wir jetzt endlich, oder wollen wir hier die ganze Nacht palavern?« fragte Ninotchka.

Mir fiel nichts weiter ein, um uns aufzuhalten. Ich atmete tief durch. «Okay, los geht's.«

Ninotchka quetschte sich durch die Dachluke. Ich kam direkt hinter ihr her. Draußen war es neblig. Ich mußte an den Swimming-pool denken. Im Lichtstrahl des Scheinwerfers tanzten winzige Wassertröpfchen. Die grünen Dachziegel sahen glitschig und gefährlich aus. Unsere Schatten tanzten lang und schwarz darüber.

Von unserer Dachluke aus führte ein schwarzes, eisernes Geländer bis zur nächsten Ecke des Daches. Wahrscheinlich begann dort eine Feuerleiter. Es schwebte ungefähr neunzig Zentimeter über dem Dach und sah sehr zerbrechlich aus. Am Ende des Daches knickte es nach unten ab und endete, wo Dach und Haus zusammenstießen. Genau dort stand ein Mensch. Im fahlen Lichtschein konnte ich nur erkennen, daß es derselbe Mann war, dem wir am Abend zuvor an der Garageneinfahrt begegnet waren. Er sah nach unten, um sicherzugehen, daß keine Bullen zu ihm hochkamen. Um das zu ermöglichen, mußten wir ihn ablenken.

»Bobby«, sagte Ninotchka sanft. Er schien sie nicht zu hören. »Bobby«, sagte sie wieder, diesmal etwas lauter.

Er sah uns überrascht an. »Ninotchka«, sagte er. Dann entdeckte er mich. »Wer ist das bei dir?« fragte er.

»Ein Freund. Er heißt Nick.«

»Ich habe ihnen gesagt, du sollst allein kommen.«

»Das haben sie nicht erlaubt.«

»Sag ihm, er soll weggehen, oder ich springe.« Er packte das Geländer fester und schien sich darüber schwingen zu wollen.

»Nein, Baby. Bitte, vertrau mir«, bat Ninotchka. »Er wird dir nichts tun. Das verspreche ich dir.«

»Ist er ein Bulle?«

»Nein. Ich hab dir doch schon gesagt, er ist ein Freund. Bitte laß ihn bleiben.«

»Keine Tricks.«

»Nein«, sagte sie.

»Du«, sagte er zu mir. »Nick, oder wie immer du heißt.«

»Ja?« sagte ich.

»Keine Tricks, verstanden, oder ich springe.«

»Keine Tricks, Bobby«, sagte ich. Aber ich hielt meine Finger über Kreuz. Ich würde alles tun, um ihn ins Innere zu kriegen, ohne Ninotchka in Gefahr zu bringen. Einen Augenblick lang war es still. Ich konnte den Verkehr auf der Hauptstraße hören. »Bobby, was hast du getan?« fragte Ninotchka schließlich.

Er antwortete nicht.

»Warum kommst du nicht rein, Schatz?«

Als er antwortete, brach seine Stimme. »Dann sperren sie mich wieder weg«, sagte er. »Das halt ich nicht aus.«

»Nein, das tun sie bestimmt nicht«, sagte sie.

»Lüg mich nicht an, Nin. Nicht jetzt.«

»Tu ich nicht«, sagte sie.

»Sie haben mich zusammengeschlagen, Nin, als ich eingesperrt war. Du glaubst nicht, was sie mir angetan haben.«

Ich glaubte es.

»Es tut mir leid, Schatz«, sagte sie.

»Was zum Teufel soll ich denn tun?« fragte er verzweifelt, als habe er sie nicht gehört.

»Ich weiß nicht. Komm rein, bitte. Du siehst so kalt aus, da.«

»Ich bin schon seit Jahren in der Kälte.«

»Komm rein, Bobby«, sagte ich. »Das hier bringt keinen von uns weiter. Ich hab heute deinen Dad gesehen.«

»Hast du?« Er sah mich an.

»Ja. Er wird dir helfen.« Gott, das war gut, fand ich.

Bobby war mir meilenweit voraus. »Mann, wenn du das glaubst, hast du meinen Vater nicht gesehen. Der kann sich nicht mal selber helfen.«

Von der anderen Seite des Daches war ein leises Klicken zu hören. Bobby sah nach unten. Dann starrte er uns an. »Oh, Nin, nicht auch noch du. Ich hab dir vertraut.« Er ließ sich auf Hände und Knie nieder und krabbelte über das Dach auf uns zu. Seine Sohlen rutschten weg, und er suchte verzweifelt nach einem Halt. Ninotchka entfernte sich von mir und der Sicherheit der Dachluke. Ich packte ihren Arm, aber sie schüttelte meine Hand ab und bewegte sich weiter auf ihn zu. Ich hinterher.

Stück für Stück tastete sie sich am Geländer entlang. Ich war nur ein paar Zentimeter hinter ihr. Boyle stand wieder auf. Sie waren vielleicht noch eineinhalb Meter voneinander entfernt. Sie ließ das Geländer los und streckte ihre Hand nach ihm aus. In diesem Augenblick verlor sie den Halt. Ich hörte sie keuchen, als sie auf dem glitschigen Dach ausrutschte. Boyle und ich versuchten, sie zu halten. Ich erwischte ihr Handgelenk, hielt sie fest und zerrte sie zu mir hoch. Es erinnerte mich an eine andere Zeit und einen anderen Ort in meinem Leben. Er faßte vorbei, kam selbst aus dem Gleichgewicht, seine Arme kreisten hilflos im Leeren, und er schlidderte über das Dach. Er prallte gegen das Geländer, und eine ewig lange Sekunde schien er zu schweben. Dann stürzte er ab. Seine Arme suchten verzweifelt nach einem Halt. Er verschwand aus unserem Blickfeld. Er schrie, während er fiel, bis der Schrei von einem dumpfen Aufprall beendet wurde. Als wäre ein fetter Zementsack auf der Erde aufgeschlagen.

Ninotchka schrie auch, als er fiel. Sie versuchte, sich von

mir los zu machen, aber ich hielt sie ganz fest. Ich konnte ihren Herzschlag spüren. Sie weinte an meiner Brust. Carpenter kam hinaus aufs Dach. Ich übergab sie ihm. Als er sie festhielt, ging ich vorsichtig bis zum Beginn der Feuerleiter und sah hinunter. Boyles Körper lag auf dem Beton. Im Licht eines offenstehenden Fensters konnte ich seine Füße sehen, die in einem grotesken Winkel abstanden. Ich packte das Geländer mit beiden Händen, damit sie nicht zitterten. Irgendwoher kamen Polizisten und knieten sich über ihn. Dann standen sie auf und sahen hoch zu uns.

Das Licht schien auf ihre Gesichter. Ich wußte, es war vorbei.

31

Das war's dann wohl. Scheinbar hatte Boyle die ganze letzte Woche mehr oder weniger auf dem Speicher des Hotels gelebt. Eine Durchsuchung des Dachbodens förderte seine letzte Habe zutage: ein Laken, ein paar Essensreste, die er aus der Küche geklaut hatte, eine alte Ausgabe des *New Musical Express* mit einer Story darüber, daß die Band ihr Album in London fertigstellen würde, und einen einzelnen Drumstick. 2B. Sein Zwilling hatte in Turdos Brust gesteckt.

Nach Valins Tod löste sich *Pandora's Box* mehr oder weniger auf. Box, Shorty Long, Scratch und Shapiro samt ihrer Anhängsel und Ehegesponse nahmen, zusammen mit Valins Freundin, Samstagmittag den Flieger nach Los Angeles. Valins Leiche würde nach den üblichen Untersuchungen hinterhergeschickt werden. Niemand schien sich darum zu reißen, vor Ort auf sie aufzupassen. Pandora würde seine Mutter samt ihrer Ärzte in den nächsten Tagen nach Amerika fliegen lassen. Er selbst wollte Samstagabend fliegen. Seine Teenies und deren Mutter würden ihn begleiten. Ninotchka, Pascall und seine

Frau sowie Lomax wollten ebenfalls die Abendmaschine nehmen. Die Auftritte in Wembley waren, genau wie der gesamte Rest der Tour, abgesagt worden. Die Anwälte, Buchhalter und Crew-Mitglieder verschwanden in ihren Löchern.

An jenem Morgen traf ich Lomax um halb zwölf in der ansonsten menschenleeren Bar. Wie in einem Badeort nach Saisonschluß.

Ich holte mir an der Theke ein Bier und setzte mich zu ihm, in dieselbe Nische, in der wir uns vor ein paar Tagen kennengelernt hatten. Mir kam es eher vor, als wären es Monate gewesen. Jahre. Er schaltete das Licht ein. »Das wär dann alles«, begrüßte er mich.

»Sieht so aus.«

»So hatte ich mir das Ende eigentlich nicht vorgestellt. Aber trotzdem danke, Nick, für Ihre Arbeit.«

»Alles, was ich getan habe, war, ein paar Leute unnötig übern Jordan marschieren zu lassen.«

»Das war nicht Ihre Schuld. Was sagen die Bullen dazu?«

»Im Moment gar nichts. Carpenter denkt über ‹weitergehende Maßnahmen›, wie er es nennt, nach.«

»Was glauben Sie? Unternehmen die was?« fragte er.

»Scheiße. Weiß nich'. Is' mir auch egal«, sagte ich.

»Und was werden Sie jetzt machen?«

»Weiß nich'. Scheiße. Is' mir auch egal«, wiederholte ich.

»Ich finde, Sie haben unter den gegebenen Umständen gute Arbeit geleistet. Und wir möchten Ihnen gerne noch das hier geben.« Er holte einen Scheck aus der Jackett-Tasche.

»Will ich nicht haben«, sagte ich.

»Sie wissen nicht mal, wie hoch er ist.«

»Will ich auch nicht wissen. Behalten Sie das Ding. Schikken Sie's an Boyles Vater.«

»Der kriegt schon genug. Er kriegt jetzt Bobbys Tantiemen.« Er schob den Scheck über den Tisch.

Ich nahm ihn und riß ihn, ohne auch nur einen Blick darauf zu werfen, in vier Stücke, knüllte sie zusammen und ließ das Bällchen in den Aschenbecher fallen. »Nein, Roger. Damit würde ich mich nicht wohl fühlen«, sagte ich.

»Wenn's Ihnen Spaß macht.«

»Das ist von jetzt an genau das, was mir wichtig sein wird. Und Sie?«

»Ich flieg heute abend zu der Frau, von der ich Ihnen erzählt hab. Falls sie noch da ist. Und vielleicht findet sich die Band wieder zusammen. Sie müssen ein Album fertigstellen, vergessen Sie das nicht.«

»*Money makes the world go round*«, sagte ich.

»Genau. Nicht alle interessieren sich so wenig für Kohle wie Sie.«

»Ich hab gehört, die Band wäre pleite.«

»Wer hat Ihnen das erzählt?«

»Gut informierte Kreise.«

Lomax schnitt eine Grimasse. »Nicht ganz. Wir werden's überleben.«

»Sogar Valins Tod und die Absage der Tour und die Verschiebung des Albums?«

»Ja.«

»Ich schätze, er hatte ein paar gut dotierte Lebensversicherungen.«

»Ich bin beeindruckt. Sie haben Ihre Hausaufgaben gemacht. Jeder von ihnen hat hohe Lebensversicherungen.«

»Wie hoch?«

»Pfund Sterling, zwei Mille. Vielleicht auch zweieinhalb. Hängt vom Wechselkurs ab.«

»Und das gilt für alle Bandmitglieder?«

»Korrekt«, sagte er.

»Also ist Valins Tod für niemanden besonders schmerzlich. Außer für ihn natürlich.«

Lomax zuckte die Achseln. Zündete sich eine Zigarette an.

»Wieso war er allein, Roger?«

»Wer?«

»Valin. Wieso war er gestern abend allein? Wo waren seine allgegenwärtigen Security-Wächter?«

»Hat die Polizei Ihnen das nicht gesagt?«

»Die sagen mir überhaupt nichts.«

»Er hat sie runtergeschickt. Sie sollten auf ihn warten. Er wollte mit seiner Freundin in einen Club.«

»Und wo war seine Freundin?«

»Die hat er mitgeschickt.«

»Und sie sind alle gegangen?«

»Offensichtlich.«

»Verrückt.«

»Nicht unbedingt. Er ist einer der Stars. Er ist einer der Zahlmeister. Ein Wort von ihm, und sie kassieren wieder Sozialhilfe. Denken Sie doch an Ninotchka. Sie hat Don abgeschüttelt und ist mit Ihnen losgezogen. Man kann Leute, die nicht beschützt werden wollen, nicht schützen.«

»Stimmt«, sagte ich. »Da haben Sie recht. Naja. Ist sowieso egal.« Ich schwieg einen Moment lang. »Wann geht Ihr Flieger heute abend?«

»Um sieben. Ach, übrigens, Sie können hier wohnen bleiben, solange Sie wollen. Der Schuppen ist für Wochen im voraus bezahlt. Sie müssen nur Ihre Getränke selbst zahlen.«

»Danke«, sagte ich, »aber das werde ich lieber nicht tun. Keine guten Erinnerungen. Ich geh lieber wieder nach Hause. Ich hatte eine Katze. Leute aus meiner Straße kümmern sich um sie. Wahrscheinlich wird sie mich nicht mal wiedererkennen. Hören Sie, Rog, falls wir uns nicht noch mal über den Weg laufen: Alles Gute. Grüßen Sie McBain, falls Sie ihm in L. A. mal begegnen. War nett, sie kennenzulernen. Wirklich.«

»Finde ich auch, Nick. Falls Sie jemals an der Westküste sind ...«

»Ruf ich Sie an.«

»Tun Sie das.«

»Dann gute Reise«, sagte ich. Wir standen auf, gaben einander die Hände. Ich ließ mein halb ausgetrunkenes Bier stehen und ging auf meine Suite. Packen.

32

Ich hatte gerade mein letztes sauberes Hemd sorgfältig zusammengelegt, als das Telefon klingelte. Zuerst tat ich einfach so, als hätte ich es nicht bemerkt. Aber irgendwann ging mir das schrille Geräusch auf die Nerven. Es hörte einfach nicht auf. Also nahm ich ab. »Was ist denn?« fragte ich.

»Nick, hier ist Ninotchka.«

»Hi«, sagte ich. »Wie geht's dir?«

»Was glaubst du? Hör mal, ich hab hier etwas, das du dir anhören solltest.«

»Noch mehr Rock'n'Roll?«

»Nein.«

»Was dann?«

»Ich weiß nicht so recht. Es ist ganz komisch.«

»Wie komisch?«

»Komm rauf und hör's dir selber an.«

»Okay«, sagte ich und legte auf.

Ich stellte meine Koffer neben die Tür und marschierte zu Ninotchkas Suite. Sie war allein. »Also, was ist?« fragte ich.

»Das kannst du mir vielleicht sagen.«

Sie ging zur Stereoanlage und drückte auf Play. Ich hörte den Schluß von *Zip Gun Boogie*, und dann eine Stimme, die ich als Pascalls erkannte. »... *Also, wann krieg ich's, Keith?*« sagte die Stimme.

»*Ich hab dir doch gesagt, daß alles okay geht*«, antwortete Pandoras Stimme.

»Was zum Teufel ist das?« fragte ich.

»Hör einfach zu, dann merkst du's.«

»*Ich weiß nicht recht, ob mir gefällt, was du vorhast.*« Wieder Pascall.

»*Du hast dich noch nie beschwert.*«

»*Ich weiß. Aber die Sache gerät außer Kontrolle.*«

»*Nein, Mann. Nein, tut sie nicht.*«

»*Da wär ich mir nicht so sicher. Roger hat diesen Typen angeheuert, Sharman.*«

»*Das ist ein Idiot*«, sagte Pandora. »*Ein abgefuckter Schnüffler aus der Vorstadt. Vergiß ihn. Der ist ein gottverdammter Witz.*«

»*Er hat immerhin die Sache mit McBain hingekriegt.*«

»*Das Glück der Dummen. Ich sage doch, vergiß ihn.*«

»*Meinetwegen. Trotzdem, es gefällt mir nicht.*«

»*Dir gefällt nichts. Außer Geld. Das nächste Mal werde ich eben selber tun, was getan werden muß. Dann kriege ich die Kohle von der Versicherung. Dann kriegst du was davon, und ich bin aus dem Schneider.*«

»*Du weißt, wie es heißt, Keith? Einmal ist keinmal, zweimal ist zweimal zuviel. Wenn die Bullen sich mal richtig umsehen, steckst du tief in der Scheiße.*«

»*Glaub das nicht. Ich hab einen prima Sündenbock.*«

»*Wen? Turdo?*«

»*Dieses Arsch! Das war das letzte Mal, daß ich mich auf ihn verlassen habe. Kauft er diesen Billigscheiß. Kein Wunder, daß es nix gebracht hat. Und jetzt kommt er auch noch auf dumme Gedanken. Nein, ich hab da noch jemand anderen.*«

»*Wen?*«

»*Vergiß es einfach. Du wirst schon sehen.*«

»*Du wirst die Band ruinieren. Und die Tour.*«

»*Scheiß auf die Tour! Dagegen sind wir auch versichert. Und* ich *bin die verdammte Band, vergiß das nicht! Ich hab sie früher schon wieder aufgebaut, und ich werd sie auch diesmal wieder aufbauen.*«

»*Ich weiß nicht, Keith.*«

»*Glaub mir ...*«, sagte Pandora. Dann klickte es. Das Tape war zu Ende.

Ich sah Ninotchka an. »Wo hast du das her?«

»Es ist das Band, das wir letzte Woche abgeholt haben. Erinnerst du dich? Ich bin eben erst dazu gekommen, es mir anzuhören.«

»Aber wie ist das auf das Band gekommen?«

Sie zuckte mit den Achseln. »Woher soll ich das wissen? Frag Tony, den Produzenten.«

»Es ist Samstag, Ninotchka.«

»Na und? Das Studio ist besetzt. Versuch's. Und sonst hab ich auch seine Privatnummer.«

»Mach ich«, sagte ich, schnappte mir das Telefon und wählte die Nummer. Beim dritten Klingeln wurde abgenommen. Ich fragte, ob Tony Tune da sei. Die Telefonistin sagte, ja. Ich sagte, wer ich war, und wurde sofort durchgestellt.

»Tony Tune«, sagte eine männliche Stimme.

»Tony, hier ist Nick. Nick Sharman. Ich bin mit Ninotchka gekommen, als wir das Band abgeholt haben, erinnern Sie sich? Und wir haben uns noch mal bei *The Miracle* getroffen.«

»Natürlich erinnere ich mich. Wie könnte ich Sie vergessen? Nick, was kann ich für Sie tun? Ich dachte, ich würde vorerst nichts mehr von *The Box* hören.« Er machte eine kurze Pause. »Ooh, verdammt, so hatte ich das nicht gemeint.«

»Natürlich«, sagte ich. »Sagen Sie, Tony, das Band, das wir abgeholt haben. Wann haben Sie das aufgenommen?«

»Wie meinen Sie das?«

»Wann haben Sie die Kopie gemacht?«

»Lassen Sie mich nachdenken«, sagte er. »Die Band war am Montag hier. In der Nacht ist Trash krank geworden. Furchtbar, was? Ich kannte Bobby Boyle, wissen Sie?«

Es fiel mir schwer, höflich zu bleiben. »Ja«, sagte ich.

»Und wann haben Sie das Band abgeholt?«

»Mittwoch nachmittag.«

»Ach ja, genau. Dann hab ich's Dienstag abend überspielt. Nachdem die anderen weg waren.«

»Wer?«

»Keith und dieser Anwalt.«

»Pascall?«

»Genau der. Sie haben sich ein paar Overdubs angehört. Ich hab sie alleingelassen und bin was trinken gegangen. Diese verfluchten Anwälte! Was verstehen die schon von Musik?«

»Da wären Sie aber überrascht«, sagte ich.

»Mich überrascht gar nichts mehr.«

»Willkommen im Club. Es war also mit Sicherheit Dienstag abend?«

»Yessir. Genauer gesagt ganz früh am Mittwoch morgen.«

»Klar«, sagte ich. »Was für ein Tape haben Sie benutzt?«

Er schwieg einen Augenblick lang. »Ist was damit nicht in Ordnung? Ich hatte keine neuen Bänder. Dieser verdammte Cassetten-Assi hatte keine neuen bestellt. Können Sie sich das vorstellen? Und die anderen Studios waren schon abgeschlossen. Also hab ich einfach das erste beste Band genommen, das ich in die Finger bekam. Nicht gut, ja?«

»Im Gegenteil. Es ist perfekt. Danke, Tony. Wir sehen uns.«

»Ich freu' mich drauf.« Wir legten auf.

Ich sah Ninotchka an. »Gott sei Dank für diesen dämlichen Cassetten-Assi«, sagte ich.

»Also hatte ich doch recht«, sagte sie. »Es war gar nicht Bobby?«

»Sieht so aus.«

»Der Arme. Mein Gott, dieses Schwein Keith! Er hat all diese Leute nur wegen der Kohle von der Versicherung umgebracht!«

Ich sagte nichts.

»Sollen wir jetzt die Bullen rufen?«

»Nein«, sagte ich. »Ich wollte Pandora ans Leder, seit ich ihn kennengelernt habe. Spielen wir ihm doch einfach mal die Musik vor. Und ich stopf' ihm den abgefuckten Schnüffler aus der Vorstadt in den Rachen zurück, diesem Arschgesicht.«

33

Ninotchka klopfte um Punkt ein Uhr an Pandoras Tür. Nicht ganz *High Noon*, aber ziemlich nah dran.

Louis Pascall öffnete. Er ignorierte mich und sagte: »Ninotchka?«

Irgendwer murmelte drinnen irgendwas, und Pascall sagte: »Keith sagt, jetzt nicht.«

»Jetzt«, sagte ich und warf mich gegen die Tür. Ich überraschte ihn damit, brachte ihn aus dem Gleichgewicht, und die Tür flog auf. Ich schob Ninotchka vor mir her ins Zimmer. Nur noch Pandora war da. »Genau die Leute, zu denen wir wollten«, sagte ich.

Pandora trug eine knallenge Jeans, Cowboystiefel und ein Westernhemd. Pascall trug ein blaues Button-Down-Hemd, das sich über seinem Bauch spannte, und Anzughosen. Sein Jackett lag auf der Sofalehne.

Auf dem Teppich standen mehrere Koffer. Durch eine offenstehende Tür konnte ich sehen, das zwei weitere Koffer auf dem Bett lagen. Auf dem Eßtisch stand eine lederne Gladstone-Reisetasche. Offen.

»Ich hab gesagt, jetzt nicht«, sagte Pandora. »Seid ihr taub?«

»Das ist nicht sehr höflich«, sagte ich. »Vor allem nicht einer Dame gegenüber.«

»Tut mir leid, Nin«, sagte Pandora. »Es war eine harte Woche.«

»Sicher, Keith«, entgegnete Ninotchka trocken. »Ich verstchc.«

»Wir sehen uns nachher im Flieger«, fuhr er fort. »Dann können wir über alles reden.«

»Tun wir das doch lieber gleich jetzt«, sagte ich.

»Verdammt noch mal!« brüllte Pandora Pascall an. »Muß ich mir diesen Scheiß gefallen lassen?«

»Warum fragen wir nicht, was sie wollen?« schlug Pascall vor. »Danach werden sie sicherlich gehen.«

»Genau so hab ich mir euch Rock'n'Roller immer vorgestellt«, sagte ich. »Nett und freundlich und immer gut drauf.« Ich schob Pascall beiseite und ging zur Bar. »Möchtest du einen Drink, Ninotchka?«

»Ja. Wodka auf Eis.«

Ich mixte ihr einen Drink. Mir auch. Denselben. Die beiden Männer standen da und starrten uns an.

»So, wo ihr jetzt was zu trinken habt, seid ihr vielleicht auch so freundlich, mir zu sagen, was eigentlich los ist?« blaffte Pandora von seinem hohen Roß herunter.

»Wir haben Ihnen was zum Anhören mitgebracht«, sagte ich.

»Und was?«

»Seite zwei Ihres neuen Albums. Tony Tune hat sie Ninotchka überspielt.«

Pandora starrte mich gelangweilt an. »Hab ich schon gehört.«

»Sind Sie sicher?« fragte ich.

»Natürlich bin ich sicher. Hören Sie, ich weiß nicht, was Sie wollen, aber ich hab' das Album ich-weiß-nicht-wie-oft gehört und habe im Moment keine Lust, es nochmal zu hören. Ich packe gerade, falls Ihnen das noch nicht aufgefallen ist. Wir dürfen unseren Flieger nicht verpassen.«

»Ihr Flieger geht erst um sieben«, sagte ich. »Sie haben also genug Zeit. Außerdem sind Sie ein VIP, Keith. Sie müssen sich nicht anstellen und ausweisen und einchecken, nicht wahr? Aber ich bezweifle sowieso, daß Sie mitfliegen werden. Ich hoffe nur, daß sie dagegen versichert sind. Ach, ich möchte wetten, daß Sie's sind. Sie kennen sich schließlich ziemlich gut mit Versicherungen aus.«

Er war offensichtlich genervt. Er war daran gewöhnt, daß immer alle nach seiner Pfeife tanzten.

»Ich weiß nicht, wovon Sie sprechen.«

»Dann hören Sie es sich einfach an.« Ich holte die Cassette aus meiner Tasche und hielt sie hoch.

»Ich hab doch schon mal gesagt, ich kenne die Songs.«

»Aber auf diesem Tape ist eine Extra-Spur. Nur erhältlich auf diesem einen Band. Der 12-inch-Mix. So nennt ihr sowas doch, oder nicht?«

»Spielen Sie's schon«, sagte Pascall. Als wüßte er, was drauf war. Oder wüßte zumindest, daß es auch ihn etwas anginge. Pandora seufzte, sagte aber nichts mehr. Ich ging zu Keiths Stereoanlage. Irres Ding. Mehr Lämpchen als in der Regent Street zu Weihnachten. Aber ich kriegte es trotzdem hin. Legte die Cassette ein, spulte sie zurück und fand das Ende des letzten Songs.

»Und?« fragte Pandora, als der letzte Ton verklungen war. »Das ist das Ende.«

»Eine Sekunde«, sagte ich.

Das kurze Gespräch begann. Als das Band zu Ende war, sah Pascall so aus, als wäre ihm schlecht.

Pandora verdaute es wesentlich besser. »Und?« sagte er.

»Ich dachte, das wäre klar. Sie diskutieren einen Mordversuch. Und den Plan für einen weiteren Mord.«

»Schwachsinn!«

»Darauf würde ich nicht wetten.«

»Ich aber«, sagte er.

»Sie wetten um einen langen Gefängnisaufenthalt, Keith. Und der gute alte Louis sieht auch nicht gerade glücklich aus. Nach ein paar Stunden mit einem arsch-haarigen Londoner Bullen singt er wahrscheinlich besser als du.«

Pandora betrachtete Pascall. Er sah, was ich sah.

»Geben Sie auf«, sagte ich. »Es war ganz schön clever, aber Sie haben's vermasselt.«

»Nein«, sagte Pandora.

»Doch«, sagte ich. »Dabei sind Sie schon mal damit durchgekommen.«

Pascall und Ninotchka starrten mich an. Pandora nicht.

»Sie haben in Colorado Ihren Bassisten umgebracht. Seinen Kopf unter einen Truckreifen gesteckt. War das der erste?«

»Jackie?« sagte Ninotchka.

»Genau«, sagte ich.

»Moment mal«, sagte Pandora. »Was redest du da für eine Scheiße?«

»Ach ja?«

»Ich wüßte gern mal, wie du das beweisen willst. Das ist Jahre her.«

»Ich muß es nicht beweisen. Ich hab das Tape.«

»Tapes kann man fälschen«, sagte Pandora.

»Nein«, sagte Ninotchka. »Dieses Tape ist echt, und das weißt du auch, Keith.«

Mittlerweile sah Pascall aus, als warte er nur noch auf den Herzinfarkt. Sein Gesicht war grau, und Schweißperlen standen auf seiner Stirn. »Verdammt, Keith, ich wußte, daß es rauskommt.«

»Halt's Maul, Arschloch!« schnarrte Pandora. »Sie können nichts beweisen.«

»Aber Sie können dafür sorgen, daß wir hierbleiben müssen. Und wenn die Bullen mir noch mehr Fragen stellen, schaff ich's nicht.«

»Du Schwanz«, sagte Pandora, griff in seine Gladstone-Reisetasche und holte einen Nickel-Colt Diamondback mit kurzem Lauf heraus.

»Legen Sie den weg«, sagte ich. »Sonst wird noch jemand verletzt.«

Er zielte auf mich. »Du«, sagte er. »Nicht bewegen.«

»Ich bewege mich nicht«, sagte ich.

»Bist du bewaffnet?«

»Nein.«

»Hättest du sein sollen. Schwerer Fehler.«

»Nicht halb so schwer wie Ihr Fehler«, sagte ich. Aber das war gelogen. Meiner war schwerer.

»Durchsuch ihn«, befahl Pandora Pascall. Der ging auf mich zu. Einen Augenblick lang hoffte ich, daß er in Pandoras Schußfeld treten würde. Dann hätte ich eine Chance.

»Geh hinter ihm rum«, bellte Pandora. Pascall zögerte. Dann tat er es.

»Damit kommt ihr nie durch«, sagte ich, während Pascall mich mit seinen fetten Flossen abklopfte.

Pandora grinste. Ich konnte ihn verstehen. Den Spruch kannte man aus tausend schlechten Filmen.

»Er ist sauber«, sagte Pascall schließlich.

»Und jetzt?« fragte ich.

»Jetzt erschießt du Louis und Ninotchka, und dann dich selbst«, sagte Pandora. »Ich werde schwören, daß ich versucht habe, dich aufzuhalten. Ich werde trauern. Du hast sie geliebt, aber sie liebte einen anderen. Gefundenes Fressen für die Presse.«

Pascalls Mund blieb offen stehen. So was sieht man nicht oft. Aber es passiert.

»Große Oper«, sagte ich in die Stille hinein. »Nein, Seifenoper. Niemand nimmt Ihnen das ab, Keith. Sind Sie verrückt?« Er antwortete nicht. Aber so wie er guckte, war er es. Ein wenig zumindest. Jeder, der immer seinen Willen bekommt, wird früher oder später verrückt, schätze ich. Vielleicht halten einen Enttäuschungen bei Verstand. Oder vielleicht macht einen mit der Zeit sowieso alles verrückt.

»Du kannst ...«, sagte Pascall, und Pandora schoß ihm in den Bauch. Pascall starrte überrascht zuerst Pandora und dann das kleine Loch über seiner Gürtelschnalle an. Er berührte vorsichtig die Wunde, öffnete den Mund, als wollte er etwas sagen, stieß aber nur ein Geräusch irgendwo zwischen Grunzen und Stöhnen aus und plumpste wie eine Schaufensterpuppe auf den Teppich. Ninotchka schrie, hörte aber sofort damit auf, als Pandora sie giftig anstarrte.

»Du hast es vermasselt, Keith«, sagte ich. Ich hoffte bloß, daß ich das überzeugender sagte, als es mir vorkam. Ich rechnete damit, der nächste zu sein. Also versuchte ich, ihn am Reden zu halten, und hoffte, daß irgendwer im Hotel den Schuß gehört hatte.

»Nein«, sagte er. »*Du* hast es vermasselt. Du hast alles versaut, als du hier hochgekommen bist. Du hättest das Tape den Bullen geben sollen.«

Mein zweiter Fehler. Zwei zuviel.

»Tut mit leid, Nin. Ich wollte dir nie weh tun«, sagte er.

»Vielen Dank, Keith«, höhnte Ninotchka. »Da fühl ich mich doch gleich viel besser.«

Pandora zuckte mit den Achseln.

»Noch mehr Kohle von der Versicherung für den guten alten Keith, was? Es wird einfach immer mehr, was?« sagte ich.

Pandora zeigte mir grinsend seine großen Zähne. Ich wünschte mir, ich hätte ihm in die Fresse getreten, als ich die Gelegenheit dazu hatte. »Wie ist es gelaufen, Keith?« sagte ich.

»Was meinst du damit?«

»Ist Bobby Boyle zu dir gekommen, oder du zu ihm?«

»Er zu mir.«

»Wie praktisch, wo du doch gerade Shapiros Abgang vergeigt hattest.«

»Nein. Er hat mich die ganze Zeit vollgejammert, seit wir wieder hier sind.«

»Was wollte er?« fragte Ninotchka.

»Seinen alten Job. Drummer. Toller Witz!«

»Sehr witzig, vor allem für ihn«, sagte ich.

»Aber ja. Er hat sogar seine Sticks mitgebracht, damit er vorspielen konnte.«

»Und einer davon landete dann in Turdos Brust.«

»Genau.«

»Hat eigentlich er die Morde begangen, oder du?«

»Ich natürlich. Bobby hätte keiner Fliege was zuleide tun können. Es war einfach nur praktisch, daß er da war.«

»Er war dein Sündenbock. Wie auf dem Tape.«

»Korrekt.«

»Aber was wäre gewesen, wenn sie ihn geschnappt hätten, Keith? Wenn er deine Rolle preisgegeben hätte? Vielleicht nur aus Versehen?« Dieses Schwein war so begeistert von sich selbst, daß ich ihm immer nur Stichwörter liefern mußte, damit er weiterfaselte.

»Machst du Witze? Er hatte keine Ahnung, was abging. Der Typ war bekloppt. Und selbst wenn irgendwas die Gegend zwischen seinen Ohren, wo bei anderen Leuten das Hirn sitzt, erreicht hätte, wer hätte ihm ein Wort geglaubt? Er war seit Jahren Stammgast in der Klapsmühle. Er war ein diplomierter Irrer. Was glaubst du wohl, wer recht behalten hätte? Sie hätten ihn einfach zurück in seine Gummizelle gesperrt und fertig. Aber es war natürlich ganz prima, daß ihr beide ihm beim Absprung geholfen habt. Eine Laus weniger.«

»Ein echter Glücks-Fall für dich«, sagte ich.

»Genau.«

»Für ihn nicht.«

Pandora zuckte wieder mit den Achseln.

»Du Schwein«, preßte Ninotchka zwischen ihren Lippen hindurch, und einen Augenblick dachte ich, sie würde sich auf ihn stürzen. Das dachte er auch, also richtete er die Knarre auf sie. Ich hielt sie am Arm zurück. »Nicht«, sagte ich.

»Gute Idee«, sagte Pandora grinsend.

Ich ignorierte seinen Kommentar. »Und beinahe wärst du damit durchgekommen«, sagte ich.

»Ich bin damit durchgekommen.«

»Nein«, entgegnete ich. »Es ist vorbei, Keith, gib auf.«

»Ist es nicht.«

»Sie werden zu viele Fragen stellen.«

»Dann bin ich längst weg.«

»Wenn du das glaubst, bist du selber schuld, Junge.«

Er schüttelte den Kopf. »Längst weg«, sagte er verträumt.

»Keith, was ist denn los mit dir?« fragte Ninotchka.

»Das ist nur sein gottverdammtes Ego«, sagte ich.

Pandora grunzte wütend. Er erinnerte sich, wer er war und was er tat. Die Knarre, die er ein wenig hatte sinken lassen, schoß wieder in die Höhe. Das war gefährlich. Ich mußte ihn am Reden halten. Auf Zeit spielen.

»Und du warst es auch, der Valin gesagt hat, er solle seine Bewacher und seine Freundin wegschicken?« fragte ich.

»Ganz genau. Ich hab gesagt, ich müßte ihn allein sprechen. Es ginge um die Band. Er solle niemandem davon erzählen.«

»Und dann hast du ihn erwürgt?«

Pandora nickte.

»Wegen der Versicherung?«

»Stimmt.«

»Aber warum hast du Elmo getötet? Was hat er getan, außer gestrecktes Dope zu verkaufen?«

»Er hatte rausgekriegt, was lief. Turdo muß ihm was gesagt haben. Nicht so dumm, wie er aussah, dieser Elmo. Hat versucht, mich zu erpressen. Wollte zu den Cops gehen. Nix da. In der Schwimmhalle erwartete er in der Nacht eine kleine Sondergratifikation. Er hat mehr gekriegt, als er haben wollte. Und alles wäre glatt gegangen, ohne euch beide. Alle dachten,

Turdo und er wären von einem Schwachkopf gekillt worden, der einfach was gegen die Band hatte.«

»So war es ja auch. Von dir«, sagte ich. »Aber statt dessen sollte Bobby dieses eine Mal die Hauptrolle spielen.«

»Genau«, sagte er. Und in diesem Moment ging die Tür auf und Andrea Batiste kam herein. Sie stand in der Tür und starrte uns alle ungläubig an. Pandora grabschte ihren Arm und zerrte sie ins Zimmer. Der Lauf des Colts zitterte keinen Augenblick lang.

»Was ist denn hier los?« fragte sie.

»Nur eine kleine Kabbelei«, sagte Pandora. Ich glaube, langsam fing die Sache an, ihm Spaß zu machen.

Andrea entdeckte Pascall, der reglos auf dem Boden lag. Sie riß sich von Pandora los, kniete sich neben Pascall und suchte nach dem Puls. »Er ist tot«, sagte sie verständnislos.

»Dein Kumpel Keith hat ihn erschossen«, sagte ich.

Sie kniete immer noch und warf uns über die Schulter einen Blick zu.

»Genauso wie er Turdo, Elmo und Valin auf dem Gewissen hat«, erklärte ich.

»Keith?« sagte sie.

»Hör dir den Scheiß nich' an«, sagte Pandora.

»Und wahrscheinlich wird er dich auch umlegen«, sagte ich. »Wenn er mit Ninotchka und mir fertig ist.« Ich sah wieder Pandora an. »Es werden zu viele, Keith«, sagte ich. »Glaubst du nicht, daß jemand Verdacht schöpfen wird?«

Er zeigte seine Zähne. Sollte wohl ein Grinsen sein. Schüttelte den Kopf.

»Ist das wahr, Keith?« fragte Andrea.

Er sagte nichts.

Ninotchka sagte: »Andrea, kannst du ihm nicht klarmachen, daß er damit niemals durchkommt? Laß uns einfach gehen, Keith. Es ist vorbei.«

Bevor Pandora etwas dazu sagen konnte, klopfte es an der Tür. Langsam ging es hier zu wie auf dem Piccadilly Circus.

»Warum fragst du nicht, wer da ist?« schlug ich vor. »Vielleicht sind es die Cops.«

Pandora ging wieder zur Tür. Immer noch hielt er die Waffe ruhig. »Wer ist da?« brüllte er.

»Wir«, antwortete jemand. Slashs Stimme.

Pandora öffnete die Tür. Die beiden Mädchen kamen herein. Pandora drückte die Tür hinter ihnen ins Schloß und lehnte sich dagegen.

»Das ist jetzt wirklich zu viel«, sagte ich. »Selbst du mußt das erkennen.«

»Er hat recht«, sagte Andrea. »Laß sie gehen, Keith.«

»Und wenn nicht?«

»Dann mußt du mich auch umbringen.«

»Das läßt sich machen.«

»Und die Mädchen?«

Er zuckte die Achseln. Aber er war nicht mehr ganz so zuversichtlich.

Alles, was ich brauchte, war ein winziger Augenblick, in dem er abgelenkt war. Damit ich seine gottverfluchte Kanone in die Finger kriegte.

»Gott!« sagte Andrea. »Ich wußte, daß du ein eiskaltes Schwein bist, aber ich dachte nicht, daß es so schlimm wäre.«

»Man lebt, um zu lernen«, sagte ich. »Pascall mußte sogar sterben, um zu lernen. Wie viele noch, bis du die Kanone weglegst, Keith?«

»Hör auf ihn«, sagte Andrea. »In Gottes Namen, hör auf ihn!«

»Wenn du jetzt nicht sofort deine blöde Fresse hältst, bist du die nächste, du Nutte«, sagte Pandora. Trat einen Schritt auf sie zu.

Und dann lenkte The Flea ihn ab.

»Tu meiner Mutter nichts!« schrie sie und warf sich wie eine menschliche Kanonenkugel gegen Pandora. Er stieß sie beiseite, und ich hatte meine Chance. Aber als ich mich auf ihn stürzen wollte, entschied sich mein linker Fuß, der Fuß, in den ich vor langer Zeit eine Kugel bekommen hatte, und der mich seit Monaten in Ruhe gelassen hatte, mich daran zu erinnern, daß er noch nicht in Ordnung war. Daß eine Metallplatte niemals einen Knochen ersetzen kann. Als ich springen wollte, raste ein stechender Schmerz durch mein Bein, und ich stolperte.

Pandora war schnell, das muß man ihm lassen. Als ich umkippte, trat er einen Schritt zurück, drehte sich in meine Richtung und knallte mir den Revolver an die Birne. In meinem Kopf klingelte es, als ich auf dem Teppich aufschlug. Pandora lachte und richtete den Colt auf meinen Kopf. The Flea hatte sich mittlerweile aufgerappelt. Sie packte die Hand, in der er den Revolver hielt, und biß ihn ins Handgelenk. Sie ließ nicht locker. Ihre Zähne mußten über Knochen schrammen. Pandora schrie, ließ die Pistole fallen und schlug mit der linken Faust nach The Flea. Er schlug immer wieder zu, bis sie locker ließ, und dann schlug er sie immer weiter, bis sie still zu Boden sank. Währenddessen stemmte ich mich hoch und versuchte, den Colt zu fassen zu kriegen. Aber Slash war schneller. Sie schoß vorwärts und packte ihn, schnellte zurück und zielte in meine und Pandoras Richtung.

Wir standen nah genug beieinander, und sie war weit genug weg, um uns beide zu erwischen. Wir erstarrten. »Gib mir den Revolver, Slash«, sagte Pandora und streckte seine rechte Hand aus. Blut tropfte von seinem Handgelenk und hatte die Manschette seines albernen Hemdes beschmiert.

»Nein«, sagte Slash. »Du hast meine Schwester umgebracht, du Schwein.«

»Sie hat mich gebissen.«

»Deswegen mußtest du sie nicht totschlagen.«

»Sie ist nicht tot«, sagte Pandora. Als wollte sie ihm recht geben, stöhnte The Flea leise. »Siehst du«, triumphierte er. Slash warf einen Blick auf ihre Schwester. »Du wolltest Mama weh tun.«

»Nein, Baby. Ich war nur wütend. Ich hab's nicht so gemeint. Glaub mir. Wenn alles vorbei ist, bleiben wir zusammen, nur wir beide. Wir heiraten. Ich hab's dir doch versprochen.«

»Wenn du das glaubst, glaubst du alles«, sagte ich. »Vertrau lieber deiner Schwester. Sie hat ihn durchschaut.«

»Halt's Maul«, schrie er mich an. »Slash, Schätzchen, bitte.« Sein Ton hatte sich verändert. Er dehnte das letzte Wort, als spräche er tatsächlich mit einem Baby. Was er vielleicht auch tat.

»Ich weiß nicht«, sagte sie.

Sie hielt den Colt mit beiden Händen, genau wie es Sonny Crockett in jeder *Miami Vice*-Folge tat, die sie auf Video gesehen hatte.

Ob sie wohl wußte, wie man das Ding benutzte?

»Gib mir den Revolver«, forderte Pandora wieder. Ging einen Schritt auf sie zu.

Sie biß auf ihre Lippen, schüttelte den Kopf und richtete den Revolver mehr auf ihn. Er stoppte. »Dann erschieß ihn«, sagte er und zeigte auf mich. »Erschieß ihn, verdammt noch eins.«

Sie sah mich an und bewegte den Revolverlauf wieder ein Stück auf mich zu. Mir wurde angst und bange. Was mußte sie schon groß wissen? Zielen und drücken. Und das, wie Lomax so schön gesagt hatte, war's dann.

»Erschieß ihn doch endlich, du blöde Kuh!« sagte Pandora.

Sie fixierte mich, und ich dachte, daß es jetzt vorbei wäre. »Er war nett zu uns«, sagte sie. »Er hat uns vor dir gewarnt. Er sagte, er würde uns helfen.«

Mein Mund war knochentrocken. Ich leckte mir die Lippen.

»Er wollte euch ficken, meinst du«, sagte Pandora. »Er wollte euch einfach nur ficken, alle beide.«

»Nein«, sagte sie. »Das hätte er haben können. Aber er wollte nicht. Er hat sich um uns gekümmert. Das ist mehr, als du getan hast. Er hat uns von seiner Tochter erzählt. Er sagte, wir könnten alle zusammen mal ins Kino gehen.«

»Er wollte, daß ihr's ihm zu dritt besorgt.«

»Nein«, sagte sie. Ihre Stimme wurde schrill. »Nein, das stimmt nicht.« Tränen standen ihr in den Augen.

»Schieß endlich, du verdammte dumme Scheißfotze!« schrie er. »Du machst alles kaputt!«

Ihr Finger krümmte sich am Abzug. Sie schloß die Augen, bevor sie schoß.

»Alice, nein!« schrie Andrea. Zu spät.

Die erste Kugel erwischte Pandora an der Hüfte und riß Blut und Fleisch mit sich. Er sperrte die Augen auf und wollte schreien. Die zweite Kugel traf ihn direkt unterhalb des Brustbeins. Mehr Blut. Die dritte blieb in seiner Brust stecken. Die vierte ging vorbei und ließ das Fenster hinter seinem Rücken in tausend Scherben zersplittern. Die letzte Kugel bohrte ein feines Loch in seine Stirn, riß seinen halben Hinterkopf und sein langes Blondhaar mit sich und patschte sie an die Wand. Wie ein kleines Tier, das von einem Laster überfahren worden war.

Mit jedem Treffer wurde er ein Stück zurück geworfen. Nach der letzten Kugel stürzte er auf den Teppich.

Slash zog immer wieder den Abzug durch. Und obwohl ich von den Schüssen noch halb taub war, konnte ich den Hammer über ein dutzend Mal auf die leeren Kammern klicken hören. Sie klammerte sich an dem Revolver fest, als wollte sie ihn nie mehr loslassen.

MARK TIMLIN
geboren 1950, begleitete jahrelang *T. Rex* und *The Who* als Tour-Manager, lebt seit 1988 als Krimiautor in London. Bisher sind 9 Kriminalromane und mehrere Short Stories mit Nick Sharman erschienen. Schauplatz ist immer der Süden von London. *Die Frau im Rollstuhl* (Rotbuch Taschenbuch Krimi 83) hieß sein erster Krimi bei Rotbuch (1993).